TRAIT-CARRÉ

TOURBILLON AU PIED DE LA LAURENTIE

Réjane Michaud-Huot

Trait-Carré
Roman

TOURBILLON AU PIED DE LA LAURENTIE

Tome premier

(P)
PARENTHÈSES

Données de catalogage avant publication (Canada)

Michaud-Huot, Réjane, 1934-

Trait-Carré : roman

L'ouvrage complet comprendra 2 v.
Sommaire: t. 1. Tourbillon au pied de la Laurentie.

ISBN 2-9805648-0-X (v. 1)

I. Titre. II Titre: Tourbillon au pied de la Laurentie.

PS8576.1243T73 1997   C843'.54C97-941077-0
PS9576.1243T73 1997
PQ3919.2.M52T73 1997

Maquette de la couverture
VON MICHE (artiste peintre)

Révision linguistique
PIERRETTE GAUTHIER
JEAN-LUC HUOT

© **Éditions Parenthèses**
8255, boulevard du Saint-Laurent, S. 601, Brossard, Qc J4X 2A7
TÉL.: (514) 671-9715 FAX: (514) 671-0374

Dépôt légal
4ᵉ trimestre 1997
ISBN 2-9805648-0-X

Dépôt légal - Bibliothèque nationale du Québec, 1997
- Bibliothèque nationale du Canada, 1997

Ce roman est un hommage à
Charlesbourg,
le village où j'ai grandi.

Réjane Michaud-Huot

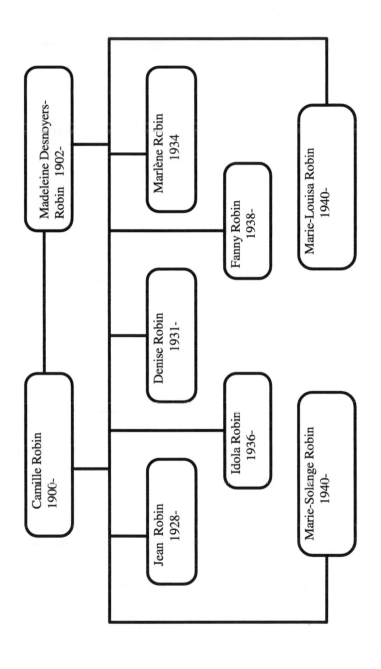

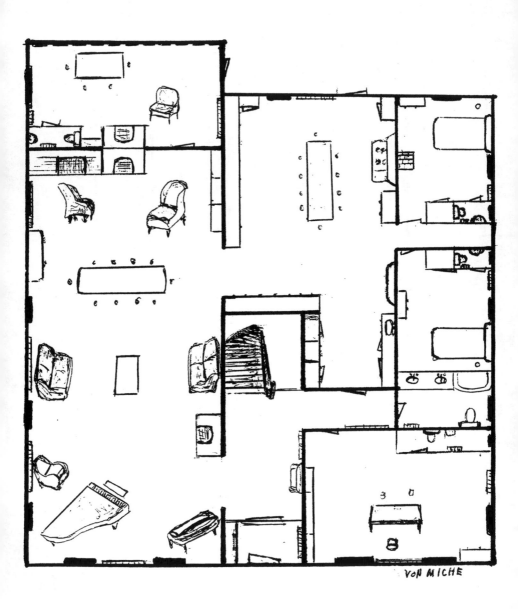

VON MICHE

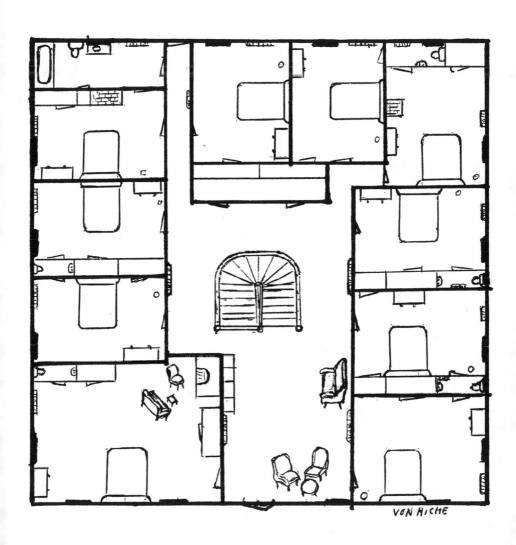

VON HICHE

Hier, premier décembre...

Sept heures du matin, Marlène ouvre un oeil. Dans la pénombre, elle jette un regard vers le lit voisin. Les événements de la veille tardent à refaire surface dans la mémoire de l'enfant encore à moitié endormie. Soudainement, elle se rappelle.

La fillette remarque que ses soeurs dorment encore. Descendant de son lit, elle met les pieds sur la catalogne recouvrant le parquet de bois verni entre les deux lits. Ce dortoir partagé par les quatre soeurs a été aménagé par Madeleine, leur mère. Voilà deux ans qu'elle a fait abattre une cloison pour que ses filles ne se sentent pas seules en dormant dans des chambres séparées.

Marlène, poussant doucement sa grande soeur, se glisse sous les couvertures à côté d'elle.

— Nise, as-tu vu maman hier soir? Elle était supposée me réveiller en rentrant. Papa me l'avait promis!

Denise se souvient. N'étant pas encore complètement réveillée, la vérité l'atteint de plein fouet. Elle fait semblant d'être vite rendormie. Marlène pousse sa soeur de nouveau.

— As-tu vu maman, Nise?

— Non Marlène, j'ai pas vu maman!

*

Dans une autre chambre, au bout du corridor, le souvenir des événements de la veille sort brutalement de son sommeil Camille, le père des fillettes.

Hier, c'était le premier décembre. C'était un lundi qui

13

s'annonçait comme tous les autres. La veille, en après-midi, la maisonnée avait célébré les six mois d'existence des deux jumelles, nées le premier juin de l'an 1940.

Camille ferme les yeux. Il revoit sa femme appuyée au cadre de la fenêtre dans la chambre des bébés. Il la voit ramener vers elle le long rideau de mousseline rose. Profondément perdue dans ses rêveries, la jeune mère de famille n'avait pas entendu son mari pénétrer dans la pièce.

Camille Robin, regardant sa Madeleine quelques instants, remarqua comme elle était belle, dans la lumière du jour qui fuyait. La jeune femme de trente-huit ans avait coiffé ses longs cheveux blonds en un rouleau lâche atteignant ses épaules.

Malgré la haute stature de Madeleine, son mari la dépassait d'une tête. Brun, à peine quelques fils d'argent dans la chevelure, il était favorisé par de beaux yeux noirs et rieurs.

Madeleine fit observer à son mari le ciel grisâtre qui effleurait la Laurentie. Elle constatait que la nuit enveloppait très tôt leur chaîne de montagnes. La jeune femme craignait qu'il neige durant la nuit.

Tendrement, Camille entoura sa Madeleine de ses deux bras en lui rappelant que les gens qui vivaient au pied de cette chaîne de montagnes étaient choyés. Ils étaient protégés, surtout en hiver, des vents glacials du nord. Parmi ces familles, il y avait celle des Robin, cette dynastie habitant le Trait-Carré depuis des générations.

Camille continue de se souvenir. Ce même dimanche après-midi, Madeleine lui avait dit qu'à partir du lendemain, elle avait l'intention de prendre un peu de répit. Depuis la naissance des jumelles, elle n'avait pas quitté d'une semelle ses bébés, Marie-Solange et Marie-Louisa, *Marysol* et *Marylou*, comme on les surnomma. Le beau Camille était très heureux d'entendre cette nouvelle. Il avait

14

remarqué une pâleur dans le beau visage de son épouse.

Camille Robin, médecin généraliste attaché à l'Hôtel-Dieu de Québec ne devait pas rentrer à la maison avant six heures pour le souper.

Orise Cantin, la gouvernante de la maison, ayant l'habitude de se charger des jumelles, devait en plus, ce lundi, prendre soin des deux autres petites qui n'étaient pas d'âge scolaire, Idola et Fanny, âgées de quatre et deux ans.

Il devait aussi y avoir Marlène, cette fillette de six ans qui allait à l'école mais qui revenait toujours à la maison pour le dîner. La gouvernante n'avait pas à veiller sur les plus grands, Jean et Denise. Ces derniers, âgés de douze et neuf ans, étaient invités pour le repas du midi chez le frère de Madeleine, Raoul. C'était l'anniversaire de Charles, son fils aîné. Quant à Madeleine, elle ne devait pas revenir à la maison avant six heures.

Une route enneigée

Ce lundi matin, la demie de neuf heures sonnait à la grande horloge de la salle à manger quand Madeleine sortit de la maison. En montant dans sa "Oldsmobile" grise, elle se dit: «heureusement que Camille a l'esprit ouvert. Si tous les hommes étaient comme mon frère Raoul, il n'y aurait sûrement pas de femmes au volant.» Son amie Gilberte l'attendait au rez-de-chaussée de la Compagnie Paquet à dix heures.

Comme par miracle, la jeune femme découvrit rapidement où se garer. Elle franchit les portes à tambour du grand magasin, donnant sur la rue Saint-Joseph. Gilberte était déjà là qui l'attendait, debout bien droite devant le comptoir des bourses. Madeleine l'embrassa, heureuse de retrouver sa copine.

Les deux amies magasinèrent allègrement jusqu'à midi, heure où Gilberte eut l'idée d'aller manger.

— Est-ce que ça te plairait d'aller dîner au Club des marchands?

— Bonne idée. Il y a longtemps que j'y ai mis les pieds.

Le restaurant étant à deux pas sur le boulevard Charest, les deux jeunes femmes s'y rendirent à pied. L'endroit était bondé de monde. Des gens d'affaires, travaillant aux alentours, étaient là, comme à l'habitude, pour y prendre un bon repas en discutant des derniers échos de la guerre.

Lorsque les deux amies firent leur entrée, des hommes se retournèrent sur leur passage. Richement vêtue de son manteau de chat sauvage, Madeleine, de ses grands yeux marron chercha une table libre. Enfin, un placier vint à leur rencontre et les conduisit dans un endroit tranquille près de

17

la fenêtre.

Madeleine et Gilberte consultèrent le menu, davantage avides d'échanges que de bœuf bourguignon ou de pâté au poulet. Elles prirent le temps de bien manger, en se faisant des confidences, celles qui ne se disent pas au téléphone. Le repas terminé, les deux amies payèrent et sortirent afin de poursuivre leurs achats jusqu'à quatre heures de l'après-midi.

*

Camille continue de se remémorer la journée de lundi, de l'inquiétude vécue quand, appelant à la maison, son épouse tardait toujours à entrer. Pendant qu'il était encore à l'hôpital, il regardait par la fenêtre de son bureau et constatait qu'une neige épaisse s'abattait sur la ville.

À quatre heures trente, le docteur Robin quittait l'hôpital pour se diriger hardiment vers le village de Charlesbourg. Dès qu'il eut passé les limites de la ville de Québec, il ne voyait plus rien devant lui. Il dut suivre une automobile pour ne pas perdre sa route. «Je suis comme dans un tunnel. Où suis-je rendu?»

Le docteur Robin commença son ascension vers Charlesbourg. Plusieurs voitures étaient déjà en panne le long des chemins. La pensée d'y retrouver celle de sa femme le hantait.

Enfin! la côte du Roy était montée. Il restait un secteur poudreux devant la croisée des chemins. «Lorsque j'aurai passé le garage Dorion, le reste se fera plus facilement.»

De peine et de misère, Camille parvint enfin à se rendre jusqu'à sa résidence du Trait-Carré. La voiture de son épouse n'y était pas. Le médecin attrapa sa trousse et courut vers la maison. Sa fille, Marlène, vint à sa rencontre. L'enfant était tourmentée.

— Papa, maman est pas arrivée. Elle a pas téléphoné! Penses-tu qu'elle est perdue dans la tempête?

— Bien non, ma princesse. Elle doit conduire lentement. Moi-même, j'ai eu beaucoup de difficulté à me rendre ici. Ta mère va arriver, ne crains rien.

Le père essayait de rassurer sa fille. Elle le regardait de ses grands yeux bruns. Frêle enfant blonde avec le visage orné de deux longues tresses courant le long de ses bras, la fillette s'accrocha au cou de son père. Elle paraissait minuscule dans sa robe noire d'écolière.

Jean, l'aîné de la famille et sa soeur Denise suivaient par derrière. Denise, la deuxième enfant de la famille, semblait aussi inquiète que sa soeur. Elle ne dit pas un mot, et de ses grands yeux noirs intelligents elle regardait son père. La fillette tournait sans arrêt sur ses doigts, l'un de ses longs boudins. C'est toujours ainsi qu'elle manifestait son inquiétude.

— Où sont passées Idola et Fanny? Madame Victoire les a-t-elle fait manger?

Victoire et son mari, Thomas Paradis, sont à l'emploi de la maison des Robin depuis trente-cinq ans. Ils travaillaient déjà pour les parents de Camille, quand ce dernier n'avait que cinq ans.

Lorsque Camille s'informa auprès de ses enfants si les petites avaient déjà mangé, il savait bien que Victoire avait l'habitude de le faire vers les cinq heures de l'après-midi.

— Oui, elles ont soupé, de répondre Denise. Nous, on aime mieux attendre maman.

— Alors, nous allons le faire ensemble. Elle ne devrait plus tarder. Je vais monter pour embrasser les jumelles et je viens vous rejoindre.

Le père emprunta le large escalier de chêne qui conduit

à la mezzanine. Il se rendit d'abord à sa chambre pour se donner le temps de réfléchir à la situation. Enfin, il finit par aller parler à la gouvernante qu'il trouva auprès des bébés. Lorsqu'elle le vit dans l'embrasure de la porte, madame Cantin vint à sa rencontre. Camille lui posa la question, même s'il connaissait la réponse.

—Ma femme vous a-t-elle mentionné qu'elle ne viendrait pas souper?

Orise Cantin réfléchit avant de répondre.

— Non, docteur! Au contraire, elle a bien spécifié qu'elle serait ici pour six heures. Il est à peine cinq heures trente. Elle a téléphoné ce midi pour s'informer des jumelles. Elle était en compagnie de son amie, madame Gilberte.

Le docteur Robin se souvient d'être retourné auprès de ses autres enfants. Ils s'assirent sur le divan du salon près de la fenêtre. Annette, l'aide cuisinière, était à mettre la table dans la salle à manger. Les enfants vinrent se coller à leur père. À chaque bruit venant du dehors, Jean et Denise déplaçaient les tentures de velours vieil or pour vérifier, au cas où ce serait leur mère. Ils se montraient de plus en plus anxieux.

Lorsque l'horloge sonna six heures, Camille suggéra aux enfants de s'installer à table.

Marlène regarda tristement son père et prit une voix tremblotante pour lui répondre.

— Moi, j'aime mieux attendre maman. J'ai pas faim. Je veux souper en même temps que ma maman.

Denise, prit sa jeune soeur par la main.

— Maman sera pas contente si elle arrive et s'aperçoit que t'as pas voulu manger.

Alors Marlène suivit sa grande soeur. Madame Cantin descendit à l'instant et se chargea d'amuser Idola et Fanny durant le repas des plus grands.

Pendant que les enfants prenaient place à la table,

Camille rejoignit Gilberte au téléphone. Cette dernière était rendue à la maison depuis un moment. Elle annonça à Camille que Madeleine avait laissé le stationnement à quatre heures trente.

— Camille, ne sois pas trop inquiet! Sylvio non plus n'est pas arrivé.

— Ah non? Il se préparait à partir lorsque j'ai quitté; peut-être a-t-il été retardé par la tempête?

— Probablement. Il n'a pas appelé. Il devrait être ici sous peu, j'imagine.

Sylvio Garneau est médecin et travaille avec Camille.

Après avoir fermé le téléphone, le père revint dans la salle à manger pour retrouver ses enfants. Lui aussi, comme eux, mangea du bout des lèvres.

À sept heures, toujours pas de nouvelles. Madame Cantin monta avec Marlène, Idola et Fanny pour les coucher. Elles étaient en larmes. Marlène et Idola, parce que leur mère n'était pas là. Et Fanny, parce que ses soeurs pleuraient. Leur père les embrassa.

— Allez dormir, leur dit-il. Aussitôt que maman sera là, elle ira vous réveiller. Madame Cantin va vous mettre au lit et j'irai vous embrasser dans quelques minutes.

Marlène s'essuya un oeil avec son petit poing fermé. Elle insista.

— Tu le promets, que maman elle va me réveiller?

— Oui, ma princesse, je te le promets.

Dans un filet de voix

Assis sur le bord de son lit, Camille se souvient qu'à peine quinze minutes après que les fillettes furent couchées, elles étaient déjà endormies. Jean et Denise voulaient attendre leur mère en compagnie de leur père. La sonnette de la porte vint briser leur silence.

— C'est maman, c'est maman, je le sais. Elle a dû oublier ses clefs, de s'écrier Denise.

Madame Cantin qui était déjà dans le corridor, ouvrit la porte. Camille et ses enfants se tenaient derrière elle.

— Philippe! S'écria Camille. Qu'est-ce que tu fais ici par un temps pareil?

Philippe, curé de Charlesbourg et frère aîné de Camille est essoufflé par son embonpoint et par la tempête. Il regarda son frère quelques secondes.

— Je peux te parler, seul à seul?

— Bien certain! Qu'est-ce qui t'arrive? Reprends ton souffle et viens dans mon bureau.

Les enfants, étonnés, regardaient leur oncle-curé.

— Peut-être que ma tante Martha est malade, de supposer Denise.

La tante Martha ayant perdu son mari voilà cinq ans, habite maintenant au presbytère avec Philippe. Elle n'a qu'une fille, qui, à trente-huit ans, est toujours célibataire. La tante remplit la fonction de ménagère. Ainsi, son avenir est assuré au presbytère et son neveu est bien traité, bien nourri.

Jean haussa les épaules. Pendant ce temps, dans le cabinet de travail de Camille, Philippe s'assit dans la chaise face au bureau. Le docteur s'installa dans son fauteuil de médecin. Le curé avait pris le temps d'enlever son manteau noir à col d'astrakan et son chapeau de même fourrure. Il se frottait les mains nerveusement, histoire des réchauffer.

— Qu'est-ce qui t'arrive? As-tu eu un accident? Ou, est-ce ma tante qui ne va pas bien? Dis quelque chose.

Philippe éclata en sanglots. Il enleva ses lunettes à monture de corne noire. Camille ne savait plus quoi penser.

— Si tu me disais ce qui se passe?

Avant de répondre, le bon curé sortit son grand mouchoir blanc, se moucha bruyamment et d'une voix à peine audible se risqua à répondre.

— C'est Madeleine!

— Quoi Madeleine? Qu'est-ce qu'elle a Madeleine? Mais, bon Dieu! Veux-tu parler?

Camille était énervé. Son cœur battait si fort qu'il crût qu'il allât s'arrêter. Il voulait savoir.

— Madeleine a eu un accident.

Philippe avait reçu un téléphone du poste de police. Les agents ne voulaient pas venir avertir le docteur Robin. Ils avaient préféré passer par le curé de la paroisse.

— Où ça? Ou est-elle? Parle!

— Elle s'est fait frapper par un train au passage à niveau, à l'entrée de Charlesbourg.

— Bon sang! À quel hôpital est-elle?

— Camille!... Elle est morte sur le coup.

C'était dit. Le couperet venait de s'abattre sur la gorge du docteur Robin. Il n'y avait plus rien à ajouter. Il fallait laisser le pauvre homme retomber sur ses pieds.

Camille resta sans voix. Il était blanc comme un linceul. Philippe se leva et se rendit à la petite armoire blanche en métal. C'est là que le docteur Robin garde de l'alcool et son frère connaît bien les lieux. Il prit la bouteille de cognac, sortit deux verres et y versa de la boisson dans chacun. Il en offrit un à Camille. Ce dernier n'affichait aucune réaction. Philippe essayait de lui parler doucement, de lui faire prendre quelques gorgées d'alcool. Aucun réflexe. Philippe

24

le secoua pour lui faire prendre conscience qu'il y avait de l'autre côté de cette porte, sept orphelins qui auront besoin de leur père plus que jamais.

— Penses-y, mon vieux! Dieu te donnera la force, tu verras!

Camille dévisagea son frère avec un regard féroce.

— Ne me parle pas de ton Dieu! C'est lui qui vient d'enlever une mère à ses sept enfants. Ne m'en parle plus, jamais!

— Tais-toi malheureux! Tu blasphèmes! Essaie de te ressaisir. C'est ce visage révolté que tu veux montrer à tes enfants? Reprends-toi. Fais-le pour eux, au moins.

Camille se souvient d'avoir éclaté en sanglots. Les deux frères se retrouvèrent dans les bras l'un de l'autre. Ces larmes furent apaisantes pour les deux hommes.

Quelques gorgées de cognac plus tard, ils se sentirent prêts à franchir la porte du bureau. Camille se devait d'annoncer la mauvaise nouvelle à ses enfants et au personnel de la maison. Il avait conscience qu'il venait de tourner une belle page de sa vie. Il ne croyait pas que la nouvelle étape serait aussi intéressante.

— Je n'y peux rien. Bon Dieu! Comment vais-je m'en sortir? Maman est-elle au courant?

— Non! Je voulais que tu sois le premier à l'apprendre. Si tu préfères, je peux lui téléphoner.

— Non. Je vais le faire immédiatement. J'aime mieux qu'elle le sache avant les enfants. Après leur avoir annoncé la nouvelle, je n'aurai plus la force d'avertir qui que ce soit.

La figure pâle, de ses mains tremblantes, Camille composa le numéro de sa mère. C'est elle qui répondit après la première sonnerie. Camille lui annonça la triste nouvelle entrecoupée de sanglots.

Georgina Robin ne dit pas un mot. Elle était stupéfiée. Bien qu'elle n'appréciât pas tellement sa belle-fille, elle ne voulait quand même pas sa mort. Ces pauvres enfants... Et Camille qui adorait sa femme. Tout tourne trop vite dans sa tête. Malgré ses soixante-huit ans, Georgina Robin retomba rapidement sur ses pieds.

— Camille! C'est épouvantable ce que tu m'annonces là. Je sais ce que tu dois ressentir. Dans les circonstances, il faut que tu ne penses qu'à tes enfants. Je suis certaine que c'est ce que veut ta femme. Et sois assuré qu'elle est avec toi. Est-ce que les enfants le savent?

— Non, maman. Je voulais te le dire avant! C'est Philippe qui est venu m'annoncer la nouvelle.

— Bon! Tu dois leur parler maintenant. Demain matin, Paulette et moi irons vous rejoindre. Ce soir, la tempête est trop intense; on ne pourrait pas se rendre. Je t'embrasse, mon grand. Sois courageux! Rappelle-moi si ça ne va pas. Même si c'est en pleine nuit, ça ne me dérangera pas.

Camille raccrocha le combiné. Les paroles de sa mère l'avaient quelque peu réconforté.

«Dans toute ma vie de pratique de la médecine, c'est la première fois que ça m'est aussi pénible d'annoncer la mort.»

Les deux frères sortirent de la pièce. Ils traversèrent le corridor et se rendirent dans le salon où Jean et Denise attendaient leur père avec impatience.

Les voyant s'approcher, Denise ne tarda pas à s'informer, elle était de plus en plus inquiète.

—Qu'est-ce qui se passe, donc?

La pauvre enfant se mit à pleurer. Le père attira ses deux plus vieux et les serra contre lui. Il essayait de contenir ses larmes.

— Mes chers enfants! Votre oncle Philippe est venu nous annoncer une bien mauvaise nouvelle... Maman a eu un accident cet après-midi. Un train a frappé son auto...

Maman est morte sur le coup!

Il prononça cette dernière parole dans un filet de voix, à peine audible. D'un geste brusque, de ses deux mains, Jean repoussa son père et recula en criant.

— Non!... Je le savais! Je le savais! Pourquoi aussi qu'elle est sortie dans la tempête?

Le garçon de douze ans suffoquant de peine ne pouvait plus retenir ses larmes. Sa sœur regarda son père quelques instants. Plus une larme, plus un mot. Elle se retourna subitement et monta l'escalier en courant. La fillette alla directement à sa chambre. Camille ne fit pas un geste pour la retenir. Il n'eut même pas le courage de la rappeler. Tendant la main vers son fils, ce dernier vint se blottir dans ses bras. Le père et le fils pleurèrent ensemble pendant un long moment.

*

Denise entra dans sa chambre, se déshabilla en vitesse et mit son pyjama. Éteignant la lumière, elle monta dans son lit et vint se coller à sa sœur en se répétant: «C'est pas vrai. C'est pas vrai. C'est pas vrai. Je suis certaine qu'y a une erreur. Ça se peut pas. Demain, y vont nous dire qu'y s'étaient trompés.» Son cœur battait si fort qu'elle entendait chaque pulsation. Denise ne pleura pas. En se disant à mi-voix: "C'est pas vrai", elle finit par s'endormir.

*

Au premier plancher, Philippe se rendit à la cuisine afin d'annoncer la catastrophe au personnel.

Ces gens ne sont pas considérés comme des étrangers. La dévouée Victoire et son mari Thomas Paradis, Orise Cantin, ainsi que Laurette Pageau et Annette Légaré sont tous des personnes très attachées à la famille.

À la nouvelle annoncée par leur curé, tous pleurèrent à chaudes larmes. Victoire se ressaisit la première.

— Que va devenir le docteur Camille et ses pauvres petits? Ces enfants sont bien trop jeunes pour perdre leur mère!

— Je sais, de répondre le curé. Dieu les aidera. Soyez-en certains.

*

Philippe revint auprès de son frère et de son neveu. Il ne voulait oublier personne.

— Je vais appeler Ron (Ronald.) En même temps, je ferais bien d'avertir Georges à Montréal. Il faut leur annoncer la nouvelle. Es-tu d'accord?

Camille n'avait plus la force de s'objecter à quoi que ce soit. Il approuva par un signe de tête.

Philippe téléphona d'abord à Ronald, lui aussi curé, affecté depuis quelques années à une paroisse huppée de la haute-ville de Québec.

Quand Philippe mit son frère au courant de la catastrophe, Ronald prit quelques secondes avant de pouvoir parler. Il adorait cette belle-sœur si charmante. Peut-être en était-il même un peu amoureux? La première question qui lui vint à l'esprit, fut pour s'informer des enfants. Philippe lui expliqua la situation.

— Je serai tôt chez Camille demain. Après ma messe de six heures trente, j'irai à Charlesbourg. J'espère que les routes seront déblayées. Je veux être là! Ensemble, on réussira peut-être à prendre soin de ce petit monde.

Ce fut au tour de Camille de s'emparer du téléphone et d'appeler son beau-frère, Gérard-Marie, curé de Saint Antoine-de-Tilly, village situé sur la Rive Sud du Saint-Laurent, à quelques milles du Pont de Québec. Le pauvre Gérard-Marie était déjà couché.

— Gérard, j'ai une mauvaise nouvelle, et j'ai vraiment de la peine à te la dire!

Gérard devint mal à l'aise.

Dans une phrase entrecoupée de sanglots, Camille mit son beau-frère au courant du drame. C'était à son tour, l'abbé Gérard-Marie Desaulniers de pleurer à chaudes larmes. Ce sera à lui, de prévenir Lucien, son frère notaire. Ce dernier s'arrangera pour apprendre la mauvaise nouvelle à la famille de Raoul, l'autre frère de Madeleine. Demain matin, Gérard-Marie se rendra lui-même chez ses vieux parents pour les mettre au courant.

Après avoir fermé le téléphone, Gérard-Marie pensa à ses parents: Lucia, à la mi-soixantaine et Alphonse, comptable retraité, âgé de soixante-dix ans. Il avait de la peine pour eux. Ils venaient de perdre leur fille, si belle et toujours de bonne humeur. C'était une grosse perte pour la famille. Il avait aussi de la peine pour lui-même, il adorait cette soeur si charmante. «Pauvre Madeleine. Tu es partie bien trop jeune! Que les dessins de Dieu sont incompréhensibles, parfois!»

*

29

Ce même lundi, en soirée, dans la maison du docteur Robin, au Trait-Carré, Philippe décida de passer la nuit avec son frère. Ses vicaires s'organiseront ensemble pour les deux messes du lendemain. Le bon curé ne pouvait pas retourner à pied dans la tempête. Aussi, il se sentait incapable de laisser Camille seul avec sa peine.

Le docteur Robin regarda l'heure. Il passait onze heures et son fils était encore debout.

— Jean, il est tard.. Tu devrais aller te coucher.

— J'aimerais mieux rester avec vous deux. Je m'endors pas.

—Vas-y quand même! Philippe et moi, nous irons nous installer dans la mezzanine, en haut de l'escalier; nous ne serons pas loin de ta chambre. Il faudra que tu sois en forme demain. Tes soeurs auront bien besoin de toi, tu sais. Je compte sur toi, mon Jean.

Le père serra son enfant contre lui. Jean partit, un peu réconforté par les paroles de Camille. Lentement, il monta le grand escalier tournant. Le docteur Robin le regarda aller et constata pour la première fois depuis longtemps, que son fils était grand pour son âge. «Ce soir, mon Jean a vieilli de quelques années.»

Le jeune garçon entra dans sa chambre et resta dans la noirceur. S'assoyant sur le bord de son lit, il joignit ses deux mains en les ramenant sur ses genoux. Le pauvre Jean essayait de se faire à l'idée qu'il ne verrait plus jamais sa mère. «Pourquoi es-tu sortie dans la tempête? Tu le savais que c'était dangereux. L'as-tu fait exprès?»

Le garçon en larmes s'allongea sur le travers de son lit sans se déshabiller. «Pourquoi, t'as fait ça?» À chaque fois qu'il posait la question, il donnait des coups de poings sur le pied de son lit. Épuisé, il finit par sombrer dans le sommeil.

*

Philippe sortit Camille de sa rêverie.

— Viens! Comme tu l'as dit à ton fils, montons nous asseoir dans la mezzanine. Je vais aller chercher la bouteille de cognac dans ton bureau. On va s'en prendre une bonne dose avant d'aller se coucher.

Camille acquiesça de la tête. Lui aussi venait de prendre quelques années en quelques heures.

Philippe revint avec le flacon. À leur tour, les deux frères montèrent à l'étage. Camille, le dos voûté, se tenant à la rampe d'escalier en contourna la cage ronde, suivi de Philippe. Les deux frères s'installèrent dans les fauteuils du petit salon aménagé de la mezzanine. Philippe servit le cognac. Après la première gorgée Camille commença à s'ouvrir. Il expliqua à son frère que jamais il ne lui était venu à l'idée que Madeleine partirait avant lui. Elle n'avait que trente-huit ans. Lui, Camille Robin, à quarante ans était veuf avec sept enfants sur les bras.

— Peux-tu me dire ce que je vais faire dans cette vie de merde? Moi, je n'ai vraiment pas la réponse. Donne-moi la solution si toi, tu l'as.

— Commence par mettre ça en ordre dans ta tête. Tu devras d'abord parler à tes enfants. Ensuite, viendra le moment des obsèques. À mesure, tu feras tes plans. Demain matin, notre mère va venir avec Paulette. Georges et Ronald feront, eux aussi leur entrée. Ensemble on essaiera de mettre ça bout à bout. Tu verras!

Les deux frères grillèrent cigarette sur cigarette. Vers une heure du matin, c'est Philippe qui pensa à aller se reposer.

— Qu'est-ce que tu dirais si on essayait d'aller en

31

dormir un bout? On serait plus en forme demain matin pour attaquer la journée.

— On peut bien essayer.

Péniblement, Camille se leva. Il mit la main sur l'épaule de son frère.

— Philippe, merci d'être là. Tu m'es d'un grand secours!

— Un frère, c'est fait pour ça. Bonne nuit!

*

Le cœur gros, Camille entra dans sa chambre. Le grand lit était libre. Les pantoufles en satin rose de Madeleine étaient restées là, près du foyer. «Tu aimais que je fasse un feu avant que l'on se couche. Madeleine, tu n'aurais pas dû partir comme ça. Je ne pourrai pas passer au travers!»

En pleurant, Camille se déshabilla. Il enleva l'édredon de couleur framboise. «Il ne faut pas que je froisse ton couvre-lit. Tu me le répétais à chaque soir. Ne t'inquiète pas, chérie, je vais l'arranger comme il faut.» Après l'avoir plié en quatre, il le déposa précieusement sur la méridienne près de la fenêtre. Il marchait pieds nus sur la moquette en laine de couleur champagne. Épuisé, il se coucha en soupirant.

Perdu dans ses rêves

Pendant cette fameuse nuit qui faisait le pont entre le lundi et le mardi, le nouveau veuf ne sentait pas venir le sommeil. Il se leva et fit du feu dans la cheminée. Il alluma une cigarette et prit place dans le fauteuil à oreillettes de même teinte que le tapis. Il continua de parler à sa femme. «Il faut que je mette de l'ordre dans mes idées. Elles se bousculent dans ma tête. Je t'en prie, aide-moi Madeleine. Je sens que tu es là près de moi.»

Le docteur Robin remonta au début de ses amours avec la belle Madeleine. Il la connaissait depuis toujours. C'était la fille du voisin. Ils étaient de la même génération, la jeune fille n'avait que deux ans de moins que lui. Camille ne l'avait jamais remarquée avant ce fameux jour.

Camille Robin était encore étudiant lorsqu'il éprouva ce coup de foudre pour sa voisine. Il était ami avec Raoul, le frère aîné de Madeleine. «Je me souviens encore d'avoir sonné à la porte des Desnoyers. On vint m'ouvrir. Je m'apprêtais à demander pour voir Raoul, et je restai sans voix. C'était un beau soir de juillet et tu restais plantée là, souriante. Tu étais vêtue d'une robe d'organdi jaune. Tes cheveux blonds tombaient en cascades sur tes épaules. De tes grands yeux bruns rieurs, tu me regardais sans parler. Je me décidai enfin à m'informer pour Raoul. Tu me répondis: "Ce ne sera pas long, je vais le chercher." Tu disparus! Je te regardai t'éloigner avec tes longues jambes bien galbées et ta taille fine. J'en étais complètement retourné.»

Le docteur Robin était perdu dans ses rêves. «Dès le lendemain, je t'appelai au téléphone. Je savais que tu jouais au tennis; alors, je t'invitai. Et tu acceptas. J'étais aux

33

anges! Je suis allé te chercher et t'ai amenée ici, pour faire un set ou deux. Le court est encore là, derrière; toi, chérie, tu n'y es plus!» Un autre sanglot secoua Camille.

«Deux ans plus tard, nous nous sommes mariés à l'église de Charlesbourg. Je venais d'être reçu médecin. C'est Philippe qui bénit notre union. Il était jeune prêtre, vicaire à Loretteville. Il y a plus de treize ans de cela. Comme les années ont passé vite! Je me souviens qu'à notre mariage tous les membres de nos deux familles avaient l'air heureux, sauf maman! Je sentis immédiatement qu'elle ne t'aimait pas. D'ailleurs, maman n'aimait pas ta famille. Elle vous trouvait étroits d'esprit et bornés. C'était vrai pour quelques-uns. Ce ne l'était pas pour toi ni pour Lucien. Avant le mariage, je me souviens que mon père m'avait suggéré de nous installer ici, dans la grande maison. Ma mère semblait d'accord. Ils trouvaient que leur demeure deviendrait trop grande pour eux. Philippe était parti. Ronald allait être ordonné prêtre dans quelques mois. Georges était déjà rendu à Montréal pour ses études. Il n'y avait que Paulette, âgée de dix-sept ans, qui devait habiter avec nous.»

Le docteur Robin promena son regard dans la chambre.

«Je t'ai mise au courant de la proposition de mon père. Tu étais tellement affable; tu n'hésitas pas une minute et tu acceptas de venir vivre ici. Je revois mon père, lorsque je lui annonçai la nouvelle. Il avait des ailes. C'est à ce moment qu'il décida de faire creuser la piscine dans la cour arrière. Maman trouvait qu'il exagérait. Dès notre retour de voyage de noces à New York, nous nous sommes installés. C'est maman qui nous proposa de prendre leur chambre donnant sur la rue. Elle était fatiguée d'entendre passer les autos et les voitures à chevaux. Pourtant, notre rue était si peu achalandée. Mes parents choisirent une chambre qui donnait sur la cour, celle qu'occupe aujourd'hui notre fils,

Jean.

Je me souviens que maman te cherchait toujours noise. Papa prenait ta part. Maman trouvait qu'il te faisait trop de faveurs. Elle était jalouse. Lorsque Jean vint au monde, maman changea. Elle adorait son petit-fils. Elle commença à te reconnaître quelques qualités. Lorsque papa mourut d'une crise cardiaque, tu étais enceinte de Denise. Maman décida de partir avec Paulette.

Elle loua son beau logement, comme elle le disait. Elle était fatiguée et avec un autre enfant qui allait naître... c'était trop. Au fond, papa n'étant plus là pour imposer son idée, pourquoi n'aurait-elle pas fait ce qu'elle voulait?»

Camille regarda l'heure à sa montre Bulova, cadeau récent de Madeleine. Quatre heures du matin! Il alluma une autre cigarette et sortit de la chambre pour aller chercher la bouteille de boisson laissée sur la table dans la mezzanine. Il revint et ferma la porte. Il mit une autre bûche dans le foyer. Se versant deux doigts de cognac dans une coupe de cristal il se rassit dans son fauteuil et ramena ses pieds sur le tabouret.

«Quand Denise est née, nous étions fous de joie, toi et moi. Nous avions un garçon et une fille. C'était formidable! Denise était un bon bébé, une belle brunette aux grands yeux noirs. Tu disais qu'elle me ressemblait.»

Camille éteignit sa cigarette, se croisa les bras avant de poursuivre. «Près de trois ans plus tard naissait Marlène. Elle fut immédiatement ma princesse. C'était le portrait de sa mère: blonde, le teint clair et de grands yeux marron. Denise aimait sa nouvelle petite soeur. Jean ne s'en occupait pas beaucoup. Peut-être en était-il jaloux?

Lorsque tu es devenue enceinte pour notre quatrième enfant, je me souviens, tu étais très contente. Marlène aurait deux ans lorsque le bébé naîtrait. Naquit une autre fille, un beau bébé avec des cheveux noirs, tout frisés. Je me souviens t'avoir dit "celle-là ce sera sûrement l'idole des garçons de sa génération." Tu me regardas en déclarant: "tu as raison. Nous l'appellerons Idola." Je trouvais que le nom lui allait à merveille. Aujourd'hui, elle a quatre ans et a encore ses beaux cheveux noirs bouclés. C'est un mélange de sa mère et de son père.

Deux ans plus tard, c'est Fanny qui se pointa le nez. Une autre petite brunette avec un nez retroussé, cette fois avec des cheveux raides, droits sur la tête. Pauvre Fanny! Elle n'a que deux ans et est déjà belle comme un coeur. Elle va sûrement crier après sa mère, lorsqu'elle se réveillera demain matin et se rendra compte que tu n'y es plus. Tu n'aurais pas du partir si tôt, Madeleine.»

Malgré les larmes qui coulaient sur ses joues, Camille continua de passer en revue la naissance de ses enfants. En restant debout la nuit entière, avait-il l'impression de pouvoir garder sa Madeleine à côté de lui?

«Lorsque tu m'annonças que tu étais de nouveau enceinte, nous espérions que ce serait un garçon. Tu trouvais que tu ne portais pas ce bébé comme les autres. Lorsqu'on m'a dit que tu venais de mettre au monde deux nouvelles filles, j'en eus le souffle coupé. Je me suis dit: "pauvre Madeleine! la famille va s'arrêter là". Et c'est ce qui se passera. Mon bel amour! Nous ne ferons plus de bébés ensemble. Le dernier cadeau que tu m'as offert, deux belles filles qui te ressemblent énormément.»

Un regard sur sa montre le ramena à la réalité. «Cinq heures et demie! Il faut que j'essaie de dormir, je ne pourrai pas traverser la journée qui m'attend. Je sais que ce ne sera pas facile.»

Il n'y avait plus de feu dans la cheminée. Quelques braises rougeoyaient encore au milieu des cendres. Dehors, la tempête était terminée. Camille se coucha et éteignit sa lampe de chevet. Il se sentait le coeur plus léger d'avoir parlé à sa femme pendant ces heures nocturnes. Avant de sombrer dans le sommeil, il eut une dernière pensée pour sa Madeleine. «La tempête est venue pour te prendre et est repartie très vite après son méfait.»

Ce mardi matin, assis sur le travers de son lit, Camille Robin vient de passer en revue les dernières trente-six heures de sa vie.

*

Dans la chambre des fillettes, Denise se tourne vers sa sœur. Elle la regarde et ne pouvant plus attendre, lui lance la vérité, comme ça, tout d'un trait, en pleine face: «maman a eu un accident avec son auto. Un train l'a frappée. Le choc a été trop fort. Maman est morte!»

Enfin, c'est dit. Denise ne pouvait plus retenir ces mots qui l'étouffaient. Il fallait les faire sortir. Quel soulagement de ne plus les avoir en travers de la gorge. Elle éclate en sanglots. Entendant pleurer sa sœur, Marlène en fait autant.

Idola et Fanny sont réveillées par les sanglots des deux grandes. Ne sachant trop le pourquoi de leurs larmes mais sentant bien que l'atmosphère était à la tristesse, elles se mettent à pleurer, elles aussi.

La gouvernante ayant cru entendre des gémissements, se colle une oreille sur la porte. Elle fait irruption dans la pièce. Orise Cantin sait bien que le pire est à venir.

— Mes pauvres enfants! Pleurez, ça va vous faire du bien.

Elle prend Fanny dans ses bras. Les trois autres s'accrochent aussi à elle.

— Denise et Marlène, écoutez-moi bien. Vous pleurez depuis cinq bonnes minutes, maintenant c'est assez.

Essayez de ne plus le faire. Votre maman est avec vous, même si vous ne la voyez pas. Le bon Dieu est venu la chercher parce qu'il voulait l'avoir auprès de lui dans son ciel. Essayez de comprendre ce que je vous dis. Votre papa aura bien besoin de votre sourire! Vous ne devrez pas pleurer sans arrêt. Je suis certaine que votre maman ne le veut pas, elle non plus.

Les deux petites cessent immédiatement leurs pleurs. Denise refoule ses larmes. Elle tente de se raisonner. «Si je pleure tout le temps, les petites vont pleurer aussi. Faut que j'essaie de me retenir.»

Idola et Fanny ne voyant plus Denise en larmes, arrêtent immédiatement. Orise Cantin amène les quatre fillettes à la salle à manger. Le déjeuner est déjà servi. Les deux plus grandes ont de la difficulté à avaler leurs rôties.

Jean à son tour, s'approche de la table. L'allure triste, les yeux rougis, il s'assoit avec ses soeurs. Il se prend une rôtie dans un plat. Lui aussi l'avale de travers.

À huit heures, Orize et Laurette ayant à peine terminé d'installer les jumelles dans leur parc, entendent la sonnerie de la porte. Victoire les a devancées pour aller ouvrir. C'est Georgina Robin et sa fille Paulette qui font leur entrée, les yeux gonflés d'avoir trop pleuré.

Jean et Denise se lèvent pour aller au-devant de leur grand-mère. La grand-maman prend ses deux petits-enfants dans ses bras et pleure avec eux.

Ne se levant pas de table, Marlène et Idola regardent la scène comme deux spectatrices assistant à une pièce de théâtre. Georgina leur jette à peine un regard. Indifférente, elle passe devant elles et va embrasser les jumelles. Paulette se sert un café et s'assoit à la table. L'aïeule revint près de son petit-fils.

— Jean, ton père n'est pas levé?

— Oui, grand-maman, il fait sa toilette. J'y ai parlé

avant de venir déjeuner. Mon oncle Philippe aussi est à la veille de descendre.

Quelques minutes plus tard, Philippe se pointe au haut de l'escalier. Il termine de boutonner sa soutane en descendant lentement les marches. Le curé embrasse sa mère. Les larmes recommencent à couler sur les joues de Georgina.

Le timbre de la porte retentit de nouveau. Victoire, une autre fois, trottine au pas de course pour aller ouvrir. Cette fois-ci, c'est Ronald, l'autre curé qui fait irruption dans la maison des Robin. Du haut de ses six pieds il promène son regard sur les membres de la famille. Marlène, apercevant son parrain, sort de table et court se réfugier dans ses bras.

Enfin, Camille pénètre dans la salle à manger. Il a le visage défait et les yeux creux comme quelqu'un qui n'a pas dormi de la nuit. Comment aurait-il pu fermer l'œil? L'apercevant, Marlène qui vient d'être déposée à terre par son oncle, va prendre la main de son père. L'enfant veut savoir si elle doit aller à l'école aujourd'hui. Son père s'empresse de la rassurer.

— Non, princesse. Vous n'irez pas à l'école pour les trois jours qui viennent.

C'est au tour de Georgina, avec sa voix la plus chaleureuse, de s'adresser à ses trois fils.

— Philippe, Camille et Ronald, prenez votre déjeuner et après je voudrais vous parler dans le particulier.

Georgina Robin a-t-elle l'intention de prendre la situation en main? Aussitôt le repas terminé, les trois fils Robin, accompagnés de leur mère, vont s'enfermer dans le bureau de Camille.

— Mes garçons, nous allons devoir nous organiser. Avant que n'arrivent les entrepreneurs de pompes funèbres, il faudrait prendre des décisions. Camille, je pense bien que ce ne serait pas une bonne idée de garder les plus jeunes ici pendant les journées d'exposition du corps. Jean et Denise sont assez vieux pour rester à la maison, j'en conviens. Quant aux jumelles, elles sont trop jeunes pour comprendre. La gouvernante s'en occupera. Marlène, Idola et Fanny, devraient partir.

— Où voulez-vous que je les envoie?

— J'ai parlé, au téléphone, avec votre tante Martha. Si tu es d'accord, Philippe, Martha est prête à garder Fanny au presbytère.

— Bien sûr que je suis d'accord, maman. Moi, ça ne me dérange pas, au contraire, elle mettra un peu de vie dans ce presbytère ennuyant.

Ronald, à son tour, apporte une suggestion.

— Moi, je peux en faire autant, je peux amener Marlène chez moi. Fleurette l'adore; pour elle aussi la maison sera plus animée. Ménagère de presbytère, ce n'est pas ce qu'il y a de plus gai.

Georgina semble satisfaite.

— Camille, tu pourrais t'enquérir auprès de ton beau-frère Lucien, si lui et sa femme voudraient accueillir Idola? Ce couple n'a pas d'enfant. Et ils sont ses parrain et marraine, si je ne me trompe?

Camille ne dit pas un mot. Il semble soucieux. Il est perdu dans ses pensées. «J'espère que je n'aurai pas à me séparer trop longtemps de mes enfants... Il est vrai que pour la période des funérailles, ce serait plus logique.»

— Très bien, maman, j'en parlerai à Lucien.

— Bon! Appelle-le maintenant. Il faudrait qu'elles partent toutes les trois, ce matin. Plus on traîne, plus c'est douloureux.

Camille téléphone à son beau-frère. Ce dernier consulte rapidement sa femme, Louise. Le couple est d'accord pour garder Idola. Georgina fait venir la gouvernante pour la mettre au courant de la situation et lui demande de préparer

40

trois valises pour les filles qui quitteront la maison.

L'assemblée de famille est terminée. Georgina a pris la situation en main, comme elle le voulait. Avant de sortir du bureau, elle fait une dernière mise au point.

— Paulette et moi allons demeurer ici jusqu'à l'enterrement. Après on verra... Évidemment, si ça ne te dérange pas, Camille!

— Non, maman! Au contraire, j'apprécie que vous restiez ici.

Sortant du cabinet de travail, Georgina laissant ses fils à la salle à manger, se rend à la cuisine pour y chercher Thomas. L'homme à tout faire devra aller conduire Marlène au presbytère de son fils Ronald.

La grand-mère en profite lorsqu'elle voit Laurette pour la sommer d'aller mener Fanny au presbytère de Charlesbourg. Quant à Idola, son oncle Lucien Desnoyers viendra la chercher sous peu.

Personne ne dit mot. La vieille Victoire s'essuie une larme. Georgina, avec son allure de Général d'armée, sort de la cuisine. Laurette ne peut s'empêcher de réfléchir à haute voix.

— J'espère qu'on n'aura pas cette vieille chipie ici trop longtemps. Madame Madeleine l'aimait pas du tout, hein?

Victoire se retourne brusquement.

— Je vous interdis de parler comme ça. Nous sommes ici au service des Robin. Il faut les respecter. Madame Georgina est la mère du docteur Camille. Souvenez-vous de ça! J'ai été à son emploi durant des années avant de travailler pour madame Madeleine. Elle a été bonne et juste pour nous, dans le temps. Pas vrai, Thomas?

— Ouais! De répondre son mari. On ne peut pas dire que c'est une créature reposante... Dans le temps, on était bien avec elle quand on ne la voyait pas trop souvent. Son mari, par exemple, lui, c'était quelqu'un! Ouais! Le docteur

Arthur, le père du docteur Camille, était un homme doux, aimable, toujours de bonne humeur, comme son fils.

Une heure plus tard, trois orphelines quittaient leur maison familiale. L'opération s'est déroulée dans un grand calme. Marlène était heureuse d'aller retrouver Fleurette dans la maison de son oncle Ron. Idola est partie avec son oncle Lucien dans la maison voisine. Elle était déjà habituée d'aller y faire son tour. Fanny est rendue chez la tante Martha, au presbytère de Philippe. Parmi les trois, c'est Fanny qui est la plus dépaysée. N'ayant pas vu souvent la vieille Martha, l'enfant se met à pleurer dès que la tante lui adresse la parole. C'est la jeune aide qui la console et qui l'amuse le temps qu'il faut pour la faire sourire. Fanny s'y attache très vite.

Denise a pleuré lorsque ses soeurs sont parties. Camille a le coeur gros. Il a tellement de choses à voir et à penser, qu'il doit mettre sa peine de côté.

Il sort de sa torpeur

C'est au tour de Georges de se pointer au début de l'après-midi. Ce dernier étant dans l'Aviation canadienne, Georgina craint continuellement qu'on expédie son fils au front comme combattant. À l'instar de ses frères, Georges vient embrasser sa mère. Beau grand jeune homme blond avec des yeux gris d'une douceur attirant bien des femmes, ce garçon ne s'arrête pas à la gent féminine. En analysant sa physionomie et son allure, ne lui découvre-t-on pas un air un peu efféminé?

*

Les entrepreneurs de pompes funèbres se pointent vers la fin de l'avant-midi. Camille les introduit dans son bureau. Ses frères, Philippe et Ronald sont auprès de lui. Il se sent supporté. À peine sont-ils entrés dans le bureau que Georgina les rejoint.

Les arrangements terminés, les frères Robin et leur mère sortent de la pièce en compagnie des croque-morts. Avant de partir, ces derniers serrent la main de chaque personne de la maison pour leur présenter leurs condoléances. Dès qu'ils furent sortis, Camille prend la parole pour mettre son monde au courant.

— Madeleine sera exposée ici, aujourd'hui, à la fin de l'après-midi.

Camille ne peut en dire plus. Il se sent étouffer. Georgina explique à la maisonnée que le cercueil de Madeleine sera placé dans le salon, à la place du piano à queue qu'on poussera sur ses roulettes dans le solarium.

Le service funèbre sera chanté, avec diacre et sous-diacre, jeudi à onze heures, en l'église de Charlesbourg. Philippe, Ronald et Gérard-Marie officieront pour la cérémonie funèbre. Madeleine sera ensuite conduite à son dernier repos au cimetière de Charlesbourg, où elle sera enterrée dans le terrain des Robin.

Du mardi en milieu de journée jusqu'au jeudi matin, la parenté, les amis et les curieux défilent devant le cercueil fermé de la regrettée Madeleine. On a placé sur la tombe une grande photo représentant une Madeleine souriante. Des amis viennent remplacer la famille pendant les nuits de veille.

Camille, comme un automate, répond aux questions sans s'en rendre compte. Jean et Denise se tiennent collés à leur père. De temps à autre, ils éclatent en sanglots. Dans ces moments douloureux, Camille sort de sa torpeur et tente de consoler ses deux plus grands.

Les événements se déroulent comme prévus le jour des obsèques. L'église est pleine à craquer. Au premier banc dans l'allée centre-gauche, ont pris place Camille, son fils Jean et sa fille Denise. Georgina, Paulette et Georges sont dans le banc derrière eux.

Dans la rangée centre-droite, au premier banc, sont installés les parents de Madeleine, Lucia et Alphonse Desnoyers, ainsi que leur fille Lucille. Derrière, on voit Lucien et Louise ainsi que Raoul et Jeannette. Les enfants de Raoul, les plus vieux, sont aussi venus pour assister au service.

Lorsque prend fin la cérémonie funèbre, Denise et Jean éclatent en sanglots déchirants. Camille est obligé de soutenir ses deux enfants afin qu'ils puissent suivre le cercueil vers l'arrière du temple. Rendue au milieu de la nef, Denise s'écroule aux pieds de son père. Ce dernier, la vue obstruée par les larmes, relève sa fille et la tient dans ses bras se préparant à la sortir dehors. Enfin, Georges s'approche et le libère de son fardeau. Il prend l'enfant pour la porter lui-même hors de l'église.

Les gens à leur tour se dirigent vers les grandes portes ouvertes. Ils embarquent dans leur auto respective. Le cortège se met en branle pour escorter la belle Madeleine au cimetière paroissial.

Enfin, la famille Robin accompagnée de plusieurs invités revient à la maison. Pour la circonstance, on a retenu les services d'un traiteur renommé.

*

Au bout d'un certain temps, sans se soucier des visiteurs qui sont encore à la maison, Camille monte à sa chambre. Fermant la porte à clef, lentement, il prépare un feu dans la cheminée. Il sort une bouteille de cognac du cabinet à boisson près de la fenêtre. Se versant une bonne mesure de cet alcool, il va se chercher un peu d'eau à la salle de bain. Le docteur Robin s'installe dans son gros fauteuil à oreillettes. Il allume une cigarette et continue de parler à sa Madeleine.

«Ma chérie, même si l'on vient de déposer ton corps en terre, je sais que tu es ici, avec moi. Tu sais, je ne sais vraiment plus quoi faire. Maman m'a proposé un marché dont je ne suis pas trop content. Je ne sais pas si toi, tu serais heureuse de cette suggestion. Elle voudrait que je laisse nos trois petites là où elles sont, pour un certain temps. Maman et Paulette habiteraient ici. Maman dirigerait la maisonnée. Elle m'a bien dit qu'avec les sept enfants, il n'en était pas question. Jean et Denise pourront demeurer ici, ils sont

45

plus âgés. Pour les jumelles, elle n'aura pas à s'en préoccuper, madame Cantin le fait si bien. Ainsi ce ne serait pas trop ardu pour maman et la maison serait bien dirigée.»

Camille vide d'un trait le reste de son verre et s'en verse un autre. Il se rassoit péniblement.

«Vois-tu, Madeleine, j'ai peur qu'un jour, les enfants me reprochent d'avoir accepté ce marché. Je sais que nos fillettes seraient bien là où elles sont. Marlène est très heureuse de se retrouver chez Ron. Idola serait aussi en sécurité chez sa marraine. Cette enfant est dans la maison voisine de la nôtre. Et Fanny habiterait chez Philippe. Elle est jeune, elle s'habituerait. On ne peut s'attendre à mieux. Je sais que c'est logique!»

Camille entend frapper à la porte. Il ne répond pas. On insiste.

Le docteur Robin se lève et va ouvrir. Philippe pénètre à l'intérieur de la chambre et referme la porte sur lui.

— Eh bien, mon vieux! J'espère que tu ne t'enfermeras pas continuellement comme ça? Il ne reste que notre famille en bas. Il me semble que tu pourrais descendre. Il n'y a plus rien qui paraît. Le grand salon a été replacé comme avant.

— Phil, je n'ai vraiment pas le goût de parler à qui que ce soit. J'ai besoin de rester seul.

— Denise et Jean sont là, chacun dans son coin. Ils font pitié à voir. Denise est encore toute pâle de sa perte de conscience. Descends donc un peu! Quand bien même ce ne serait que pour eux... Il ne faudrait pas les abandonner.

— Non! Je ne descendrai pas! Envoie-moi mes deux enfants. Dis-leur que je veux leur parler.

— Comme tu voudras...

Philippe quitte la chambre de son frère et descend avertir les deux jeunes. Trois minutes plus tard, Camille entend de nouveau frapper à la porte. Il se lève et va ouvrir.

46

C'est Denise qui bat la marche. Son frère la suit à quelques pas derrière. Les deux orphelins semblent intimidés. Ils restent en retrait.

—Venez, les enfants! Entrez. Ne restez pas dans la porte. Assoyez-vous.

Denise s'avance vers son père. Jean ne bouge pas beaucoup. Camille s'aperçoit soudain qu'il devra rester très près d'eux, s'il ne veut pas les perdre. Il pense aussi à ses trois filles qui sont ailleurs. Denise le sort de sa rêverie.

— Grand-maman a dit que Marlène, Idola puis Fanny resteront plus avec nous. Moi j'aimerais mieux que mes sœurs reviennent chez nous.

La fillette de neuf ans éclate en sanglots. Le père essaie de la consoler.

— Où vas-tu chercher cela? Il n'est pas question que tes sœurs n'habitent plus avec nous. C'est seulement pour un certain temps. Tu vas voir, on va s'arranger. On va se tenir. Ne crains rien ma Denise.

Pendant que Camille essaie de consoler sa fille, on frappe de nouveau à la porte. C'est la gouvernante qui annonce que le souper sera prêt dans dix minutes. Camille est contrarié.

— Je n'ai vraiment pas faim. J'irai me chercher quelque chose à la cuisine si jamais je sens la fringale me revenir. Merci, madame Cantin.

— Très bien, docteur. Alors, Denise et Jean, votre grand-mère vous attend en bas.

Denise s'empresse de formuler un souhait à son père.

— Pourquoi qu'on mangerait pas ici, dans ta chambre, avec toi?

— Bonne idée, ma grande! Madame Cantin, pouvez-vous nous organiser un lunch pour nous trois? Jean, tu vas manger avec nous?

Jean acquiesce de la tête. Madame Cantin sort et

descend faire part à Georgina des intentions du docteur. Cette dernière ne l'entend pas ainsi. Le bec pincé, elle réfute le désir de son fils.

— Laissez faire le souper dans la chambre. Je vais m'en occuper.

D'un pas assuré, le port fier, Georgina Robin, d'une grande beauté, mais froide comme un glaçon, monte à l'étage afin de rétablir la situation. Elle frappe doucement à la porte de la chambre de son fils. C'est Jean qui vient lui ouvrir.

— Grand-maman, veux-tu venir manger avec nous? Nous soupons dans la chambre avec papa.

— Non, non, mon enfant. Personne ne soupera dans la chambre. Camille, mon grand, il ne reste que Paulette et moi, en bas. As-tu l'intention de nous laisser souper seules à cette grande table?

— Je m'excuse, maman. Je ne savais pas que vous étiez seules. Je n'avais pas envie de faire la conversation. Bien sûr que nous descendrons souper avec vous deux.

Georgina les ramène avec elle à la salle à manger. Paulette est déjà rendue. Timide, elle se tient debout derrière sa chaise. Georgina donnant le signal, la famille s'assoit. La place de Madeleine au bout de la table rectangulaire reste vide. Denise apercevant la chaise de sa mère, ravale ses larmes. Son père fait mine de ne rien voir. Lui aussi a le coeur dans la gorge.

Camille est seul à l'autre extrémité. Habituellement il faisait face à Madeleine. La grand-mère s'installe à côté de son fils, à la place de Marlène. Paulette a pris celle d'Idola. La petite Fanny ne prenait pas encore ses repas à la table familiale. Camille a le coeur gros en pensant à ses trois enfants qui ne sont pas là.

Le repas se prend en silence. Chacun est dans sa bulle avec ses propres pensées. Camille songe à Madeleine

disparuc à jamais, à ses trois fillettes éloignées momentanément; les larmes tombent dans son assiette.

Georgina échafaude des plans pour faire fonctionner
cette grande maison à son goût. Paulette marche un peu sur
des oeufs. À trente ans, elle est assez embarrassée de
revenir habiter ici. «Maman ne devrait pas s'en mêler à ce
point-là. Il me semble que mon frère a eu assez de perdre sa
femme. Est-ce nécessaire, en plus, d'éloigner trois de ses
enfants?»

Le souper terminé, Camille se retire dans sa chambre.
Jean et Denise vont rejoindre madame Cantin au solarium.
Cette dernière vient à peine de coucher les jumelles. Elle
regarde les deux enfants tristement. «Pauvres petits! Si
riches matériellement, et si pauvres en même temps. Plus
de mère! Peut-on être plus pauvre?»

Quelques minutes plus tard, Denise dit bonsoir à la
gouvernante et monte dans l'intention de se coucher. Elle se
rend à la chambre de son père. Elle frappe trois coups
discrets à la porte. Camille se doute bien qui ce peut être.

—Oui, Denise.

L'enfant entre et venant s'asseoir sur les genoux de son
père, elle le prend par le cou.

— Papa, veux-tu qu'on téléphone à Marlène?

— Bonne idée, ma grande. Tiens, tiens... on va
l'appeler d'ici.

Denise ne sachant pas le numéro de son oncle Ron, son
père le compose à sa place. C'est Fleurette, la ménagère, qui
répond. Denise s'empresse de lui demander si elle peut
parler à sa sœur.

— Bien sûr que tu le peux, ma pauvre enfant. Marlène
va sûrement être contente de te parler. Je te la passe.

Denise n'attend pas longtemps. Sa sœur est au bout de
la ligne, complètement excitée.

— Allô Nise? Je voulais te téléphoner demain. Je suis

49

contente que tu m'appelles. Grand-maman est-y encore chez nous?

— Ben oui! Je pense qu'elle va rester ici avec Paulette. As-tu hâte de revenir à la maison, Marlène?

— Oui. Mais, mon oncle Ron m'a dit que j'irais plus tard. Je vas aller à l'école chez les Ursulines. Je vas commencer lundi. Fleurette est allée pour faire mon entrée. Elle m'a apporté un beau costume. Je peux pas mettre ma robe de couvent que j'avais à Charlesbourg, ça fait pas. J'ai pas le droit.

Denise met sa main sur le combiné pour parler à son père.

— Elle va aller à l'école chez les Ursulines. Comment ça?

Camille hausse les épaules. Il est pensif. «Est-ce encore maman qui a organisé cela? Évidemment, elle fait pour le mieux!» Denise donne le récepteur à son père.

— Marlène veut te parler.

Le sourire réapparaît dans les yeux de Camille.

— Bonsoir ma princesse. Comment vas-tu?

— Bien! Bien... mais... je m'ennuie! Papa, quand est-ce que tu vas venir me chercher?

— Bientôt, ma princesse. En attendant, je te promets d'aller te voir à chaque jour.

— Vas-tu venir demain?

— Oui. Dès demain avant-midi. J'amènerai Denise et Jean avec moi. Es-tu contente?

— Oui... Quand est-ce que moi, j'irai chez nous?

— Bientôt, ma chérie. Va te coucher comme une grande fille. Nous nous verrons demain matin. Bonne nuit, princesse.

— Bonne nuit, papa.

Marlène ferme le téléphone en pensant: «Comment ça se fait que je peux pas rester chez nous? Denise a le droit, elle, mais pas nous.»

À la maison du Trait-Carré, après la conversation téléphonique, Denise prend son père par le cou et l'embrasse.

— Que je suis contente, papa! on va aller voir Marlène. Elle aura moins de peine, hein?

— Oui ma chérie, elle aura moins de peine. Bon. C'est à ton tour d'aller au lit. Allez, ouste. On se lèvera tôt demain matin.

Pour Denise, c'est le premier moment de bonheur depuis qu'elle a appris la mort de sa mère. En vitesse, elle traverse la mezzanine, contourne la cage d'escalier en laissant glisser sa main sur la rampe de bois. En entrant dans sa chambre, elle se rend compte qu'il y a de la lumière qui filtre sous la porte de la salle de bain.

— Paulette?

— J'arrive.

Déjà en pyjama, la tante sort de la salle de bain. Denise est surprise de la retrouver prête à se mettre au lit.

— Tu te couches déjà? Y est seulement neuf heures.

— Denise, je voulais surtout te parler. J'espère que tu ne m'en veux pas de prendre le lit de tes soeurs. Je ne tiens pas tellement à rester ici. Ce n'est pas que je ne vous aime pas, c'est que je suis déshabituée de cette maison. En agissant ainsi, je ne sais pas si maman fait bien. Tu sais, elle le fait pour vous autres. Elle ne veut pas que vous soyez éduqués par des étrangers.

— Pourquoi, qu'elle veut pas avoir mes soeurs?

—Ce n'est pas qu'elle ne veuille pas les avoir. Trois de plus, c'est beaucoup pour elle. Tu sais, grand-maman n'est plus jeune. Une enfant de deux ans, une de quatre ans et une autre de six ans, c'est vraiment trop. Tes soeurs ne sont pas à l'étranger, elles sont dans la famille.

— Ouais! Fleurette, la ménagère de mon oncle Ron,

c'est pas de la famille.

— Non. Mais ton oncle l'est, lui. Il est même le parrain de Marlène.

— Demain matin, papa, Jean et moi, on va aller voir Marlène. J'ai hâte. Penses-tu que grand-maman va vouloir les reprendre quand mes soeurs vont être plus grandes?

— On ne sait jamais ce que l'avenir nous réserve. Pour le moment, c'est comme ça. Plus tard, on verra.

À son tour, Denise enfile sa jaquette. L'enfant a une autre question qui lui brûle les lèvres.

— Paulette, l'aimais-tu ma mère, toi?

— Quelle question! dit Paulette, embarrassée. Bien sûr que je l'aimais, ta mère. Pourquoi poses-tu cette question?

— Je sais que grand-maman l'aimait pas, elle. Maman non plus avait pas l'air d'aimer beaucoup grand-maman.

— Peut-être qu'elles étaient en conflit. Dors, ma chouette, si tu veux te lever tôt demain matin.

— Bonne nuit, Paulette.

— Bonne nuit, Denise. Fais de beaux rêves.

*

Le lendemain vient vite pour les enfants Robin. Aussitôt le déjeuner terminé, Camille quitte la maison avec Denise et Jean. Il a spécifié à sa mère, avant de sortir qu'ils ne rentreraient que pour le souper.

Georgina, n'appréciant guère cette sortie, ne le démontre pas. Elles les embrasse, à tour de rôle.

— Prenez le temps qu'il vous faut. Ça vous fera du bien. Allez! À ce soir.

Trente minutes plus tard, Camille stationne devant le

presbytère de Ronald. Marlène est dans la fenêtre.

—Y sont là. Y *zarrivent*! Crie-t-elle à Fleurette.

L'enfant court à la porte d'entrée et l'ouvre toute grande avant même d'entendre la sonnerie. Les trois visiteurs n'ont pas terminé de monter les marches de l'escalier extérieur, qu'ils aperçoivent la frêle silhouette de la blonde fillette avec ses nattes taquinant le bord de sa robe. Le rire étincelant et les yeux rieurs, Marlène Robin accueille sa famille. Elle saute dans les bras de son père. Camille serre sa fille contre lui.

— Vous êtes bien jeune, ma princesse, pour jouer à l'hôtesse sur le palier d'un presbytère, en plein mois de décembre.

Fleurette vient à la porte, avec sa belle humeur habituelle. Elle les fait passer au salon.

— Venez. Venez vous asseoir. Monsieur le curé n'est pas revenu de l'église. Il a dû causer avec des paroissiens après l'office. Il ne devrait plus tarder. Docteur, un bon café?

— Oui. À la condition que nous le prenions à la cuisine. Un peu de simplicité ne nous fera pas de tort, après ces dernières journées passées à faire des manières.

Ils se retrouvent dans la cuisine ensoleillée du presbytère. Camille considère que c'est l'endroit le plus accueillant de cette immense bâtisse de pierres grises. À peine cinq minutes plus tard, Ronald fait son entrée. Il est heureux de retrouver son frère en forme, malgré la tristesse du regard.

— Camille! Eh bien, mon vieux, tu te lèves tôt.

— Oui. À partir d'aujourd'hui, je commence une nouvelle vie. Ceci est dit sans amertume, mais avec réalisme. Nous venons chercher Marlène pour la journée. Nous l'amènerons avec nous pour visiter Fanny, chez Philippe. Ensuite, nous irons voir Idola, chez Lucien. On fera une visite à la maison pour dire bonjour aux jumelles et nous reviendrons la reconduire après souper.

Marlène saute de joie. Ron apporte une alternative.

— Tu ne trouves pas que ça fait beaucoup pour une journée? Je vais te suggérer quelque chose. Si ça fait ton affaire, tu acceptes; sinon tu feras ce que tu voudras. Ne pourrait-on pas aller manger au restaurant, ce midi? Après le repas on se rendrait chez Philippe. On téléphonerait à Louise, la femme de Lucien, pour lui dire de venir faire un tour avec Idola en après-midi.

Camille a soudain compris qu'il n'était peut-être pas bon pour Marlène de pénétrer dans sa maison sans pouvoir y rester. Il est reconnaissant à son frère de lui avoir suggéré ce plan. Avant de répondre, il regarde ses enfants à tour de rôle.

— C'est une bonne idée que tu as là. Qu'est-ce que vous en dites, les enfants?

Marlène fait la moue.

— Je verrai pas Marysol ni Marylou... Mais, ça fait rien. Au moins je pourrai voir Idola et Fanny.

Ronald téléphone d'abord à Philippe. Aucun problème de ce côté. Ensuite, Camille appelle Louise. Sa belle-soeur est un peu réticente. Elle a peur que cela fasse ennuyer Idola. Camille insiste pour voir sa fille. Finalement sa belle-sœur accepte d'aller avec l'enfant chez Philippe.

Après avoir fermé le téléphone, Camille est pensif. «Non, mais, pour qui se prend-elle, cette Louise? À qui appartient-elle, cette enfant? Oh! dès que je pourrai m'organiser mieux que ça, je vais les récupérer mes filles. On ne me dictera pas ainsi ma conduite durant le reste de mes jours». Pendant que Marlène amène son frère et sa soeur pour leur faire visiter sa chambre, Camille raconte à Ronald les paroles de Louise.

— Camille, veux-tu savoir ce que j'en pense?

— Oui, dis.

— Présentement, tu es désemparé et ça se comprend. Mais, rappelle-toi ce que je vais te dire. Ne te laisse dicter ta conduite par personne! Que cela vienne de ta mère, de ta belle-soeur ou de n'importe qui d'autres. Ces enfants, ils sont à toi. Et tu en es le seul responsable. Je vais même aller jusqu'à te dire que si maman s'immisce trop dans tes affaires, eh bien... Rappelle-la à l'ordre. Qu'elle te rende service, je suis d'accord. Mais, fais attention! Tu la connais la Georgina; elle va vouloir bien faire, mais ce sera à son goût à elle.

— Je suis quand même chanceux de l'avoir. Évidemment, ce qu'elle décide ne fait pas nécessairement mon affaire. Cependant, je sais que c'est logique.

— Il ne faut pas que la logique élimine les sentiments. Moi, je peux garder Marlène autant que tu le voudras. Par contre, si tu préfères l'avoir à la maison, c'est à toi de décider.

Il n'est que dix heures trente. Les enfants ont une bonne heure à se distraire avant d'aller "luncher". Ronald suggère à Camille d'aller marcher sur la galerie. Pendant ce temps, les jeunes joueront aux cartes avec Fleurette. Cette dernière est heureuse de leur faire plaisir.

— Je vais remplir un beau plateau de sucre à la crème. On va se gâter un peu.

À onze heures trente, Ronald donne le signal du départ. Les trois enfants, accompagnés de leur oncle-curé et de leur père, embarquent dans la voiture de ce dernier pour se diriger vers un restaurant du carré D'Youville. Les jeunes oublient momentanément qu'ils n'ont plus de mère. Personne ne se douterait, dans ce restaurant chic, que ces enfants richement vêtus sont des nouveaux orphelins.

Denise habillée d'un manteau de rat musqué naturel et Marlène d'un, en lapin gris, ont plus l'air de jeunes

55

princesses que de petites orphelines en deuil. Jean a revêtu un anorak de ski beige garni d'un col de fourrure brune. Les gens des tables voisines admirent ces trois enfants bien élevés qui tiennent si bien leurs ustensiles et qui ne mastiquent pas la bouche ouverte.

Le repas se déroule dans une atmosphère joyeuse. Après avoir réglé la note, Camille amène son monde à Charlesbourg. En entrant au presbytère de Philippe, on entend les voix de Fanny et d'Idola. La bonne vieille Martha vient accueillir les invités à la porte. Les enfants Robin sont fiers de se retrouver.

La tante est heureuse lorsqu'elle est entourée des jeunes de sa parenté. Contrairement à sa soeur Georgina, Martha n'a en elle rien d'autoritaire. Georgina l'a toujours menée par le bout du nez. Comme Martha est une bonne pâte, elle s'en accommode très bien. Elle est enchantée d'avoir accueilli Fanny au presbytère. Ayant une jeune servante pour l'aider dans ses tâches, ce sera plus facile de garder l'enfant.

Comme le fait remarquer Philippe, il y a de la vie dans la maison,. Les enfants s'amusent ensemble une bonne partie de l'après-midi. Fanny est tellement fatiguée qu'elle tombe endormie, étendue à terre près d'un calorifère, avec son ourson dans les bras.

Vers quatre heures, Camille annonçant le départ, offre à Louise de la déposer chez elle. Cette dernière refuse, il fait beau et elle préfère marcher.

Camille embrasse Idola et Fanny. Cette dernière est déjà adaptée à son nouveau milieu. Le docteur Robin reconduit Ronald et Marlène à Québec et revient à Charlesbourg avec Denise et Jean. Ils entrent à la maison vers cinq heures trente.

Camille monte à sa chambre pour relaxer. Regardant l'heure, il sort la bouteille de cognac. «Six heures moins vingt. J'ai le temps de me faire un feu.»

Lentement, il défait le noeud de sa cravate et, enlevant ses chaussures, il met ses pantoufles. Choisissant du petit bois d'allumage, il cherche du papier journal et soigneusement, il allume son feu. Au bout de quelques secondes, une belle flamme illumine la chambre du docteur Robin.

C'est un Camille rayonnant qui se rend à sa salle de bain avec une carafe de verre taillé pour la remplir d'eau. Il revient près de son feu de bois. Le nouveau veuf se sert une bonne mesure de cognac dans un verre de cristal. Il y ajoute un peu d'eau. Il fait démarrer le tourne-disque. "La Traviata de Verdi". «C'était le disque préféré de Madeleine». Délicatement, il fait pivoter la bombe de cognac dans ses mains. Sortant une cigarette de son paquet, il l'allume. Il étend ses pieds sur le pouf et ferme les yeux.

Penser à Madeleine. Quel rêve! Elle est là devant lui. Le temps passe sans qu'il ne s'en rende compte. Il se réveille en sursaut. Quelqu'un vient de frapper à la porte.

— Qui est-ce ?

— C'est Annette, docteur. Le souper sera servi dans dix minutes.

— Très bien, je descends.

Son disque, depuis longtemps terminé, continue de jouer en grinçant. «Le "pick-up" de Madeleine... Elle en prenait soin comme si c'était la prunelle de ses yeux!» Il enlève le disque. Le docteur Robin change de chemise, endosse son veston et remet ses souliers. Il s'apprête à aller rejoindre sa famille pour le souper. En descendant, il rencontre madame Cantin et Annette qui montent coucher les jumelles. Camille les embrasse au passage. «Je n'ai pas eu grand temps à leur consacrer ces derniers jours.»

Un cadeau manquant

Ce sera Noël dans quelques jours. Les emplettes de Madeleine ont été livrées par le magasin, directement à la maison. Les noms sont écrits à l'encre verte sur chaque carton décoratif fixé à chaque cadeau. Ironiquement, il ne manque que celui de Georgina. C'est elle qui a reçu les colis du livreur. Avant de les déposer dans la chambre de son fils, elle a passé les noms en revue. N'ayant rien trouvé à son nom, elle est mécontente.

En ce 20 décembre, lorsque Camille s'aperçoit qu'il manque le cadeau destiné à sa mère, il demeure intrigué. Il décide de téléphoner à Gilberte, afin de s'enquérir si elle peut l'éclairer à ce sujet.

— Camille. Ta femme n'avait pas acheté le cadeau de ta mère chez Paquet. En revenant de dîner ce jour-là, nous nous sommes arrêtées à une bijouterie dans le même arrondissement. Madeleine a donné un acompte pour faire mettre de côté une belle broche de perles. Je me souviens qu'on lui a remis une facture et une carte. Elle n'a pas pris la broche immédiatement, elle avait peur de ne pas avoir assez d'argent pour passer la journée. Tu vas certainement retrouver les papiers dans sa bourse brune. On a dû te remettre ses choses?

— Oui. Bon! Ça m'éclaire. Je vais essayer de trouver les papiers en question. Je te remercie beaucoup, Gilberte.

Camille s'empresse d'aller chercher dans le placard la bourse brune de sa femme. Une règle avait été suivie par la maisonnée. On attend que le docteur soit parti pour ses vacances en Floride, avant de transporter les affaires de Madeleine dans une chambre libre. Camille ne veut pas qu'on le fasse immédiatement. Il ne veut rien jeter. En fouillant dans le porte-monnaie de son épouse, il retrouve enfin les papiers nécessaires pour récupérer la broche. Immédiatement, il fait venir sa soeur dans sa chambre pour lui demander d'aller chercher la broche.

— Ne t'en fais pas avec ça. Je vais aller la chercher, de lui répondre Paulette. J'aurai du temps libre demain.

Paulette voudrait dire quelque chose à son frère, mais n'ose pas. Camille la sent hésitante.

— Y a-t-il un problème?

— Je voudrais te parler.

— Vas-y soeurette.

— Camille, je suis en amour!... Un garçon qui travaille pour le "Bell Telephone". C'est lui qui vient réparer nos lignes au bureau. Un être superbe. Il s'appelle André Labonté.

— Eh bien! Est-ce qu'il connaît ton attirance pour lui ?

— Bien sûr! Il partage les mêmes sentiments. Il y a un mois que nous avons commencé à nous fréquenter. Le problème, c'est que je ne pourrai pas continuellement trouver des défaites pour sortir avec lui. Devant maman, j'entends! Nous sommes en plein mois de décembre, les magasins sont ouverts le soir... Les "parties" de bureaux... Tout va bien. Mais... après?

— C'est quoi le problème? Est-ce que maman ne l'aimerait pas ?

— Bien, tu sais comment elle est. André n'est pas médecin. De plus, il répare des lignes téléphoniques. Je ne crois pas qu'elle appréciera.

— Veux-tu que je lui parle à notre mère? Le premier moment de surprise passé, j'essaierai de la raisonner. Ne t'en fais pas! Tu l'aimes, ton André? C'est ce qui compte. Moi, je sais que tu as assez de jugement pour reconnaître un bon garçon. Travailler pour le "Bell Telephone", c'est une sacrée belle "job".

Le frère et la soeur sortent de la chambre. Ce même

soir, vers dix heures, quand la maisonnée s'est retirée pour la nuit, sauf Georgina, Camille s'assoit dans la mezzanine. Il attend que sa mère monte pour se coucher. Son attente n'est pas longue. Il l'entend mettre le pied sur la première marche et aperçoit bientôt sa tête à travers les barreaux. Lorsqu'elle atteint le haut de l'escalier, Camille croit que c'est le moment de l'interpeller.

— Maman?

— Ah, tu es là, toi?

Camille lui fait signe d'approcher.

— Viens t'asseoir un peu avec moi, maman, j'ai à te parler.

Georgina regarde tendrement ce fils bien-aimé. Son préféré.

— Qu'est-ce que tu as à me dire, mon grand? Est-ce au sujet des enfants? Tu sais, je me suis arrangée pour que nos trois petites qui sont à l'extérieur soient avec nous le jour de Noël.

Camille serre les dents. «Elle a tout manigancé. J'aurais voulu les avoir pour les vacances des Fêtes au complet. Ça ne finira donc jamais!»

— Non, maman. Ce n'est pas pour les enfants. C'est au sujet de Paulette.

— Qu'est-ce qu'elle a, celle-là? Un vrai tempérament de vieille fille.

— Justement maman, il lui tombe une chose merveilleuse sur la tête! Elle est en amour.

— Ah bien!... Ce ne sera pas la première fois. Elle en a souvent des amours. Elle les choisit mal. Et de plus, elle n'est même pas capable de les garder. Je ne sais pas ce qu'elle a. Une belle fille, pourtant. Le dernier, tu t'en souviens? Un fonctionnaire comme elle... Eh bien, ça n'a pas duré longtemps. Tu ne pourrais pas, toi, lui présenter un médecin?

61

— Maman! L'amour, ça ne se commande pas, voyons donc! Cette fois-ci, leurs sentiments semblent réciproques. C'est un type qui travaille pour le "Bell Telephone". Elle l'aime et il l'aime, lui aussi.

— Pour le "Bell Telephone"! Mais, elle est folle cette fille! Tu verras, ça ne durera pas longtemps. Du moins, je l'espère!

— Maman, écoute-moi. Il n'y aura aucun de tes enfants qui se mariera à ton goût. Il faut que tu comprennes ça. Si je t'avais écoutée, je n'aurais jamais marié Madeleine et je n'aurais jamais connu le bonheur que j'ai vécu avec elle.

— Parlons-en de ton mariage avec Madeleine. On voit où ça nous a menés. Elle n'était même pas capable d'avoir une bonne pensée pour ta mère.

— Est-ce que tu fais allusion à ton cadeau de Noël qui n'était pas avec la commande de chez Paquet?

— Puisque c'est toi qui en parles... Trouves-tu ça normal? Elle ne me faisait que des vacheries.

— Maman! Madeleine avait acheté ton cadeau dans une bijouterie. Elle l'avait fait mettre de côté et j'ai retrouvé la facture dans sa bourse brune. C'est Paulette qui ira le chercher, demain midi. Tu juges trop vite, maman!

Georgina ne sait plus quoi dire. Elle regarde son fils droit dans les yeux. Rouge d'embarras, elle tourne les talons et de son pas militaire, s'en va dans sa chambre.

*

Le 24 décembre se pointe vite. Le docteur Robin a hâte de voir ses trois filles. Il avait l'habitude, à chaque Noël, de faire un cadeau pour la famille. Il ne veut pas déroger à cette coutume cette année, même si Madeleine n'y est plus. Il a donc acheté un gros radio dans un cabinet de bois d'érable. Un modèle dernier cri. Thomas Paradis le mettra sous l'arbre seulement au matin de Noël.

Camille ne veut pas de réveillon. D'abord, la famille est en deuil. Ensuite, il lui manque trois enfants. La Fête est remise au jour de Noël, quand il aura ses enfants avec lui. Ce ne sera pas le Noël habituel. Le fait de rassembler ses enfants lui fait chaud au coeur.

Georgina a donné ses ordres, afin de préparer un gros repas pour le midi. Georges est arrivé de Montréal. Paulette sera du nombre avec André, son nouvel amoureux. Elle en profitera pour le présenter à sa famille. C'est Ronald qui amènera Marlène pour le dîner. Philippe sera aussi de la fête avec la tante Martha et Fanny. Idola viendra avec Lucien et Louise.

Camille est ému lorsqu'arrive l'heure du repas. Ses enfants sont tous présents. Malgré la perte récente de sa femme, le beau docteur se sent heureux.

Paulette vient à peine de présenter son ami. Sa mère étudiant le nouveau venu essaie de lui trouver des défauts. Elle trouve qu'il ressemble à un acteur de cinéma. Selon elle, il est le portrait d'Allan Lad. Et, il lui a baisé la main! Les défauts diminuent.

Georgina invite la famille à passer à table. Marlène vient pour prendre sa place habituelle, près de son père. La grand-mère l'accroche par un bras et la tire brusquement. L'enfant effrayée se met à crier.

— Aie! Tu me fais mal, grand-maman. Pourquoi tu me serres le bras? C'est ma place, à table. Je me suis pas trompée.

La grand-mère se penche pour lui parler à l'oreille afin que personne n'entende.

— Ce n'est plus ta place, ma belle. Tu restes chez ton

oncle Ron, toi. Et ne fais surtout pas de scène.

L'enfant est abasourdie. Ronald a connaissance de l'altercation. Il s'avance en vitesse près de sa protégée.

— Est-ce que ma filleule voudrait bien me donner le bras et s'asseoir près de moi, à table? Ce serait un honneur pour moi!

Marlène le regarde et éclate de rire. Donnant le bras à son oncle, elle s'assoit près de lui. Camille aussi a vu la scène. Son moment de bonheur est terminé. «Je ne la laisserai pas maltraiter mes enfants. Pauvre maman! Il faut qu'elle ait ses préférés.»

L'après-midi est trop vite passé. Après la distribution des cadeaux, les trois enfants de l'extérieur s'habillent pour repartir. Avant de quitter la maison, elles font le tour des personnes de la famille pour les embrasser. En embarquant dans l'auto, Marlène ne manque pas de passer ses réflexions.

— Moi, je l'aime pas, grand-maman. On dirait une sorcière.

— Ah bien! Ce n'est pas gentil, ça, par exemple. Tu sais que ta grand-maman, c'est ma maman. Et moi, je l'aime.

— Pas moi.

— Es-tu contente de tes cadeaux?

— Oh oui! J'ai eu des beaux patins de fantaisie blancs, des "Daoust", à part ça. C'est ma maman qui me les avait achetés.

— Je sais, ma chérie.

— Il est gentil, le chum à Paulette, hein, mon oncle Ron?

— Très gentil! J'espère que toute la famille pensera comme nous.

— Ouais! surtout grand-maman, hein?

Ronald se retient pour ne pas éclater de rire devant la

remarque de l'enfant.

*

Les trois fillettes retournent chez leur père au Jour de l'An. Les Fêtes terminées, les visites s'arrêtent là. À la fin de janvier, c'est l'anniversaire de Marlène. Elle a sept ans le 31 janvier. Son frère et ses soeurs lui ont souhaité Bonne Fête au téléphone. Il faisait tempête, son père n'a pas pu aller la chercher.

Les deux premiers mois de l'année 1941 passent comme un éclair. Au début de mars, Philippe et Camille partent en automobile pour la Floride. Ils seront absents un mois. Ils reviendront avant le 5 avril pour l'anniversaire de naissance de Denise.

Pourquoi t'aimais pas maman?

Les vacances d'été se pointent et les trois filles sont toujours en pension chez leur oncle respectif. Un soir, Marlène téléphone à son père pour le supplier de l'amener passer une semaine de vacances à la maison. Elle voudrait bien se baigner dans la piscine.

— Certain que tu vas venir, ma princesse. Je te le promets. Sinon, nous partirons tous les deux. J'en parle à grand-maman et je te rappelle.

Camille ne sait pas si sa mère acceptera cet arrangement. Un soir de la fin de mai, étant assis ensemble dans le solarium, Georgina termine une broderie et Camille fait des mots croisés. Ce dernier profite de ce moment paisible.

— Maman, avais-tu des projets de vacances pour cet été? Je sais que tu avais déjà parlé de faire un voyage dans l'Ouest canadien, chez l'oncle Armand.

— Oui, effectivement, j'en avais parlé. Mais, sais-tu, j'ai changé d'idée. Ça ne me plaît guère de laisser les quatre enfants, seuls, avec des étrangers.

— Dans ce cas, crois-tu que ça te dérangerait beaucoup si Marlène venait passer une semaine ici au mois de juillet? Tu sais, pour elle, passer l'été en ville, ce n'est pas drôle.

Georgina réfléchit. Camille est mal à l'aise. Il a l'impression de marcher sur des oeufs.

— C'est Marlène, elle-même qui m'en a parlé. Elle te fait dire qu'elle ne sera pas tannante.

Georgina réplique aussitôt.

— Ce n'est pas qu'elle soit tannante, la Marlène. On ne l'entend pas. J'ai constamment l'impression qu'elle m'étudie. Elle ne me quitte pas des yeux. Elle n'a pas la langue dans sa poche, hein? Elle possède un gros sens critique. À son âge c'est étonnant... Un peu comme sa mère, je crois. Oh, je ne dis pas ça pour t'offenser, tu sais.

— Maman, c'est ta petite fille! Je trouve qu'elle est comme toi. Madeleine disait que c'était toi, tout craché. Elle a toujours une réponse et n'est jamais embêtée.

Marlène vient de monter d'un cran dans l'estime de sa grand-mère.

— Dis-lui qu'elle pourra passer sa semaine de vacances ici. Pauvre chouette, nous ne sommes pas pour l'empêcher de venir dans sa propre maison avec sa famille. C'est ma petite fille après tout.

Camille prend sa mère par le cou pour l'embrasser.

— Maman, je t'aime. Si je ne t'avais pas, qu'est-ce que je ferais? Merci, maman.

*

La maison des Robin est remplie de monde en ce début de juillet 1941. Georgina a pris l'initiative de faire venir aussi Idola qui a eu cinq ans le 10 juin. On n'a pas déplacé Fanny qui, à trois ans, n'est pas habituée à découcher.

Un après-midi, Marlène étant assise à côté de sa grand-mère dans la balançoire, ose la questionner sur un sujet délicat.

— Grand-maman, m'aimes-tu plus qu'avant?

— Comment, si je t'aime plus qu'avant? Je t'ai toujours aimée, ma chérie. Tu es ma petite-fille.

Georgina Robin devient rouge comme une pivoine. Elle risque un oeil vers sa petite-fille. Marlène rit sous cape. Georgina a envie de la gifler. Elle se retient.

— Qui t'a mis ça dans la tête? Est-ce Fleurette?

— Ben non, voyons! C'est moi qui pense ça. T'embrasses toujours les autres, mais pas moi.

— C'est peut-être arrivé une fois que je t'ai oubliée, crois-moi, ce n'était pas intentionnel.

Marlène semble réfléchir.

— Pourquoi t'aimais pas ma maman?

— Quoi? Mais, fais-tu exprès pour être désagréable? C'est ça, tu veux me faire fâcher, hein? Bien tu ne réussiras pas. J'aimais ta mère, si tu veux savoir.

— C'est pas vrai. Maman le disait que tu l'aimais pas.

— Ta mère a dit ça? Peut-être as-tu mal compris?

— Non. Je l'ai entendu souvent.

— Maintenant, tu vas aller jouer, tu commences à m'exaspérer.

Marlène, fière d'elle monte sur le tremplin et plonge dans la piscine.

Georgina regagne la maison. Elle ne remet plus les pieds dehors de l'après-midi. Marlène, le regard espiègle s'approche de sa grande sœur.

— Nise, je m'ai débarrassée de grand-m'man, as-tu vu?

— Comment ça?

— Je l'ai fait enrager.

— Hum! Après, tu te plaindras qu'elle t'aime pas.

— Bof! Elle m'aime pas pareil. Elle fait semblant de m'aimer.

— T'es méchante, Marlène Robin. Moi, je l'aime, grand-maman. Qui nous garde, hein?

— Ouais! Tu parles pour toi, hein? Qui nous garde, nous autres, hein? C'est pas grand-maman Robin, en tout cas.

— Elle fait son possible, Marlène. Elle est trop vieille pour garder la famille au complet. Elle a pas le choix. Papa comprend ça, lui. On n'est pas dans les mains d'étrangers. Moi, je trouve qu'on est chanceux.

Amère, Marlène répète pour elle-même les paroles de

69

sa soeur, en se moquant. «Papa a compris ça, lui. Y comprend toute papa, hein? Espèce d'innocente, Denise Robin. Pourquoi c'est pas toi qui restes ailleurs au lieu de moi, hein?»

Le reste de la journée se passe sans heurt. La pauvre Georgina est dans sa chambre à ruminer. Marlène qui lui fait des reproches. Son fils Georges qui a été appelé au front. La voilà qui se sent vieille et triste.

Derrière le piano à queue

Juin 1944. Georgina Robin prépare ses valises. Elle partira demain pour L'Ouest canadien. À soixante-douze ans, pour une dernière fois elle veut revoir son frère. Elle prend son dernier souper avec sa famille. Ses préférés qu'elle a choisis elle-même.

Les jumelles viennent d'avoir quatre ans. Georgina adore Marysol. *Ma Marie-Solange*, comme elle l'appelle toujours. Quant à Marylou, pour la grand-mère, c'est *la Marie-Louisa*, elle a beaucoup de difficulté à la tolérer. «C'est le portrait de Marlène.»

Les jumelles sont identiques, physiquement, cependant elles n'ont pas le même caractère. Autant Marysol est sage et obéissante, autant Marylou est espiègle, coquine et froufrou.

Vers neuf heures, la vieille dame dit bonsoir à ses enfants et rappelle à Camille de ne pas oublier qu'il doit la conduire à la gare le lendemain matin.

—Non, maman! Dors tranquille, je ne l'oublierai pas.

Camille regarde sa mère monter le grand escalier. Il remarque, pour la première fois, qu'elle a l'air lourde et fatiguée.

*

Le lendemain matin, les jumelles sont les premières levées. Denise suit, pas loin derrière, vêtue de sa robe de couvent noire à col de plastique blanc troué de deux fleurs de lys. Paulette vient se joindre aux premiers arrivés. Jean et Camille sont bons derniers.

71

— C'est le grand jour pour grand-m'man, aujourd'hui, de souligner Denise. Mais, on dirait pas ça, hein? Elle est pas pressée de descendre.

Paulette la rassure.

— Elle doit compléter ses bagages.

Marysol se lève et monte en courant l'escalier qui la conduit à la chambre de sa grand-mère. Elle revient aussitôt.

— Grand-maman veut pas se réveiller! Je l'ai poussée. Elle répond pas. Elle dort trop dur!

Camille se lève et monte à la chambre de sa mère. En entrant, il aperçoit sa mère et comprend. Elle est encore chaude. Elle est morte depuis peu.

Paulette suit son frère par derrière. Camille ferme les yeux de la vieille dame. Il l'embrasse sur le front et ramène le drap pour recouvrir le visage de Georgina. Paulette prend son frère par le cou et éclate en sanglots.

Trois jours plus tard, on enterre Georgina. La parenté au grand complet est là, sauf Georges qui est au front des combattants.

Marysol étant la plus affectée, se cache souvent pour pleurer. On la cherche partout et on la retrouve recroque-villée tantôt derrière le piano à queue, appuyée sur la jardinière contenant la grosse fougère, tantôt dans la chambre de sa grand-mère, écrasée près de la commode. Personne ne réussit à lui faire dire ce qu'elle ressent. Marysol garde ses réflexions pour elle-même. «Pourquoi le petit Jésus est venu chercher grand-m'man? J'ai plus personne pour parler, moi!»

Les quatre enfants de la maison ont pleuré la mort de leur grand-mère. Les trois de l'extérieur n'ont pas versé une larme. Marlène n'aimait pas son aïeule. Idola et Fanny se montraient indifférentes envers Georgina. Peu à peu, la vie reprend son cours normal.

72

Les clans se forment

Jean s'est trouvé un emploi d'été. Son oncle Raoul lui a déniché un travail temporaire dans le Ministère où il travaille. Denise, qui vient d'avoir treize ans, a déjà été mandatée par son père, pour prendre soin des jumelles durant l'été. En lui confiant cette tâche, Camille a grand espoir que les jumelles la surveilleront aussi. Depuis que Denise a un ami, son père pense qu'elle est un peu jeune pour chercher les recoins les plus isolés, comme elle le fait. Il s'en inquiète.

Une semaine après l'enterrement de Georgina, le docteur Robin décide de reprendre ses trois filles de l'extérieur, pour le temps des vacances d'été. Il en parle d'abord à Ronald. Ensuite, il fait part de son projet à Philippe. Ses deux frères l'approuvent. Il se rend ensuite chez Lucien. Louise soulève des arguments.

— Tu sais, Camille, pour Idola, ce n'est peut-être pas nécessaire... nous demeurons à côté. Elle n'a qu'à se rendre chez vous pendant le jour et revenir pour coucher...

— Ce n'est pas comme ça que je vois les choses, Louise. Je voudrais qu'elles passent l'été ensemble. Me comprends-tu? Depuis que Madeleine est partie, je n'ai pas eu souvent l'occasion d'avoir tous mes enfants avec moi. Idola avait quatre ans lorsqu'elle est arrivée chez vous. Aujourd'hui, elle a huit ans. Il me semble que ça lui ferait du bien à elle aussi de cohabiter sous le même toit que sa famille, bon Dieu!

Louise éclate en sanglots. Au bout de quelques secondes, elle se reprend.

— Tu as sûrement raison, Camille. C'est ta fille. Je pense que nous profiterons de cette période pour prendre des vacances.

— Je vous remercie beaucoup pour ce que vous avez déjà fait, Lucien et toi et pour ce que vous ferez encore.

*

Le docteur Robin retourne chez lui, le coeur léger. Au souper, il parle de son projet à ses quatre enfants de la maison. Les jumelles sautent de joie. Jean et Denise se regardent, surpris. C'est Jean qui prend la parole.

— Tu ne trouves pas que ce sera un peu long, un été complet à les avoir dans les jambes?

Camille frappe la table avec son poing. Les enfants sursautent. C'est la première fois que leur père démontre un signe de colère.

— Vos soeurs sont ici, chez elles, comme vous deux. Pas plus, pas moins. Peut-être devrions-nous faire une rotation? C'est bien à leur tour d'habiter ici. Vous deux, vous irez passer cinq ans à l'extérieur. Il me semble que ce serait juste... Vous ne dites rien? Répondez!

C'est dans un cri de douleur que Camille a prononcé ce "Répondez". Jean penche la tête.

— Papa, je ne voulais pas te faire de peine. J'ai simplement dit ça, comme ça. T'as raison. Elles sont ici chez elles. C'est seulement que nous ne sommes pas habitués à les avoir ici... en permanence, j'entends. Franchement, j'ai rien contre.

— Et toi, Denise ?

— Euh... J'ai rien contre, sauf que je voudrais pas qu'elles se fourrent le nez dans mes affaires.

Camille est piqué à vif.

— Au contraire, j'espère qu'elles se fourreront un peu le nez dans tes affaires. Ainsi, tu rechercheras peut-être

74

moins les coins noirs pour te réfugier avec ton "chum".

Denise rougit jusqu'aux oreilles. Elle ne dit plus un mot.

*

Ce 24 juin, la famille Robin est au grand complet à la maison du Trait-Carré. C'est Camille qui est président de la Saint-Jean-Baptiste dans le village de Charlesbourg. Lui et son équipe, ont organisé une belle Fête.

En après-midi, lors d'un rassemblement dans le parc devant la salle paroissiale, on distribue aux enfants, des cartons de crème glacée. En soirée, une troupe folklorique chante et danse en invitant les gens à se joindre à eux.

La laine des moutons, c'est nous qui la tondaine
La laine des moutons, c'est nous qui la tondons

Il fait un temps superbe. On pourrait croire que le village au complet s'est déversé sur la place. Camille, entouré de ses coéquipiers, leur fait part de ses sentiments.

— Il y a longtemps que nous n'avons pas eu une aussi belle température pour la Saint-Jean. Je suis l'homme le plus heureux du monde.

Le docteur Robin et ses amis sont montés dans le kiosque de la fanfare paroissiale. Ils y ont accès en empruntant une échelle d'une dizaine de barreaux. Un copain y amène les jumelles Robin une après l'autre. Il les conduit auprès de leur père. Les blondes fillettes prennent chacune une main de Camille. Elles ressemblent à deux poupées. Le père regarde ses deux filles d'un oeil admiratif.

Les enfants Robin sont tous à la Fête. Denise avec son petit ami boutonneux, Serge; Jean avec sa nouvelle blonde, Pierrette; Marlène, Idola et Fanny suivent la tante Paulette et son André. Fanny apercevant soudain son oncle Philippe, court à sa rencontre. Philippe a le coeur gros en voyant sa filleule. Depuis deux jours seulement qu'elle est partie du presbytère; il s'en ennuie déjà. Fanny, petite bonne femme de six ans, avec ses cheveux noirs, raides et son visage rond et rose, est une vraie jeune beauté. Elle saute dans les bras de son oncle. Pour Philippe, Fanny sera toujours sa fille.

À dix heures, Annette Légaré, la bonne, encore à l'emploi de la maison Robin, vient chercher les trois plus jeunes. Camille lui avait demandé de venir les prendre à cette heure précise. Les plus vieux resteront à la Fête jusqu'à minuit.

Les trois filles de l'extérieur semblent se réhabituer très vite à leur maison paternelle. Comme toute famille normalement constituée, elles se chamaillent avec leur frère et leurs soeurs. Les clans se forment. Denise adore Idola qui a huit ans. Jean s'attache très vite à Fanny. Marlène prend immédiatement les jumelles sous son aile.

Cérémonie très sobre

À la mi-août, Paulette annonce ses fiançailles avec André. Camille n'est pas surpris. Georgina étant partie, Paulette se sent plus libre de se marier. Les fiançailles auront lieu le jour de la Fête du Travail et le mariage sera célébré en janvier prochain.   Paulette se sent heureuse comme jamais elle ne l'a été.

— C'est triste à dire, je me sens libérée de maman. Je suis certaine que c'est la même chose pour toi, Camille. Les filles peuvent passer l'été dans leur maison, avec les membres de leur famille. C'est bien plus normal ainsi, tu ne trouves pas?

Camille réfléchit avant de répondre.

— Comme tu dis, il y a un aspect triste à nous sentir libérés. Mais, tu as raison, je ressens la même chose que toi.

Le mois d'août prend fin et les enfants achèvent leurs vacances. Marlène est heureuse de retourner chez son oncle Ronald, c'est aussi sa maison.

— Papa, je pense que ça m'ennuierait pas de rester ici. Je trouve ça le "fun" de vivre dans une grosse famille.

Camille regarde sa fille. Sa princesse.

Marlène se prépare à dire quelque chose, mais se ravise. Elle se sent déchirée entre deux maisons. «Si je restais ici tout le temps, je m'ennuierais de mon oncle Ron et de Fleurette. Je sais pas si ça serait autant le fun que ça. À quelle place que je j'irais à l'école?»

*

77

Après le départ des trois filles de l'extérieur, les jumelles pleurent parce qu'elles s'ennuient de leurs soeurs. Même Denise et Jean trouvent la maison vide. Le lendemain, ce sont les fiançailles de Paulette et d'André. Une fête très simple a été organisée par Camille. C'est Philippe qui bénit les fiançailles.

Noël approche. Les filles sont là pour les vacances des Fêtes. La maison est pleine de vie. Le temps passe trop rapidement au goût des enfants.

À la mi-janvier de l'année 1945, Paulette et André se marient à l'église de Charlesbourg. C'est Philippe qui bénit leur union. Une cérémonie très sobre. Paulette, à trente-quatre ans, pense qu'elle est trop vieille pour faire un grand mariage. André est d'accord.

Les enfants de Camille ne sont pas invités pour la cérémonie à l'église. Cependant, la noce, se voulant très simple, sera célébrée à la maison des Robin. Pour la famille qui est habituée à des célébrations monstres, une réception d'une vingtaine d'invités paraît très modeste, même trop, au goût de Camille. Le docteur Robin aurait voulu la fête plus grandiose. La guerre n'étant pas terminée, il manque toujours Georges qui n'est pas revenu des vieux pays. Les nouveaux mariés partent à la fin de la journée. Ils vont faire leur voyage de noces à Montréal.

*

Un jour de mars de cette même année, Philippe et Camille sont assis dans le bureau du curé, au presbytère de Charlesbourg. Philippe a demandé à son frère de venir le voir. Il a des choses importantes à discuter avec lui.

Il est huit heures du soir. Ils sont installés, confortable-

78

ment, devant leur traditionnelle coupe de cognac. Philippe entame la conversation.

— Camille, c'est possible que Ron soit appelé à déménager ses pénates à l'Évêché. Le Cardinal Villeneuve veut l'avoir pour travailler près de lui.

Camille ne dit pas un mot. Il réfléchit. Philippe sent le besoin d'insister.

Te sens-tu prêt à reprendre Marlène chez toi?

Camille regarde son frère bien en face.

— Je ne suis pas seulement prêt à reprendre Marlène. Je suis prêt à reprendre les deux autres aussi. Depuis que maman les a expédiées ailleurs, j'ai sans cesse rêvé de les ramener à la maison.

Philippe n'attend pas.

— Bien mon vieux! Pour Fanny, tu tombes bien. La tante Martha n'est plus capable. La pauvre femme vieillit. La jeune servante qui l'aide n'est pas plus vieille de caractère que Fanny. Avec Louise, ta belle soeur, je ne sais pas si le départ d'Idola lui sourira. Parle-lui-en, tu verras.

Camille a hâte de reprendre ses trois filles.

— J'ai idée de ramener Idola et Fanny pour Pâques. Elles fréquentent la même école, ce ne sera pas un problème. Quant à Marlène, j'en parlerai à Ron. S'il est là jusqu'en juin, j'aimerais mieux que Marlène termine son année chez les Ursulines. Si elle doit revenir à la maison plus tôt, elle voyagera en autobus. Il doit bien y en avoir d'autres qui le font.

— Sûrement.

Trois petites pestes

Camille quitte son frère vers les dix heures. Lorsqu'il pénètre dans la maison, Jean et Denise ne sont pas encore couchés. Camille leur fait part des nouveaux développements concernant leurs soeurs. Les deux jeunes se regardent. Enfin, Jean n'en peut plus.

— Je n'aurais jamais pensé que tu aimerais renouveler la triste expérience de l'été dernier. Trois petites pestes collées à nos talons. S'il faut que ce soit indéfiniment, moi je décroche.

Denise n'en pense pas moins.

— Moi aussi. Elles sont bien, là où elles sont, pourquoi nous les ramènes-tu ici?

Camille est rouge de colère. Il les pointe du doigt.

— Écoutez, mes deux sans-coeur! Ce sont mes enfants au même titre que vous. Elles ont les mêmes droits que vous. Mais j'ai une solution afin que vous ayez la paix.

— C'est quoi? s'empresse de demander Denise d'un air arrogant.

— Choisissez-vous un couvent et un collège ou l'on prend des pensionnaires. N'importe où. Je vais payer pour vous. Choisissez à votre goût.

Jean regarde son père, éberlué.

— Tu es prêt à nous sacrifier pour faire venir ces trois niaiseuses? Hum! J'aurais pensé que je valais plus que ça.

— Non mon gars! Tu vaux moins que ça. Tu n'as pas de coeur. Tu viens de baisser dans mon estime. Ces trois enfants sont vos soeurs. Elles ont besoin de notre amour. Ce n'est pas toi, Jean, celui qui a été placé contre ta volonté, lorsque ta mère est morte. Ni toi, Denise. Pourquoi, elles? Dites-moi ça! Pourquoi elles, et non pas vous?

Denise a la tête basse. Elle lève enfin les yeux pour regarder son père.

— Penses-tu que ça leur dit de revenir ici? Quand tu les as envoyées à l'extérieur, c'était contre leur gré. Vas-tu les ramener contre leur gré? À ce compte-là, tu vas encore les mettre à l'envers.

— Bien, ce sera à vous deux de les aider à s'intégrer. Je compte sur vous. Avant qu'elles ne viennent pour les vacances, l'été dernier, vous n'étiez pas contents. Lorsqu'elles sont reparties à la fin de l'été, vous étiez tristes. Est-ce vrai?

Denise essaie d'expliquer à son père.

— C'est justement. On s'habitue et on se déshabitue. Je trouve ça pas mal plate.

— Bien, à l'avenir vous n'aurez plus à vous déshabituer, elles resteront ici en permanence. Que cela vous plaise, ou non.

*

Dès le lendemain, Camille se rend voir sa belle-soeur, Louise. Spontanément, il la met au courant de ses récents projets. Cette dernière s'y attendait.

— Je savais, qu'un jour, ça se passerait comme ça. Tu as raison de vouloir reprendre tes enfants. Idola ne sera pas loin. Elle ne couchera pas ici, c'est tout. Quand tu seras prêt, tu nous le laisseras savoir.

Camille est heureux. Sa démarche a été facile. Évidemment qu'il voyait Idola plus souvent que les deux autres. Elle demeure chez le voisin. C'est aussi la maison des grands-parents Desnoyers. Alphonse Desnoyers l'avait fait restaurer en deux logements d'égale grandeur. Il tenait à ce que son fils, Lucien, demeure dans la même maison qu'eux. Lucien et Louise habitent la partie située du côté de chez Camille. Les grands-parents vivent dans celle du côté de chez Raoul. Alphonse Desnoyers et sa femme sont fiers de leur grosse maison de briques, avec une galerie la contournant sur trois murs extérieurs.

*

Comme il l'avait espéré, Camille ramène ses trois filles le jour de Pâques. Ronald est rappelé par son évêque, pour le début de mai. Un problème à régler pour le docteur Robin. «Comment vais-je organiser les chambres? Je suis mieux de consulter Denise sur ce point.» Deux jours avant l'arrivée des enfants, Camille en parle avec sa fille.

— Denise, dis-moi comment tu organiserais les chambres, pour coucher tes soeurs. Quand elles venaient se promener, on leur donnait une pièce pour les trois. On pourrait peut-être planifier ça autrement.

Denise ne réagit pas immédiatement. Elle fait la moue en pensant à son affaire. La fillette qui aura quatorze ans la semaine prochaine, ne veut pas avoir Marlène avec elle dans sa chambre.

— J'aimerais ça dormir seule dans ma chambre. Avant d'avoir Paulette avec moi, j'avais mes trois soeurs. On pourrait faire remettre un mur, là où maman l'avait fait enlever; comme ça Marlène aurait sa chambre et moi, la mienne. Idola et Fanny pourraient prendre la chambre du coin, en face de celle de Jean?

Camille réfléchit. Il trouve l'idée de sa fille très brillante.

— J'imagine que c'est toi qui garderais la chambre avec la salle de bain, et que Marlène n'y aura plus accès?

83

— C'est normal, je suis plus âgée qu'elle. Elle ira dans la salle de bain du corridor. C'est pas si loin.

— Oui, ton idée est bonne. Denise, j'aimerais te donner un mandat, celui de veiller sur tes trois soeurs. Je compte sur toi. Tu sais, elles vont se sentir un peu étrangères ici, c'est normal.

Denise suffoque. Elle interrompt son père.

— Papa! Elles ont passé l'été dernier au grand complet ici et le temps des Fêtes aussi. Je les ai trouvées très à l'aise. Même un peu trop.

— Est-ce que tu crois qu'elles se sentaient aussi à l'aise que toi, par exemple?

— Certain!

— Alors, pourquoi tu dis: "trop" à l'aise. Pour toi ce n'est pas trop mais pour elles, ça le serait?

Denise a compris le message. Elle ne veut pas continuer cette discussion.

Pensionnat à l'horizon

Le fameux matin, tant redouté pour certains et tant espéré pour d'autres, se pointe enfin. Lucien et Louise viennent eux-mêmes conduire Idola avec ses affaires. Louise lui réservera sa chambre, en tant que visiteuse.

—Quand tu voudras prendre des vacances, tu pourras venir t'installer dans ta chambre. Elle sera toujours à toi.

Idola se sent plus rassurée de conserver son pied-à-terre chez sa tante. Pense-t-elle pouvoir s'y réfugier si elle ne se plaît pas chez son père?

Une heure plus tard, c'est Annette Légaré qui ramène Fanny. Elle est allée la chercher, Philippe ne pouvant laisser son travail pendant la semaine sainte. L'enfant de sept ans aimait bien venir se promener pour les vacances, mais elle sait que cette fois, c'est définitif. Les bagages qu'elle a rapportés avec elle en témoignent. L'enfant reste figée dans son coin.

Soudain, elle aperçoit son grand frère qui descend l'escalier. Elle le considère comme un oncle, mais elle l'aime bien. Dès que Jean l'aperçoit, il vient la chercher.

— Veux-tu venir voir les beaux chatons que la grosse Nanette a mis au monde? Tu pourrais nous aider à leur trouver des noms.

— Oh oui! de répondre Fanny. Je veux les voir!

Idola et les jumelles se joignent à eux pour aller admirer la portée de chats. Les enfants sont sortis depuis cinq minutes à peine quand Camille fait son entrée avec Marlène. Il est allé la chercher lui même, Ronald étant accaparé par ses fonctions liturgiques de la grande semaine, de la même manière que son frère Philippe. Marlène porte un manteau de printemps beige avec un col de velours brun.

85

Elle est coiffée d'un béret brun et chaussée de souliers de cuir de même couleur. Denise, de ses grands yeux noirs, regarde sa soeur venir vers d'elle.   Marlène essaie de l'amadouer.

— Allô, Nise. Le sais-tu que j'irai plus rester chez mon oncle Ronald?

— Tu me parles d'une question! C'est pas un secret. Marlène, tu devrais faire couper tes tresses. On dirait que t'as neuf ans.

Marlène se sent gênée de se faire parler ainsi devant les adultes. C'est la tante Louise qui vient à sa rescousse.

— Oh! Denise, ce serait tellement dommage de couper de si beaux cheveux. On dirait deux belles gerbes de blé qu'on aurait nattées. Marlène, tu sais, c'est sur toi que j'ai copié pour faire celles d'Idola. Tu vois comme c'est beau. Denise, ta mère n'a jamais pu te tresser les cheveux; je m'en souviens, tu n'en avais pas assez. C'est pourquoi tu n'as jamais eu de tresses.

Denise pince les lèvres. Elle est rouge jusqu'aux oreilles. Marlène laisse aller un grand soupir. Camille prend la parole.

— Marlène, déshabille-toi, tu es chez toi, ici. Où sont passées les autres?

Denise s'empresse de répondre.

— Dans la remise. Elles sont parties avec Jean pour voir les chatons. Tu peux aller les retrouver, Marlène. Tu connais le chemin, c'est là que tu te cachais pour bouder l'été dernier.

Marlène baisse la tête et se dirige en vitesse vers l'arrière de la maison. L'enfant sort dehors et reste adossée à la maison afin de reprendre ses idées. Sa sœur l'a complètement déstabilisée. «Pourquoi Denise m'aime pas? J'y ai rien fait. On dirait qu'elle veut pas que je reste ici. Quand elle fait sa mère supérieure, j'haïs assez ça.»

Camille ne reprend jamais ses enfants devant des étrangers. Mais là, c'en est trop il se sent bouillir face aux remarques de sa fille.

— Tu commences mal, ma Denise. On pourrait peut-être mettre ton oncle et ta tante au courant qu'il est possible que tu ailles pensionnaire d'ici peu.

Denise reste bouche bée. Lucien et Louise ont compris.

— Denise, j'aurais pensé que tu étais plus mature que ça, de dire Lucien. J'ai trouvé ton attitude très méchante envers ta soeur. Ne parle jamais à Idola sur ce ton devant moi, je te jure que tu vas regretter d'être venue au monde. Tu as exactement le comportement de ta tante Lucille. Tu feras sûrement une vieille fille.

Denise, piquée à vif, n'a jamais autant détesté son oncle qu'en ce moment.

— Trop tard pour la vieille fille, j'ai un "chum".

— Ça ne veut rien dire, ma belle. Lucille avait des chums à ton âge, et elle était aussi jolie que toi. Et comme toi, elle longeait l'arrière de la maison le soir, cherchant des coins noirs pour se faire tasser par ses "chums". L'un après l'autre, elle les a perdus. Lorsqu'ils s'apercevaient qu'elle était haïssable, ils s'enfuyaient. Un jour, plus aucun ne tournait autour d'elle. Alors, elle est devenue la Lucille que tu connais.

Denise regarde Lucien en serrant les dents. Elle se retourne vers son père, étonnée qu'il ne prenne pas sa défense. Camille ne bronche pas. Il se retient même pour ne pas rire. Denise se lève et, se dirigeant vers l'escalier au pas de course, va directement à sa chambre.

— Je te remercie, Lucien. C'était mieux que tout ce que je pouvais lui dire. Je ne savais plus comment aborder le problème.

Des larmes sur la couverture

Comme prévu, Camille a engagé un menuisier pour faire modeler la chambre de Marlène. L'enfant est bien heureuse d'avoir, elle aussi, une pièce pour elle seule, comme elle en avait une chez l'oncle Ronald. La fillette commence à être consciente de sa beauté. Voilà un mois qu'elle est jeune fille et elle se rend bien compte que son corps se transforme.

Un matin Marlène se lève complètement étourdie. Ouvrant la porte de sa chambre, elle s'engage dans la mezzanine. Denise sort au même moment et aperçoit Marlène qui est adossée au mur du large corridor.

Marlène s'avance vers sa grande soeur et vient s'écraser à ses pieds. Denise, enjambant le corps de sa sœur, court à la chambre de son père en criant que Marlène a perdu connaissance.

Le docteur Robin, en pyjama, sort et voit sa fille par terre, immobile. S'agenouillant près d'elle, il écoute son coeur. Jean s'amène à l'instant. Denise est allée, de son propre chef, chercher une serviette mouillée.

Le père s'aperçoit que Marlène a la figure brûlante. Elle ouvre les yeux, mais ne semble reconnaître personne. Jean essaie d'aider son père.

— Papa, enlève-toi de là, je vais la transporter dans son lit. Habille-toi, on va la descendre à l'hôpital.

Camille est inquiet.

— Oui, à l'hôpital, et ça presse. Je vais la porter moi-même dans sa chambre, éloignez-vous d'ici tous les deux. Je pense bien que c'est la fièvre typhoïde et c'est contagieux. C'est devenu une épidémie au Québec. Arrangez-vous pour que personne n'entre dans sa chambre. Il faudra faire désinfecter. Vous ne sortez pas de la maison, tant que je ne vous le dirai pas.

Denise pleure. Elle regarde tristement sa sœur.

— Papa, elle va pas mourir, hein?

Camille serait bien tenté de la rabrouer, mais il se ravise et ne le fait pas. L'heure n'est pas aux reproches.

— Commence à prier, ma fille! Et prie bien fort! Et, espérons que Dieu t'entende.

Camille prend dans ses bras son enfant malade et la ramène dans sa chambre. Il va s'habiller en vitesse et revient auprès d'elle. L'enveloppant dans une couverture de laine, le docteur Robin, les yeux voilés de larmes tombant sur la couverture blanche, transporte sa fille jusqu'à l'auto. Il la couche sur la banquette arrière. En vitesse, il se rend à l'hôpital Civique, centre spécialisé pour les maladies contagieuses.

Par les temps qui courent, le corps médical est débordé. Beaucoup d'enfants tombent comme des mouches. Marlène est admise à l'hôpital. On diagnostique très vite la maladie. Il n'y a pas de doute, c'est la typhoïde.

Des employés de la ville préposés à la désinfection iront, ce même jour, faire le nécessaire dans la maison du docteur Robin. Camille passe la journée sur un étage de l'hôpital à regarder sa fille derrière une vitre. Il a cru bon de téléphoner à Ronald, pour le mettre au courant. Ce dernier apparaît au bout d'une demi-heure pour retrouver son frère anéanti.

—Ronald, je ne veux pas perdre cette enfant. J'ai déjà assez perdu.

Ronald lui met les mains sur les épaules. Ils regardent la fillette immobile, le visage orné de ses deux belles tresses blondes étalées sur l'oreiller.

Les deux frères passent des heures auprès de l'enfant. Ils quittent la chambre vers cinq heures de l'après-midi pour aller manger dans un restaurant, aux alentours. Revenant à l'hôpital vers huit heures, on leur dit qu'ils peuvent aller se reposer; la température de Marlène étant stable pour le moment. Les deux hommes, inquiets, rentrent chacun chez eux. En arrivant à la maison, les enfants vont à la rencontre de leur père. Personne n'a voulu se coucher. Ils ont les yeux rougis d'avoir pleuré. Camille ne dit pas un mot. Denise éclate en sanglots.

— Papa! Elle est pas morte, ma petite soeur? Papa? Réponds-moi!

— Non, non, Denise. Elle n'est pas morte. Le danger n'est pas complètement écarté, mais la fièvre ne monte plus.

Jean apporte une suggestion.

— Nous ne pouvons pas aller à nos cours demain, je peux me coucher tard, ce soir. Veux-tu que j'aille à l'hôpital? S'il arrivait que son cas empire, je t'appellerais.

Camille réfléchit.

— Ce n'est peut-être pas une mauvaise idée. Je vais appeler pour qu'on te laisse passer.

Denise veut aussi coopérer.

— Papa, j'irai remplacer Jean demain matin. Tu pourrais venir me conduire et après avoir vu Marlène, tu irais travailler. Qu'est-ce que tu en dis?

— J'en dis que j'ai les meilleurs enfants de la terre. Enfin, je vous retrouve. Je pensais qu'on s'était perdu pour toujours. Tu as raison, on se remplacera, à tour de rôle.

Denise, les larmes aux yeux, s'approche de son père. Il la prend dans ses bras et la serre contre lui. Desserrant son étreinte, il se retourne vers Jean.

— Si tu prenais un taxi? Cela m'éviterait de sortir de nouveau.

— Bien oui, voyons! C'est ce que je voulais faire.

Jean met le pied dans l'hôpital à neuf heures trente. Se rendant directement à la chambre de sa sœur, il l'aperçoit à travers la vitre. Une infirmière vient lui offrir une chaise. Il la remercie gentiment et s'assoit. Jean s'est apporté un livre pour étudier, mais il n'a pas le coeur à lire quoi que ce soit. Il est pensif. «Comment se fait-il que ma soeur me tapait tant sur les nerfs? Je la trouve si belle dans son lit d'hôpital. Qu'est-ce qui m'agaçait tant en elle? Marlène, je suis content que tu sois revenue définitivement à la maison. Je promets de te le dire aussitôt que je pourrai te parler.»

Comme si la petite malade avait deviné les pensées de son frère, elle ouvre les yeux et regarde dans sa direction. Elle bouge un peu sa main droite. On sent l'effort qu'elle fait pour la lever. Jean comprend qu'elle veut lui démontrer qu'elle l'a vu. Elle bouge ses doigts. Jean la regardant tendrement, lui souffle un baiser dans sa main. Marlène fait un effort pour sourire. Refermant les yeux, sa main retombe sur le lit. Se levant d'un bond, Jean renverse sa chaise et court au bureau de l'infirmière.

— Garde, Garde! Venez vite, ma soeur est morte.

L'infirmière accourt à la chambre de la fillette. S'approchant de la vitrine, l'infirmière fait un signe à Jean pour lui démontrer que ça va bien. Sur la pointe des pieds, elle sort de la chambre et vient rejoindre le jeune homme.

— La température a commencé à baisser. Elle dort. Ne soyez plus inquiet. Demain matin, nous serons obligés de lui couper ses belles grandes tresses. Elle a beaucoup mal à la tête et cette lourdeur apportée par le poids de ses cheveux ne l'aide pas.

Jean ne dit pas un mot. Lui aussi avait répété à sa soeur qu'elle avait l'air niaiseuse avec ses tresses; voilà qu'il trouve dommage qu'on les lui coupe.

La nuit passe vite. Au matin, le père est là à sept heures, accompagné de Denise. Jean lui donne les nouvelles de la nuit précédente. Denise regarde sa soeur et se met à pleurer. Son frère lui ordonne d'arrêter.

92

— Retiens-toi! Il ne faut pas qu'elle te voie pleurer. Elle va se penser mourante. Ce n'est pas le cas. Elle s'est réveillée hier soir et elle m'a envoyé la main, très faiblement.

Camille est heureux de cette bonne nouvelle. Jean, laissant la place à Denise, s'en va prendre l'autobus pour retourner à la maison. Avant de sortir, son père a établi le programme de la journée.

— Ronald va venir vers la fin de l'avant-midi. Il remplacera Denise. Je viendrai au chevet de Marlène en soirée, et tu pourras me remplacer pour la nuit.

— Ne t'en fais plus, ça va bien aller, de répéter Jean.

On se relaie ainsi pendant quelques temps. Les enfants retournent à l'école au bout de trois jours. Personne ne vient plus la nuit pour veiller Marlène.

94

Leçon de conduite

Au début de la troisième semaine, Marlène peut enfin sortir de l'hôpital. Il n'y a plus de fièvre, plus de contagion et plus de cheveux sur la tête de l'enfant. Elle est d'une faiblesse extrême et très amaigrie. On n'aperçoit que deux grands yeux marron qui lui mangent la figure.

C'est en auto avec son père que la belle Marlène entre au bercail. Camille la prend dans ses bras pour l'amener dans la maison. Lorsque ses soeurs la revoient pour la première fois, elles sont stupéfiées. Idola, incapable de se retenir, éclate en sanglots. Le docteur Robin, transporte son enfant malade dans sa nouvelle chambre. En entrant, elle s'est réveillée, a regardé les siens et a sombré de nouveau dans le sommeil aussitôt que Camille l'a déposé dans son lit.

Denise a cédé à Marlène, sa propre chambre, munie d'une salle de bain. La grande soeur occupera l'ancienne chambre de sa grand-mère Georgina, à l'avant, près de celle de son père. Comme cette pièce est aussi agrémentée d'une salle de bain, Denise ne se calcule pas perdante.

Camille a retenu les services d'une infirmière privée qui veillera sur sa petite convalescente. Ainsi, il sera moins inquiet.

Au bout d'une quinzaine de jours, un duvet blond commence à pousser sur la tête de la fillette.

Un soir que son père vient dans la chambre de sa fille pour l'embrasser, elle lui fait remarquer combien ses cheveux repoussent vite. Marlène se sent plus forte. Ce même jour, elle est restée une heure debout.

Camille a tellement eu peur de perdre son enfant.

*

Les mois passent et les vacances d'été surgissent. Georges est revenu de la guerre depuis quelques mois déjà. Il travaille pour une compagnie aérienne et habite Montréal. Il vient faire son tour à Charlesbourg aussi souvent qu'il en est capable.

Au début de l'été, le docteur Robin se pointe à la maison avec une nouvelle voiture. Il s'est procuré une "familiale". Il est fier de sa "station-wagon". Trois rangées de bancs à l'intérieur. Les enfants sont joyeusement étonnés de voir une auto qui pourra les transporter tous à la fois. Camille leur explique, que le véhicule peut loger neuf personnes.

—Demain, c'est dimanche. J'avais l'intention d'aller pique-niquer au chalet de Philippe. Qu'est-ce que vous en dites?

Les jeunes sautent de joie, sauf Jean qui ne répond pas.

— Jean, si tu viens, tu prendras ta première leçon de conduite. Là-bas, la route est tranquille. Nous débarquerons la famille, et nous partirons, toi et moi sur un chemin de campagne.

— C'est beau, je suis content. Mais, j'aimerais bien amener Pierrette avec nous; malheureusement, il n'y aura pas suffisamment de place, puisque Denise amène son "chum". Merci quand même, ce sera pour une autre fois.

— Mon gars, il y aura de la place. Les jeunes se tasseront un peu plus à l'arrière.

L'été passe comme un charme. Jean a pris ses leçons de conduite. Camille a l'intention de lui confier sa vieille auto.

On commence à reparler d'école. Les enfants sont inscrits dans des écoles différentes. Marlène chez les

Ursulines. Les autres au couvent du Bon-Pasteur de Charlesbourg et Jean chez les Eudistes. Plus tard, il ira à l'Université. Le jeune homme veut devenir médecin, comme son père.

Fille assagie

La famille est réunie pour un repas de fête. C'est le 31 janvier 1948. Ce jour-là, on célèbre l'anniversaire de naissance de Marlène qui a atteint ses quatorze ans. L'enfant frêle est devenue une belle fille blonde élancée, avec des boucles descendant dans son dos. C'est à son tour d'inquiéter son père, avec ses amis de garçons. Pour ce repas, Jean a invité sa blonde, toujours la même Pierrette Lafrance. Denise a son Jean-Marc. Cette dernière s'est assagie. Elle en est à sa dernière année d'école. Aussitôt diplômée, Denise veut travailler dans un bureau. Son Jean-Marc lui répétant souvent qu'elle ne travaillera pas longtemps, voulant la marier aussitôt que le père de la belle accordera son consentement. Camille ne change pas d'idée.

— Denise, ne pense pas te marier avant vingt et un ans. Plus jeune que ça, jamais je ne te donnerai mon consentement. Je ne te vois pas sortir avec un même garçon pendant des années. Tu pourrais, il me semble, viser un peu plus haut.

— Papa, t'aimes pas Jean-Marc?

— Je n'ai rien contre Jean-Marc, mais un métier d'agent d'assurance... Il me semble qu'il pourrait avoir un peu plus d'idéal.

C'est continuellement le même dialogue entre Denise et son père. La conversation s'arrête enfin sur les fréquentations. Jean veut taquiner une autre de ses soeurs.

— Toi, la Marlène, tu ne t'es pas invité un "chum"? J'en vois souvent trois ou quatre qui te tournent autour. Il doit bien y en avoir un à ton goût.

Marlène ne se sent pas mal prise pour si peu.

— Non, très cher. Dans l'histoire des "chums", c'est moi qui mène. Quand j'ai envie d'en avoir un, j'en ai. Pour ce soir, j'en voulais aucun.

Marylou se dépêche d'ajouter son grain de sel.

— Elle les aime pas, y sont trop jeunes. Elle aime mieux le grand Gaby. Si vous voyiez comme elle y fait les yeux doux.

Marlène devient écarlate. Son frère et ses soeurs la taquinent pour un bon moment.

Un commencement d'inquiétude gagne légèrement le parrain de Marlène à la suite de ce qu'il vient d'entendre. Ne voulant pas briser l'esprit de fête qui règne actuellement, il se promet bien de parler à sa filleule au sujet de ses fréquentations. Camille nourrit les mêmes idées que son frère-curé. Retarder à s'interposer lui semble trop pénible. Sans aucune ruse, il intervient sur le champ.

— D'abord, Marlène est trop jeune pour s'attacher à un garçon plus âgé. Aussi, elle est trop jeune pour avoir un "chum".

Et Denise d'appuyer son père.

— Tu sais, Marlène, papa a raison.

Là, c'en est trop. Marlène regarde sa soeur droit dans les yeux. Elle pèse ses mots.

— Denise Robin, t'as pas de leçon à donner à personne. T'es sortie assez jeune avec les gars; moi je me rappelle. On dirait que t'as la mémoire courte, hein?

Marlène s'arrête là. Denise sait ce qu'elle veut dire. Marlène étant venue passer un été à la maison lorsque Denise avait une douzaine d'années, elle avait surpris sa grande soeur se roulant dans son lit avec son "chum" de l'époque. Le silence s'installe pour deux bonnes minutes autour de la table. Enfin, c'est Marylou qui vient changer la conversation.

— P'pa, c'est qui, la madame qui t'appelle à chaque soir, au téléphone?

C'est au tour de Camille de se sentir dans ses petits

souliers. Les jeunes se retournent pour le regarder d'un oeil scrutateur.

— De quelle madame veux-tu parler? C'est sûrement une patiente. Je ne reçois pas seulement un téléphone par soir.

— Celle qui parle comme une Française. La semaine passée, t'étais chez mon oncle Philippe. J'ai demandé qu'elle laisse le message. Elle parlait un peu comme une Française, mais pas tout à fait.

Les enfants éclatent de rire. Sauf Camille qui n'aime pas être le dindon de la farce.

Après le repas, les enfants s'empressent de desservir la table pour donner un coup de main à madame Victoire. Les deux aides qu'elle avait avec elle, Laurette et Annette, sont parties l'une après l'autre pour se marier. On n'a pas cru bon de les remplacer. Chaque enfant fait son lit. Et en fin de semaine, chacun a le mandat de ranger sa chambre. Une femme de ménage vient deux fois la semaine s'occuper du lavage et du ménage. Victoire prépare encore les repas. Son mari Thomas est toujours responsable de la maintenance des lieux.

*

De son côté, Orise Cantin a annoncé son départ pour le mois de mai. Elle a rencontré un veuf de son âge. Ils se marieront en juin. Un soir qu'il est assis dans la mezzanine avec Denise et Marlène, Camille leur fait part de ses intentions.

— Vous ne trouvez pas que nous sommes bien depuis que nos deux bonnes sont parties? Madame Cantin prend de plus en plus des jours de congé et je trouve cela très bien. Je commence à nous sentir vraiment une famille. Vous deux, qu'est-ce que vous en pensez?

Les deux filles le regardent et réfléchissent. Marlène ne veut pas rater l'occasion de passer son message.

— Oui. Je pense comme toi. Si on avait pu toujours s'arranger comme ça, ç'aurait été parfait. Moi, j'espère deux choses...

— Qu'est-ce que tu espères, princesse? S'enquière son père.

— Simplement qu'y nous tombera pas une tuile sur la tête. Tu trouves qu'on est bien, là? Ben, arrange-toi pas pour qu'on devienne mal.

Le docteur Robin a l'impression de marcher sur des oeufs. Il jette d'abord un oeil sur Denise, enroulée dans sa vieille robe de chambre en chenille rose. Retenant son souffle, elle regarde son père de ses deux yeux noirs perçants. Il pose ensuite son regard sur Marlène. Elle aussi est drapée dans une robe de chambre, mais en satin jaune. Elle fixe son père de ses yeux marron rieurs. Camille se risque à lui répondre.

— Je sais ce que tu veux dire. Tu as peur que je me sois fait une blonde... Est-ce ça?

Marlène n'hésite pas.

— Est-ce ça, la vérité? Toi, tu peux nous le dire.

Camille est piqué au vif.

— De toute façon, ma fille, ce ne sont pas tes affaires. Moi aussi, j'ai droit à ma vie privée.

C'en est trop pour Marlène. Elle monte le ton.

— Tu penses pas qu'on fait partie de ta vie privée, nous autres? On est ta famille, au cas où tu l'oublierais une autre fois.

— Que veux-tu dire par: une autre fois?

— Au cas où tu nous amènerais une gribiche qui te mènerait par le bout du nez et qui t'obligerait, encore une fois, à faire sortir tes propres enfants de la maison.

Camille est estomaqué. Sa princesse qui lui parle sur ce ton. Elle est assise près de lui sur la même causeuse. Elle le regarde droit dans les yeux. Camille prend cela pour de la provocation. Levant le bras il la gifle fortement.

— Tu apprendras, ma fille, que je n'ai jamais amené de gribiche dans ma maison. Et jamais personne ne m'a mené par le bout du nez.

Marlène, la joue rougie par la taloche ne baisse pas pavillon.

— Je peux te mettre les points sur les "i" et les barres sur les "t". Quand t'as amené ta mère ici, ta charmante mère... tu t'es laissé manoeuvré par elle. Tellement, que t'as sorti de la maison trois de tes enfants pour garder ta "memman". Même si j'avais rien que six ans, j'ai compris à ce moment-là que t'étais un mou.

Une autre taloche vient laisser sa marque sur son visage. Cela n'arrête pas la belle Marlène. D'une voix tremblotante, elle continue à se défouler.

— Ce qui me choque, c'est qu'y a fallu que ta folle de mère meure pour que tu nous ramènes ici. Et je suis pas certaine que tu l'aurais fait si Ron avait pas été rappelé par son évêque. Pis, mets-toi ben dans la tête que les deux claques que tu viens de me donner, jamais je les oublierai, tu m'entends, jamais! Depuis huit ans que je t'en veux. Même si tu devais me tuer à soir, tu vas savoir ce que j'ai sur le coeur.

Camille se reprend. Il ne veut pas que la situation pourrisse ainsi.

— Denise, tu veux nous laisser, s'il te plaît? J'aimerais parler à Marlène, seul à seule.

Denise se lève. Elle prend son père par le cou, le serre contre elle, l'embrasse sur la joue, et se retire dans sa chambre. Un grand silence envahit la pièce. Camille veut laisser baisser la vapeur. Au bout de cinq minutes, il se sent prêt à parler à sa fille.

— Marlène, je voudrais te parler, mais pas ici. Je ne suis pas à mon aise dans la mezzanine. Les jeunes ne sont peut-être pas endormies. Tu veux venir dans ma chambre? On va s'asseoir devant le foyer. Je vais faire un bon feu et nous allons jaser ensemble.

La jeune fille ne répond pas immédiatement. Elle réfléchit. Lentement, elle se lève, regarde son père et s'achemine vers la chambre de ce dernier sans prononcer un mot. Camille la suit d'un pas lourd et hésitant.

En entrant, Marlène se dirige vers le fauteuil de sa mère. Elle pense que ce siège lui donnera la force d'aller jusqu'au bout de sa discussion. Elle veut sortir la rancune qu'elle a dans le cœur depuis des d'années.

Avec minutie, Camille prépare un feu dans la cheminée. Il a fait le choix de placer sur le tourne-disque, une musique douce et apaisante. Il se sert un cognac.

— Veux-tu que je te verse une larme de cognac avec un peu d'eau? Il me semble que ça te ferait du bien.

Marlène réfléchit et finalement acquiesce.

— Envoie donc, tiens! C'est une circonstance comme une autre pour commencer à prendre un verre. Il faut bien que je suive la lignée des Robin, hein?

— Là, tu es méchante, Marlène. Connais-tu des Robin ivrognes, toi?

— Non. Mais ils crachent pas dedans.

Camille lui présente une coupe avec un doigt du précieux liquide au fond du verre.

— Tiens! Ce n'est pas avec ça que tu vas suivre un Robin.

Marlène goûte à la boisson. Sa première réaction, ce serait de laisser le verre de côté, tellement elle n'aime le pas le goût de cet alcool. Mais, du bout des lèvres, elle boit quand même. Au bout de deux gorgées, elle se sent ravigotée. Camille remarque que la lumière est revenue dans les yeux de sa fille. Il est assis dans le fauteuil collé au sien.

— Princesse, je t'ai trouvée très dure, tout à l'heure. Il me semble que je ne mérite pas ça.

Marlène ouvre la bouche pour lui répondre, mais il lui fait signe.

— Non, ne dis rien. Si tu veux, laisse-moi exprimer ce que j'ai à dire. Après, mais après seulement, tu parleras. Veux-tu?

Marlène baisse les yeux et accepte en lui faisant un signe affirmatif avec sa tête. Camille est mal à l'aise, mais il continue quand même.

— Je m'excuse pour les deux gifles. C'est la première fois que je gifle un de mes enfants, et c'est à ma préférée que je le fais... Ne détourne pas les yeux avec mépris, Marlène! Oui, tu es ma préférée. J'aime tous mes enfants, mais pour toi, j'ai vraiment un faible. Quand je vous ai laissées aller hors de la maison, à la mort de votre mère, j'avais beaucoup de peine en pensant à Fanny et à Idola. Mais, quand je pensais à toi, c'est un couteau qui me traversait le coeur. Je ne sais pas pourquoi, mais c'est comme ça. Marlène, tu ressembles tellement à ta mère. Je te regardais tout à l'heure quand tu t'es fâchée. À un certain moment, je croyais avoir Madeleine devant moi.

Marlène ne peut rater l'occasion.

— C'est à ce moment-là que tu m'as giflée, je suppose?

— Marlène! Laisse-moi continuer, s'il te plaît!

Marlène a une question qui lui brûle les lèvres et elle ne peut plus attendre.

— C'est qui, la femme du téléphone, à chaque soir? Je veux savoir qui elle est.

105

Camille éclate de rire.

— Marlène! Tu me parles comme une femme jalouse de son mari. Tu n'es pas ma femme, tu es ma fille.

— J'ai le droit de savoir quand même. Tu connais mon point de vue sur ça, on recommencera pas.

— Tu ne m'as même pas donné la chance de t'expliquer pourquoi je vous ai fait garder à l'extérieur de la maison.

— T'as pas d'explication, Camille Robin. Tu voulais pas déplaire à ta mère. Sais-tu que je la détestais, ta mère?

— C'était ta grand-mère, Marlène.

— Je la considère pas comme ma grand-mère. Bon, revenons-en à ta blonde.

Camille éclate de rire. Il lui vient une idée.

— Écoute, on fait un marché. Dis-moi qu'est-ce qu'il y a entre le grand Gabriel et toi et je te dirai qui est la dame du téléphone.

— Gaby, c'est un garçon qui est dans la chorale avec moi. C'est avec lui que je vais chanter en duo au mois de mai. Tu sais, je t'ai parlé du concert qu'on donnera à la salle paroissiale?

— Oui, je me souviens. Qu'allez-vous chanter?

— D'abord "La Mascotte" et nous fermerons le concert avec "L'heure exquise".

— Je trouve ça bien pour "La Mascotte" mais pour "L'heure exquise", je te trouve un peu jeune.

— Monsieur Lebrun, le directeur de la chorale, dit que ce rôle me va bien. Les chanteurs de la chorale pensent que j'ai seize ans. Et Monsieur Lebrun dit qu'avec le costume, j'aurai l'air d'être plus âgée. Il dit que ma voix est celle qui convient pour ce genre de chant.

— Ton Gaby, quelle sorte de voix a-t-il?

— C'est un bon baryton. Il a une sucrée de belle voix.

— Qu'est-ce qu'il y a entre vous deux?

106

— Rien pour le moment. Et c'est pas parce que je travaille pas pour.

— Ah! Tiens donc! Quel âge a-t-il, déjà?

— Vingt-six ans. Il pense que j'ai seize ans et me trouve trop jeune. Une chance qu'il sait pas que j'ai quatorze ans.

Marlène fait une pause, et continue car elle a encore des choses à dire.

— Tu sais, papa, attends-toi pas à ce que je suive les traces de Denise, je veux dire que je me trouve un "chum" et que je le mette en conserve pour le jour du mariage. C'est pas mon genre. Je me marierai jamais. J'aurai des amants, probablement beaucoup, mais, nenni pour le mariage.

Camille se retient pour ne pas pouffer de rire.

— Et que feras-tu si tu deviens enceinte?

— Inquiète-toi pas. Je prendrai les mesures nécessaires pour pas être enceinte, tant que je ne le voudrai pas. Quand je voudrai des enfants, j'en aurai, mais pas de mari. J'élèverai mes enfants, seule. C'est pas si utile que ça, un père pour des enfants. Moi, j'ai passé une bonne partie de ma vie sans père et sans mère. Je me suicide pas pour ça, tu vois.

Le docteur Robin ne relève pas cette dernière remarque, mais il n'aime pas l'état d'esprit de sa fille.

— Eh bien, ma fille! Je ne sais pas si c'est cela que ça donne d'avoir été élevée dans un presbytère et d'aller à l'école chez les Ursulines... Je ne m'attendais pas à ce genre de raisonnement. Je savais que tu étais une originale, mais à ce point-là, ça me dépasse.

— Pauvre Camille! C'est pas parce que j'ai été à l'école chez les Ursulines et élevée par mon oncle-curé que je vas avoir des idées de soeur cloîtrée. Vois-tu, je me suis prise en main. Toi tu m'as sortie de ta maison et, pour continuer dans la même veine, mon oncle-curé s'est arrangé avec son évêque pour qu'il l'appelle auprès de lui. Comme ça, c'est plus facile de se débarrasser de la petite orpheline.

— Marlène! C'est odieux ce que tu me racontes ce soir. Dis-moi donc, à part collectionner des amants et demeurer ici, que comptes-tu faire d'autre dans la vie?

— Je vas aller à l'université. Je vas faire mes beaux-arts. Je veux étudier le théâtre et probablement l'opéra. Je verrai.

— Oui... Ça te ressemble vraiment. Mais ne fais pas trop de théâtre avant le temps, veux-tu? Tu risques de te brûler les ailes.

Marlène se lève et se verse deux doigts de cognac dans sa coupe. Camille est ahuri. Il retient un cri. Il se ravise. «Non, il faut que je la laisse faire. Elle essaie de me provoquer. Elle sera assez malade demain, qu'elle ne voudra plus toucher à la boisson de sitôt.»

La jeune fille se rend à la salle de bain pour réduire son cognac avec de l'eau. Elle revient, moulée dans sa robe de chambre. Camille a envie de rire. Il observe sa fille qui roule des hanches. Ensuite, elle enlève ses souliers et s'assoit à terre, près du feu. Elle prend une grande respiration et se retourne vers son père. Une mèche de cheveux blonds lui cache entièrement un œil. Sa robe de chambre qui est à moitié ouverte, laisse apparaître une longue jambe découverte jusqu'à la cuisse. D'un sans-gêne qui lui est propre, elle regarde son père d'un air enjoué en lui parlant.

— Puis...? La bonne femme du téléphone...? C'est à ton tour de cracher le morceau.

— Marlène, c'est vulgaire ce que tu dis présentement.

— Laisse faire la vulgarité, c'est qui? Hein?

— C'est une infirmière qui travaille à l'hôpital. Elle s'appelle Rita, pas la bonne femme! C'est une belle grande dame. Je te dirai qu'elle a même hâte de vous connaître.

— Ah? On va connaître Madame?

— Pourquoi pas?

— Tu t'es pas demandé si nous autres, ça faisait notre affaire? Écoute! C'est ta maîtresse à toi, c'est pas la nôtre. Garde-la donc pour toi. Nous, on veut pas la connaître. J'ai pas l'intention de faire des courbettes devant Madame.

— Marlène, tu es sans coeur. Il y a huit ans que votre mère est morte. Il me semble que j'ai bien fait mon deuil. Ton frère et tes soeurs ne sont pas aussi chatouilleux que toi sur cette question. Je leur ai dit que je voulais la leur présenter au souper de Pâques. Tu devras te conformer à ça, toi aussi.

Marlène avale la balance de son cognac d'un trait. C'est Camille qui fait la grimace. Elle se lève pour aller se verser un autre verre. C'en est trop. Camille la rattrape au passage et lui enlève la bouteille des mains.

— Ma fille, tu vas aller te coucher. Tu es complètement chaude. Tu trouveras ça moins drôle demain matin.

Si Marlène avait eu des pistolets à la place des yeux, son père serait mort.

—Je te déteste, Camille Robin. Je te déteste.

Elle se prépare à le pousser de ses poings. Camille évite les coups. Il lui prend les deux bras, qu'il serre un peu en la secouant pour la ramener à la réalité. Elle éclate en sanglots. En pleurant, elle met la tête sur l'épaule de son père.

— Papa! Papa! Pourquoi tu nous fais ça. Il y a trois ans, à peine, qu'on est ensemble et tu veux nous amener une étrangère.

Elle se serre contre lui. Marlène a de la difficulté à accepter que son père puisse amener une autre femme dans la maison de sa mère. Elle qui ne voulait pas se marier pour demeurer auprès de lui jusqu'à sa dernière heure. Camille étant l'idole de la jeune fille, elle voudrait reprendre le temps où elle ne restait pas avec lui.

109

Camille a le coeur gros. «Une fille de quatorze ans, ça amène toujours des problèmes. Une fillette amoureuse de son père, c'est courant.»

— Si tu veux, on va faire un marché. Laisse-moi amener Rita pour le souper de Pâques. Tu verras comment tu la trouves et après cette visite, tu me donneras ton verdict. Mais il faudra que tu sois de bonne foi. D'accord?

Marlène réfléchit. Elle s'essuie les yeux.

— D'accord! Mais si je l'aime pas, je resterai plus ici.

Elle embrasse son père sur la joue, tourne les talons pour sortir de la chambre. Marchant avec l'allure d'un oiseau blessé et titubant le long du corridor, Marlène s'en va vers sa propre chambre.

Surprise pour les jeunes

La semaine sainte se pointe rapidement. Les enfants en congé suivent, comme il se doit, les offices religieux à l'église paroissiale. Marlène attend le matin de Pâques avec anxiété. Faisant partie de la chorale, Gabriel et Marlène chanteront en Duo au jubé de l'orgue. Excitée, la jeune fille tombe des nues quand elle entend son père, le soir du jeudi saint, confirmer qu'il amènerait Rita pour le souper de Pâques.

Jean regarde Denise. Tous deux ont envie de pouffer de rire. Marlène retient, suspendue dans sa main, la bouchée de pain qu'elle s'apprêtait à se mettre sous la dent. Serrant les mâchoires, elle ne dit pas un mot. C'est Idola qui prend la parole.

— Papa, j'ai hâte de la connaître ta Rita. Je suis certaine qu'elle est gentille.

Marlène la fusille du regard. Idola fait mine de rien. À son tour, Fanny émet son idée.

— J'espère qu'elle va nous apporter un petit quelque chose pour Pâques.

Et Marysol tente de reprendre sa sœur.

— Elle est pas obligée. Toi, Fanny Robin, tu penses rien qu'à manger.

Il semblait bien à Camille que Marylou embarquerait dans la pagaille, elle aussi.

— Papa, je pense à quelque chose, l'embrasses-tu, ta blonde, des fois?

Tous éclatent de rire, sauf Marlène. Elle se lève et monte à sa chambre. Ivre de rage, elle s'élance avec élan à plat ventre sur son lit. «Non, mais y est fou, ma foi. Y est fou! Pauvre Camille de merde. Qu'est-ce qu'il a donc dans la tête? Je trouve ça assez écoeurant, à son âge! Il me semble de les voir ensemble. Y fait son jeune. Ben je te réserve une surprise, docteur Robin.»

Le jour de Pâques s'amorce à merveille. Les membres de la chorale, surtout Gabriel et Marlène, reçoivent des félicitations après chacune des messes. Ces deux derniers semblent heureux de leur succès. Après la célébration liturgique, Marlène ne voudrait pas quitter son beau Gabriel.

— Veux-tu venir souper à la maison, ce soir? Pour ma famille, Pâques c'est sacré. C'est le gros "chiard".

Gabriel se sent mal à l'aise. Ne voulant pas lui faire de peine, il essaie de trouver une bonne raison de refuser.

— Tu me mets l'eau à la bouche, ma belle Marlène. Si nous n'avions pas, nous aussi, notre souper de Pâques, je crois que j'accepterais. Mais tu sais, pour ma mère aussi, Pâques, c'est très important. Nous devons être tous présents à notre repas de famille.

Gabriel s'aperçoit qu'elle est triste. Elle ne dit plus un mot. Il n'hésite pas. Là, à la porte de l'église, lui prenant la figure entre ses mains, il l'attire à lui et l'embrasse. Après ce baiser bien ressenti par l'un et l'autre, il se recule pour lui parler à l'oreille.

— Comme il me serait facile de t'aimer! Marlène! Il ne faut pas. Je suis trop âgé pour toi. Tu dois te trouver un garçon de ton âge.

Elle ne dit rien, étant si heureuse qu'il l'ait embrassée. Momentanément, elle oublie la blonde de son père. Le beau Gabriel la tenant par la main l'accompagne chez elle. Elle l'attire à l'intérieur de la grosse clôture de béton jusque sous le porche, où personne ne devrait les apercevoir. C'est elle qui le prend par le cou et ils s'embrassent longuement. Ils n'ont pas terminé que Camille, sortant de la maison, découvre sa fille dans les bras de Gabriel. Le père de la blonde se dérhume pour signaler sa présence. Le jeune homme sursaute. N'étant pas de bonne humeur de s'être fait déranger, Marlène baisse la tête et ne dit pas un mot. Gabriel et le docteur Robin se saluent. Camille monte dans sa voiture et démarre immédiatement.

— Ouf! On a l'air un peu fou, tu ne trouves pas? De s'exclamer le jeune homme.

— Non. Je trouve pas.

Gabriel se penche, la prend dans ses bras et l'embrasse encore, en y mettant tout son coeur. Il la laisse brusquement et s'en va, sans se retourner.

Marlène est éblouie. Elle ne voit pas Marylou qui est là à peu de distance, le manteau ouvert, le béret marine posé de travers sur sa tête, un sourire espiègle accroché aux coins des lèvres. Plissant ses yeux myopes pour ne rien manquer, elle s'approche doucement de sa grande soeur.

— Comme ça, c'est ton amoureux pour vrai, hein?

— Je pense que oui, Marylou.

— Tu l'aimes, je gagerais!

— J'en suis certaine.

— Je l'haïs pas, moi non plus. Y est beau, hein?

Marlène prend sa jeune soeur par les épaules et l'amène avec elle à l'intérieur de la maison.

— Papa est allé chercher sa Madame? je suppose.

— Non. Y est parti chercher mon oncle Ron parce que son auto est au garage.

— Ah! parce qu'il faut qu'y présente sa blonde aux curés. J'imagine que Philippe viendra souper, lui aussi.

— Oui. Ça te fâche-tu?

— Pas du tout, si tu veux le savoir.

Elle quitte Marylou. Traversant la salle à manger, elle monte le grand escalier pour se rendre à sa chambre. Son frère et ses soeurs sont dans le solarium. Marlène ne demande pas mieux. «Eh bien, cher docteur Robin, vous allez en avoir pour votre argent. Ce soir, ça va être votre fête. On ménagera rien!»

Près de son lit, Marlène change de vêtements. Elle met un pantalon gris et un pull vert pomme. Sortant de sa chambre, elle étire le cou pour regarder plus loin vérifiant à ce qu'il n'y ait personne dans la mezzanine. Elle se rend silencieusement à la chambre de son père. Avec précaution, elle ouvre la porte, y pénètre et referme doucement.

Elle se rend jusqu'au placard. Sur une tablette, elle aperçoit le coffre de métal dans lequel Camille range plein d'objet divers: clefs, bijoux, et beaucoup de papiers. Tâtant jusqu'au fond avec ses doigts, elle trouve ce qu'elle cherche. Elle referme le coffret et sort du placard.

Marchant vers la porte de la chambre, elle jette un regard sur la table de chevet. Marlène a un choc. La photographie encadrée de sa mère n'y est plus. Elle s'approche et ouvre le tiroir. La photo est à l'intérieur, face contre le fond du tiroir. Elle la retire et la remet à sa place habituelle avec respect. Lentement, elle sort de cette pièce. Personne en vue. Satisfaite, la jeune fille retourne à sa chambre.

Pensive, elle s'assoit sur le bord de son lit en tournant un objet de métal entre ses doigts. «Aussi bien aller immédiatement faire ce que j'ai à faire pendant que j'ai personne dans les jambes.»

Au bout d'une demi-heure, elle revient avec une valise et un gros paquet sous le bras. «Toujours personne à l'horizon, je suis bénie des dieux. À nous deux, mon beau Camille.»

*

Dans le solarium, c'est le branle-bas. Jean ayant placé un disque sur la table-tournante, il fait danser ses soeurs.

114

Marylou se met à chanter en mimant.

"Et voilà l'gros Bill qui s'en va tranquille
tout le long de l'île, le long de l'eau."

Marlène fait son apparition au solarium et se joint à sa soeur pour continuer la chanson.

"Paméla oh! oh! ... me voilà oh! oh! ..., j'te verrai
bientôt."

Marylou arrête sec de chanter. Elle regarde sa grande soeur.

— T'es ben de bonne humeur? Je pense que je sais pourquoi... Mais, t'inquiète pas, je suis pas bavarde, je dirai rien.

— Pendant combien de temps, tu ne parleras pas, Marylou? de demander Jean. Hein? Dis-nous donc ça.

— Jamais! Juré craché.

Le dîner étant prêt, Victoire vient l'annoncer. Ils n'ont pas à attendre leur père qui mangera une bouchée au presbytère avec Ronald et le ramènera avec lui, après. Il retournera ensuite chercher Rita vers quatre heures.

Le repas terminé, les jumelles s'habillent pour sortir avec des amies. Idola et Fanny s'installent dans le solarium pour jouer au Monopoly. À une heure trente, Camille fait son entrée avec Ronald.

Philippe se pointe vers trois heures trente. Paulette, son mari et leur garçon Clément suivent pas loin derrière. Georges a dit qu'il serait ici pour le souper. À quatre heures moins le quart, ses clefs de voiture dans la main, Camille, qui s'est mis sur son trente-six, se prépare à partir. Dès qu'il a passé la porte, Marlène s'excuse auprès des autres, prétextant une mauvaise digestion. Personne ne porte trop attention. Elle monte à sa chambre.

*

Camille et Rita, étant en route pour le Trait-Carré sont silencieux depuis un moment. C'est la jeune femme qui casse la glace.

— J'espère que tu ne regrettes pas de m'amener chez vous. Depuis cinq ans que j'attends. Il me semble qu'il est temps.

— Bien non, chérie, je ne regrette pas. Tu sais, j'aimerais mieux que personne ne sache que nous nous voyons depuis cinq ans.

— Pourquoi? Tu as peur que ta famille apprenne que je suis ta maîtresse depuis tout ce temps?

— J'aimerais mieux pas. J'ai peur que les enfants ne prennent mal l'arrivée d'une nouvelle femme à mes côtés. Ah, peut-être pas tous...

— Je sais. Ta Marlène... Ne t'inquiète pas! Gageons que lorsque je sortirai de chez toi ce soir, tes enfants vont m'aimer.

Le docteur Robin n'exprime pas le fond de sa pensée. Il a remarqué que son amie apportait un gros colis avec elle. Il lui demande ce qu'il y avait dedans.

— Une surprise pour tes enfants. C'est mon frère qui a déniché cette merveille en Belgique.

— C'est gentil, je te remercie. J'espère que mes enfants seront à la hauteur de ta générosité.

En peu de temps, le couple est à la maison. Camille stationnant l'auto devant le garage, sort le premier pour aller ouvrir la portière du côté de sa passagère. Il l'aide à sortir. Ouvrant la porte arrière, il prend délicatement dans ses mains la boîte qui renferme la surprise. Il place le colis sur son bras gauche et de sa main droite, soutient le coude de sa blonde.

116

Une fois à l'intérieur, Rita reprend le colis, voulant l'offrir elle-même aux enfants. Les jumelles sont déjà là, juste devant le couple. La première chose que Marylou aperçoit, c'est l'empaquetage-cadeau. Elle ne peut retenir son cri.

— Fanny, viens voir la belle boîte. Madame, voulez-vous que je la tienne?

Rita éclate de rire.

— Prends-la! C'est pour vous, que j'ai apporté ce cadeau. Toi, tu es sûrement Marylou, et toi, Marysol. N'est-ce pas?

Tous les autres membres de la famille sont au salon. Il y a plein de monde pour ce souper de Fête. Camille a même invité ses amis. On y retrouve Gilberte et son mari Sylvio Garneau, médecin, résidant à Sainte-Foy, ainsi que quatre autres personnes amies.

Tous ces gens connaissent Rita. Camille n'avait plus qu'à l'introduire dans sa famille. Accrochée au bras de son amant, l'élégante jeune femme fait son entrée dans le salon,.

La nouvelle venue est mal à l'aise devant cette famille qui la scrute à la loupe. Continuant d'être aimable, elle prend cependant une décision. «Si ces gens-là ne m'acceptent pas ce soir, c'est la dernière fois que je vois Camille. Cinq ans que j'attends ce moment. Je n'ai pas l'intention d'en faire plus. Rita, c'est ce soir que ton destin se joue.»

— Rita, laisse-moi te présenter ma famille. D'abord, mon frère Philippe; ensuite Ronald. Comme tu peux le constater, ce sont les deux de la famille qui ont mal tourné.

Camille continue ses présentations, pendant que Rita serre des mains.

— Voici Paulette, ma soeur adorée. Je te l'avais dit qu'elle était jolie, n'est-ce pas? Et maintenant, tu vas rencontrer le plus beau de la famille, Georges. Comme il nous faisait ombrage à cause de sa beauté, on l'a expédié à Montréal.

117

Camille donne une tape dans le dos de son jeune frère qu'il aime bien. Le docteur Robin arrive à la partie la plus ardue des présentations, ses enfants. Il y a les trois petites dernières qui se sont déjà introduites elles-mêmes, mais ce ne sont pas les plus difficiles.

Jean, étant debout près du piano à queue, regarde la nouvelle venue d'un air suffisant. Denise, appuyée à l'arche des grandes portes, de ses yeux noirs perçants, étudie des pieds à la tête la nouvelle venue. Idola est presque invisible, cachée derrière la fougère. «Bon! de se dire Camille, il en manque une, mais allons-y pour ceux-là.»

— Rita, comme que tu peux voir, mes enfants ne sont pas des bébés. Voici mon fils, Jean. Il fait son cours classique et prendra ensuite sa médecine.

Jean, en fils bien élevé et de son allure fière, s'approche pour donner la main à la dame. Camille se tourne vers Denise.

— Voici la plus vieille de mes filles, Denise. C'est ma grande. Elle termine, cette année, son cours au couvent de Charlesbourg. En même temps, rencontre son ami Jean-Marc. Ce jeune homme travaille dans les assurances. Si tu as besoin de protection, ne va pas voir ailleurs! Il est le meilleur.

Il n'en fallait pas plus pour faire plaisir à Denise. Idola sort de derrière la fougère et vient gentiment vers Rita. C'est elle qui, d'un air gêné, prend la parole pour se présenter.

— Bonjour, moi je suis Idola. J'ai douze ans. Je vais à l'école moi aussi, mais je termine pas cette année.

La fillette s'avance et embrasse Rita. Camille est heureux. Il l'a toujours dit que son Idola était adorable. Rita l'aime tout de suite. Un peu embarrassé, Camille regarde en direction de Marylou.

— Où est passée Marlène?

118

— Dans sa chambre. Elle était un peu malade tantôt. Je vas aller voir si elle est mieux.

Toujours à son pas de course habituel, Marylou monte jusqu'à la chambre de sa grande soeur. À la porte, elle frappe trois coups.

— Marlène? C'est Marylou.

En passant la tête dans la porte entrouverte, Marylou se met la main devant la bouche afin de ne pas crier.

— Où t'as pris c'te robe-là?

— Dans la chambre aux trésors.

— Oh! Papa veut pas qu'on aille dans cette chambre-là. Où t'as pris la clef?

— Ah... Mystère et boule de gomme.

— Toi, tu vas te faire parler, Marlène Robin! Tu t'es peignée comme notre maman. Tu t'es même mis une rose dans les cheveux, comme sur sa photo. Ha! ha! On dirait que c'est maman.

Coiffée d'un rouleau faisant le tour de sa tête, elle a pris le soin d'accrocher sur le côté droit de ses cheveux, une fleur en tissu du même rose cendré que la robe.

La jeune fille se lève et se regarde dans le miroir. Chaussée d'escarpins noirs en soie ayant appartenus à sa mère, vêtue d'une robe moulante, décolletée en "V" et fendue au côté gauche jusqu'au haut du genou, voici une demoiselle qui paraît beaucoup plus âgée qu'elle ne l'est en réalité. Marlène a aussi mis à son cou le collier de perles de sa mère.

— Ouais! De dire Marlène. La vraie madame de la photo. Tu vas voir! Il y en a une gang qui va faire un saut.

Marylou est déçue.

— Elle est gentille, la madame en bas! Elle nous a apporté des chocolats dans un gros coco, aussi en chocolat, qui se ferme comme une rôtissoire...

— Ben... ma chouette, on va garder les chocolats mais

119

pas la bonne femme. Viens!

Marylou sort la première. Marlène descend lentement le grand escalier. Elle se doit de faire attention aux marches, juchée comme elle l'est sur ses échasses. Tout le monde semble s'être retourné en même temps, sauf Camille.

Il entend un murmure! Et après, plus rien. C'est le silence. À son tour, il jette un regard vers l'escalier. Camille devient blanc comme un drap. Son coeur a fait un tour. Il croit revoir Madeleine. Personne ne parle pendant au moins une minute. Denise se met à pleurer. Camille se reprend.

— Voici Marlène. Je crois qu'elle a voulu nous faire une surprise en se déguisant en dame plus âgée. Mais elle n'a que quatorze ans.

Rita marche vers Marlène mais ne lui tend pas la main.

—Marlène. Tu sais, moi aussi, à ton âge, j'aimais ça me vieillir.

Marlène relève la tête, l'air de dire: "Je suis trop haute pour toi". La jeune fille ne s'abaisse même pas à lui dire bonjour. Rita retourne parmi les amis. C'est avec eux qu'elle se sent plus à l'aise. Camille la suit immédiatement. Ronald s'approche de Marlène.

— Tu me déçois, dit-il à voix basse. Je n'aurais jamais pensé que ma filleule deviendrait une jeune fille méchante comme ça.

— Ben, c'est ça! Tu peux commencer à y penser.

Elle plante son oncle là. En passant devant le traiteur qui transporte précieusement un cabaret rempli de coupes de champagne, elle s'empare d'une flûte et va retrouver Paulette qui tient son fils d'un an assis sur elle. Sa tante la fusille du regard. Pour la provoquer Marlène vient plus près.

— Tu as quelque chose à me dire?

— Oui. Tu es une chipie. Tu n'as de ta mère, que le physique.

120

— Et toi, tu as quoi de ta mère?

Paulette n'a pas le temps de lui répondre que Marlène s'est déjà éloignée. Son oncle André, le mari de Paulette, ne la quitte pas des yeux. Marlène l'a ensorcelé. Il a peine à croire que cette fille si bien tournée n'est qu'une enfant de quatorze ans. Marlène a conscience de l'effet qu'elle provoque. Alors, elle se déhanche en s'approchant du piano.

Déposant sa coupe de champagne déjà vide sur l'instrument de musique, avec élégance, elle enlève ses longs gants blancs allant jusqu'aux avant-bras. Avec une aisance de séductrice, elle s'assoit sur le banc. L'ouverture de sa jupe laisse voir sa longue jambe gauche jusqu'à la cuisse.

— Un moment de silence, s'il vous plaît. Je vais vous interpréter... "Le Requiem de Mozart".

Apprenant le piano depuis l'âge de cinq ans, Marlène est une très bonne musicienne. Ne laissant à personne le temps de discuter de la pièce, elle attaque immédiatement.

L'eau coule sur le visage de Camille. Sans en être consciente, c'est la bonne vieille Victoire qui vient sauver la situation en informant le docteur Robin que le souper est prêt.

— Je vous invite à passer à table, s'il vous plaît, de prononcer Camille, haut et fort.

Marlène reste au piano. Son père a refermé les portes vitrées. Se retournant, elle s'aperçoit qu'elle est seule. Elle se lève, ouvre une des portes pour sortir du salon et va rejoindre les autres à la grande table. Remarquant que Rita est assise à la droite de son père, place habituellement réservée à Jean, elle s'approche de ce dernier qui s'est trouvé un siège ailleurs.

Marlène frappe sur l'épaule de son frère en lui faisant signe qu'il peut prendre sa chaise à elle, à la gauche de son père. Marlène ne désire pas être en face de cette Rita. Jean a compris. Ne voulant pas qu'elle fasse d'autres bêtises, il déménage immédiatement.

Devant Marlène, se sont installés André et sa femme Paulette. Le mari de sa tante semble heureux d'avoir la jeune fille en face de lui. Juste à côté de Marlène, est assis le gros docteur de Sainte-Foy. Il se garde bien de lui adresser la parole pendant le repas, sauf vers la fin.

— Marlène, n'essaie pas de ressembler à ta mère. Essaie d'être toi-même.

Le coup a porté. Marlène n'ajoute pas un mot. Après le repas, elle monte à sa chambre et verrouille la porte. Précieusement, elle sort une valise en cuir brun de dessous le lit. Celle qu'elle a rapportée de la chambre aux trésors.

Enlevant la belle robe rose, la fleur, les bijoux et les escarpins, rapidement elle range le tout dans la valise. Soudain, on frappe à la porte. Fermant la valise en vitesse, elle la pousse sous le lit. Comme elle n'avait plus rien sur le dos, elle enfile une robe de chambre.

— C'est qui?

— Idola.

Marlène va lui ouvrir.

— Qu'est-ce que tu veux? s'informe-t-elle sans la faire entrer.

— Euh! T'es déjà en robe de chambre? Je voulais une aspirine. J'ai mal à la tête.

— Va dans la chambre à papa. Dans le tiroir de la table de chevet, tu en trouveras.

— O.K. Est-ce que tu te couches déjà? Il n'est que dix heures.

— Oui. Bonne nuit.

Marlène a répondu à sa sœur d'un ton sec n'attendant pas de riposte. Idola traverse la mezzanine pour se rendre à la chambre de son père.

Sur la pointe des pieds

De nouveau Marlène ferme la porte à clef en espérant que sa famille au complet ne viendra pas à tour de rôle quémander des médicaments!

Une fois de plus elle se penche pour sortir la valise qu'elle avait cachée sous le lit. Quand tout est rangé, elle referme le couvercle et lentement se rhabille pour son prochain numéro. Un corsage blanc en soie avec jabot vient agrémenter un tailleur en lainage vert bouteille. Un ensemble de souliers et bourse en suède de même teinte que le costume complète sa toilette. Marlène conserve sa coiffure qui a fait sensation en début de soirée. Elle se regarde dans le miroir. «Ouais! ben ma vieille, on peut pas dire que tu parais pas ben! La vraie Madeleine.»

Attendant le moment d'agir, elle s'assoit dans son fauteuil. Vers onze heures, elle entend Georges saluer la famille et quitter la maison. Une grande nervosité s'empare d'elle.

Les heures passent et la belle Marlène est toujours là qui attend.

Enfin, les derniers invités quittent vers une heure trente. Marlène entend les traiteurs ramasser les cabarets et les plats. À deux heures c'est le silence total dans la maison des Robin. Les lumières étant éteintes, Marlène peut enfin sortir de sa piaule.

À pas feutrés, une valise en cuir brun à la main gauche et un imperméable beige replié sur le bras droit, la jeune fille descend le grand escalier. Sur la pointe des pieds, comme une ombre, elle traverse la salle à manger et se glisse dans le bureau du docteur Robin. Elle se hâte de fermer la porte. Une faible lueur provenant du réverbère de la rue éclaire suffisamment la pièce. S'approchant du téléphone, Marlène signale un numéro. Après la deuxième sonnerie, elle entend une voix nasillarde et endormie.

— 58123 bonjour...

— Pourriez-vous m'envoyer un taxi au 38 du Trait-Carré à Charlesbourg, s'il vous plaît?

— Oui madame. Dans quinze minutes.

Marlène sort du cabinet de travail de son père, aussi discrètement qu'elle y était entrée. Sur la pointe des pieds, elle se dirige vers la porte de côté. Avec une infinie précaution, elle tourne la poignée de la première porte, et doucement, fait basculer le loquet de la deuxième. Profitant de l'ouverture, le chat se faufile entre les jambes de la jeune fille. Marlène a failli crier, tellement elle a eu peur. Le cœur battant, elle reprend sa valise qu'elle avait déposée à terre et sort de la maison.

Ne pouvant verrouiller la porte par l'extérieur, la jeune effrontée pense que personne ne pourra se faire voler ou violer d'ici quelques heures; puisqu'il est déjà trois heures du matin.

Marlène avance près de la haute clôture. Elle s'abrite derrière un arbre immense, afin que de la maison, on ne puisse la voir. Au bout de vingt minutes qui lui paraissent une éternité, elle entend une auto s'approcher. Elle allonge le cou près du portail en grillage de fer. Serait-ce l'auto de son père? Il est parti conduire sa Rita. Non, il n'y a pas à se tromper, c'est bien le numéro 5-8123 qu'elle aperçoit à l'enseigne, sur le toit de l'automobile. La fugitive sort de sa cachette pour que le chauffeur ne la manque pas. Le taxi s'arrête. Elle n'attend pas que le conducteur vienne lui ouvrir la portière arrière, elle le fait, elle-même. Elle se dépêche d'embarquer et de s'asseoir.

— La gare du Palais, s'il vous plaît.

— Très bien, madame... Une belle nuit, hein?

124

— Pardon?

— Je dis qu'il fait beau.

— Oui. Très beau.

Le chauffeur se rend compte que la jeune fille ne veut pas parler. Il se tait. Il monte le volume du radio. On y joue le "blue tango". S'ennuyant déjà, Marlène se sent triste.

Le chauffeur la regarde de temps en temps par le rétroviseur. Marlène fait mine de ne pas s'en rendre compte. Enfin, la gare! Lorsque la voiture s'arrête, la voyageuse s'empresse de demander le prix en ouvrant la portière.

— Une piastre et demie, ma belle.

Marlène lui donne un billet de deux dollars en lui disant de garder la monnaie. Sortant de la voiture, elle prend sa valise et son imperméable avec elle.

Essayant de jouer son rôle de dame plus âgée, la jeune fille lève la tête et regarde les nombreuses entrées de la gare. D'un pas décidé, elle file dans une porte à tambour et aboutit dans la salle des pas perdus. Effrayée, Marlène a l'impression qu'une fée vient de la propulser dans un endroit inconnu. Elle a tellement peur d'attirer l'attention qu'elle marche sur la pointe des pieds.

Elle repère les guichets de vente de billets. À quatre heures du matin, ceux qui sont ouverts sont peu nombreux. Le dernier au fond, à droite attirant d'abord sa vue, est occupé par un jeune homme à l'air suffisant. Marlène porte son regard au guichet voisin. Un vieux monsieur, donnant l'impression d'être en manque de clients, somnole, le menton appuyé dans ses mains. Elle opte pour celui-là.

— Bonsoir Monsieur, je voudrais un billet, aller seulement, pour Montréal.

Le préposé se réveille et lui donne son billet. Il lui réclame le montant à payer. Marlène s'empresse de s'informer de l'heure du prochain train.

— À quatre heures trente. De lui répondre l'agent à la

125

billetterie.

La jeune voyageuse le remercie. Elle se sent rassurée. En promenant son regard de gauche à droite, elle aperçoit un kiosque à journaux au fond de la salle. Elle s'y rend pour acheter le "Radiomonde" et une tablette de chocolat.

Près de ce comptoir, Marlène repère une rangée de bancs fort bien éclairés. Elle marche dans cette direction. Sous les lumières, elle pourra lire un peu. Après une quinzaine de minutes de lecture, la jeune fille a l'impression d'avoir du sable dans les yeux. Elle ne veut pas dormir. «Le meilleur moyen pour ne pas m'endormir, c'est de marcher,» pense-t-elle.

Avec précaution, elle ouvre sa valise et y dépose son journal ainsi que son imperméable. Traînant sa valise avec elle de peur de se la faire voler, elle commence à arpenter la salle d'attente d'un bout à l'autre. Elle reprend vite de l'assurance. Elle entend ses talons claquer sur le parquet.

Enfin, on ouvre les portes du côté des quais d'embarquement. Marlène, un début de sourire au coin des lèvres, rejoint les autres voyageurs et passe les portes. Très vite elle repère le bon numéro du quai. Montant dans un wagon, elle opte pour un siège et s'installe. À peine le train démarre-t-il que Marlène s'endort, couchée sur son banc, la tête appuyée sur sa valise et abriée avec son imperméable.

Quand la jeune passagère se réveille, il fait un soleil splendide. C'est la voix d'un préposé qui la ramène à la réalité.

— Montréal, gare Windsor, dans cinq minutes.

Marlène se lève, ajuste ses vêtements et sa coiffure. Le train s'arrête en faisant quelques soubresauts. La voyageuse s'empare de sa valise et de son imperméable. Les yeux encore remplis de sommeil, titubant dans l'allée des bancs peluchés, elle finit par arriver à une sortie..

*

Les membres de la famille Robin, se levant les uns après les autres, se pointent à la cuisine pour déjeuner. Camille descend le dernier. Jean et Denise sont encore à la table. Fanny, assise en retrait joue avec le chat. Camille s'informe si Marlène est descendue.

— On l'a pas vue, de répondre Jean.

— Fanny, va réveiller ta soeur. Dis-lui que je veux qu'elle vienne déjeuner en même temps que moi. J'ai deux mots à lui dire.

Constatant l'allure de son père, Fanny ne discute pas. Elle se hâte vers l'escalier, monte à la course et frappe à la porte de chambre de sa soeur. Pas de réponse. Lentement, la fillette ouvre. Pas de Marlène. Promenant son regard autour de la pièce, elle aperçoit une enveloppe sur la table de chevet. S'en emparant, elle lit ce qui y est inscrit sur l'enveloppe: "Papa". Fanny retourne en bas, toujours en pleine course, pour rejoindre son père en tenant la missive dans ses mains.

— Papa, Marlène est pas dans sa chambre. Son lit est même pas défait. Y avait ça, sur sa table de chevet.

Camille prend le message des mains de sa fille. Le pauvre père devient blanc comme s'il se doutait du contenu de l'enveloppe.

Camille ouvre la missive. Il ne lit pas fort, mais chaque mot lui martèle les tempes.

«Cher papa, le bout de vie que j'avais à vivre ici est terminé. Comme tu sembles attaché à ta Rita, j'essaierai même pas de te faire casser tes amours. T'as le droit de refaire ta vie, ça fait huit ans que maman est morte. Mais moi, je voudrais jamais vivre sous le

127

même toit qu'elle. Je vas m'organiser seule. Je m'en-
nuierai sûrement de vous autres, mais je suis habituée
à vivre loin de chez moi. Adieu, sois heureux. Je vous
embrasse. Marlène.»

Camille plie la feuille de papier et la met dans la poche de sa chemise sans dire un mot. Jean pose la main sur l'épaule de son père.

— Papa, Marlène est partie? Si tu veux mon avis, ne fais rien. Tu vas la voir revenir, ce ne sera pas long.

— Mais, quand est-elle partie? Je suis inquiet. Je vais appeler Ronald. Après tout, c'est lui qui l'a si bien élevée.

— Papa! de reprendre Denise, c'est pas la faute de l'oncle Ronald si Marlène a un sale caractère.

— Je sais, mais elle n'a pas quinze ans. Je ne laisserai pas ma fille dans la rue comme ça. Denise, téléphone d'abord chez Paulette, peut-être s'y est-elle réfugiée?

— Ça m'étonnerait... Paulette est enceinte, on va l'inquiéter.

— Appelle, que je te dis!

Denise téléphone chez sa tante, mais non, pas de Marlène. Alors, Camille se charge lui-même d'appeler Ronald et de lui expliquer ce qui leur tombe sur la tête. Le curé est aussi inquiet que Camille. Il essaie de rassurer son frère.

— Elle ne peut quand même pas être allée bien loin. Est-ce qu'elle est partie avec de l'argent?

— Je ne sais trop. Marlène a quand même un peu d'argent.

— Je me rappelle qu'elle m'en a demandé pour acheter son manteau bleu pâle. Elle m'a dit que ce serait son cadeau de Pâques.

— Curieux, elle a mis son manteau sur mon compte, chez Paquet. Elle a dû préparer sa fugue à l'avance. Combien lui as-tu donné d'argent?

128

— Je lui ai donné cinquante dollars.

Les deux hommes réfléchissent. Ronald essaie d'apporter des suggestions.

— As-tu l'intention d'avertir la police?

— Pas pour le moment. Elle n'a pas été enlevée, elle s'est enfuie. Je ne ferai pas de scandale avec ça. Je vais commencer par faire le tour de ses amies, après je verrai.

— Je vais te rejoindre. On ne sera pas trop de deux pour chercher.

— Je te remercie. Je t'attends.

Les boutons de sonnettes

L'impétueuse Marlène, sortant de la gare Windsor la tête dans les airs, prend un taxi.

— Rue Sherbrooke, coin Saint-Denis, s'il vous plaît.

Le chauffeur examine cette belle grande demoiselle aux cheveux couleur des blés. Il la regarde s'asseoir avec grâce à l'arrière de l'auto. Il lève un peu sa casquette pour la saluer. D'un signe de tête, Marlène le salue à son tour. Le jeune homme se retourne vers l'avant et démarre. Le trafic n'est pas trop lourd dans Montréal en ce lundi de Pâques. Marlène, ayant le cœur serré, se sent un peu perdue dans cette grande ville. Ébahie, elle regarde partout.

Au bout d'une vingtaine de minutes, le taxi s'arrête. Le chauffeur s'empresse de sortir du véhicule pour venir lui ouvrir la portière. Il lui prend la main pour l'aider à descendre. Affichant son plus beau sourire, il lui remet sa valise.

— Bienvenue à Montréal, belle demoiselle. Je vous donne ma carte. Si vous avez besoin d'un taxi, appelez-moi. Je pourrais vous faire visiter. Hein? Un tour de ville, ça ne vous le dirait pas?

— Non, merci, monsieur.

Marlène le paye et s'éloigne. Elle n'aime pas ces yeux qui la scrutent de bas en haut, aller et retour.

Elle emprunte l'escalier extérieur de la maison de style victorien. Elle sait qu'il y a une autre série de marches à l'intérieur.

Après avoir parcouru les noms près des boutons de sonnettes, elle appuie sur celui correspondant au nom visé. Elle attend. S'apercevant que le chauffeur de taxi est encore dans la rue, elle commence à s'énerver. «Voyons, réponds!» Après avoir poussé fortement une fois de plus sur le piton, voilà qu'enfin, retentit le timbre lui déverrouillant la porte. «Ouf! J'ai eu peur qu'il ne soit pas là.» Rapidement, elle ouvre et fait son entrée dans la cage d'escalier.

— Marlène? Mais je rêve! Que fais-tu ici?

Avant de lui répondre, la jeune fille finit de monter les marches une à une. Trimbalant sa valise, d'un air impérieux, Marlène s'introduit dans le salon et laisse tomber son fardeau sur le plancher recouvert d'un tapis d'Orient.

— J'ai quitté ma famille, Très Cher. Je ne te fatiguerai pas longtemps. J'ai l'intention de me chercher du travail.

Le jeune homme est estomaqué. Il ne peut croire ce qu'il entend.

— Non, mais vraiment, je rêve! Es-tu malade? Mais qu'est-ce qui se passe? Pourquoi fais-tu ça?

— Écoute, Georges Robin! Si tu penses que je vas endurer une marâtre dans la maison, ben, mon vieux, tu te trompes. Jamais je tolérerai une belle-mère.

— Qui te dit que ton père se remarierait?

— Si on le laisse aller, il bien assez bête pour le faire. À part ça, as-tu vu la grande autruche qu'il nous a amenée hier?

— Moi je la trouve très bien. Jolie, polie et gentille.

— Pauvre Georges, tu connais rien aux femmes.

— Je te ferai remarquer que ce n'est pas ma blonde, c'est celle de ton père. Marlène Robin, est-ce que Camille sait que tu es ici? Comment es-tu venue?

Les questions se bousculent dans la tête du pauvre Georges. Sa nièce, un sourire narquois aux lèvres est prête à répondre à ses demandes.

— En train, Cher. À l'heure qu'il est, mon père sait que je suis partie mais, il ne sait pas où. Je lui ai laissé une lettre.

— Y a pas à dire, t'es complètement cinglée. Il doit être mort d'inquiétude. La vraie grand-mère Georgina qui

132

voulait toujours mener le monde entier par le bout du nez.

— Tu m'insultes! J'ai faim... Je peux manger?

— Bien oui! Viens à la cuisine. Après, si tu veux prendre une bonne douche... Tu dois être fatiguée... As-tu dormi dans le train?

— Oui. Mais pas gros. Je verrai après la douche... si je m'endors.

Georges voudrait bien pouvoir téléphoner à son frère pour l'aviser. Marlène y pense aussi. Elle ne voudrait pas s'endormir pour donner la chance à son oncle d'appeler à la maison.

En mettant le pied dans la cuisine, l'évadée charles-bourgeoise remarque le goût raffiné de son oncle. On pourrait croire que Georges attendait une invitée de marque. Une nappe de toile blanche est déjà sur la table et un bouquet de chrysanthèmes déposé dans un vase en cristal trône au milieu.

Georges ouvrant la porte du buffet d'acajou, promène un regard sur son service de vaisselle blanche bordée d'une large ligne bleu-violet. Il en sort deux assiettes et deux tasses. Hésitant sur les ustensiles à utiliser, enfin il opte pour ceux de tous les jours, en acier inoxydable avec manches en corne de couleur ambre. En sortant trois minuscules pots de confitures de petits fruits du frigo, il lui vient une idée. Avec minutie, il place ses bocaux dans un cabaret et dépose ce dernier sur la table.

— Écoute, je n'ai pas l'intention de passer la journée ici parce que tu es là. J'avais quelque chose de planifié pour aujourd'hui, je ne vais pas manquer ça.

— C'est quoi?

— Je vais dans le Nord avec des amis.

— Dans le Nord?... Avec des amis, hein?... Comme ça?... Il m'a semblé que tu dormais quand je suis arrivée.

— Oui, mais je me serais levé bientôt.

133

En prononçant ces paroles, le téléphone sonne.

— Tu vois, on devait m'appeler pour me réveiller.

Georges s'empresse de décrocher. C'est Camille qui est au bout du fil. Georges n'en désire pas plus. Il faut qu'il se sorte de ce pétrin.

— Salut Marcel! Qu'il lui répond. Je suis réveillé. Écoute, je ne suis pas sûr d'y aller, j'ai de la visite de Québec. Ma nièce vient de débarquer et je ne veux pas la laisser seule.

Au début de la conversation, Camille ne sait pas pourquoi son frère l'appelle Marcel, mais lorsqu'il entend la suite, il comprend.

— Ne la quitte pas. Depuis une heure que je téléphone partout. Tu étais le dernier sur notre liste. Et je t'appelais en désespoir de cause, je n'aurais jamais pensé qu'elle se serait rendue jusqu'à Montréal. Essaie de la retenir, je pars immédiatement.

*

Camille ferme le téléphone. Essayant de se lever, il ressent un malaise. Il se courbe en deux. Ronald, Jean et Denise se précipitent vers lui et le couchent sur le divan du solarium.

— Jean, fais venir le docteur Demers, commande Ronald. Vite!

Jean s'exécute immédiatement. Le jeune homme téléphone aussi à Philippe.

L'autre curé fait son entrée quelques minutes plus tard. Fanny, en larmes, lui raconte ce qui se passe. Philippe ne dit pas un mot. Il s'avance dans le solarium. Le docteur Demers est déjà là. Son frère est blanc comme un linceul. Camille ouvrant les yeux, fait signe à Ronald de s'appro-

134

cher. Le malade, d'une voix à peine audible exprime à son frère son voeu le plus cher.

— Va chercher ma fille.

— Ne t'inquiète pas, vieux frère! J'y vais immédiatement et sois assuré que je te la ramène.

Le docteur Demers demande une ambulance. Camille sera mieux soigné à l'hôpital. Le malade n'est pas heureux de la décision de son confrère. Ses enfants se cachent pour pleurer.

*

Ronald part sur le champ. En milieu d'après-midi, c'est à son tour d'appuyer sur le bouton de sonnette de Georges.

Après une bonne douche, Marlène enveloppée dans un peignoir marine appartenant à son oncle, s'est endormie sur le divan du salon. La sonnerie de la porte la réveille en sursaut.

— Euh! Qui c'est, ça?

— Je ne sais pas, je vais voir.

Georges appuie sur le bouton pour ouvrir la porte. Il voit apparaître Ronald, seul, au pied de l'escalier. Il croit que son autre frère est resté dans la voiture. Le grand curé, sans se presser, monte les marches, une à une.

Marlène est assise sur le divan et attend, le coeur battant. Apercevant soudain Ronald dans l'embrasure de la porte, son sang fait demi-tour. Le prêtre salue son frère et plonge son regard dans les yeux de sa filleule. Marlène essaie de sauver la face.

— Ton frère t'a envoyé me chercher?

Ronald ne répond pas. Il ne cesse de la regarder. Marlène continue de cracher son venin.

135

— Pauvre Camille. Y a jamais été capable de faire les choses par lui-même. Georgina est plus là. Il va pleurer dans la jupe de son frère. Comme diraient les Français, y aura jamais de couilles ce p'tit-là!

Sur un ton sec, son oncle la somme d'arrêter.

— Tais-toi, malheureuse! Et attache ta robe de chambre.

Son vêtement trop grand pour elle, commence à s'ouvrir de partout. La jeune fille éclate de rire.

— Quand bien même tu verrais une jambe et un sein qui dépassent, qu'est-ce que ça peut faire. Y a personne ici. Oh, excusez! Sauf vous deux. Georges n'aime pas les femmes et toi t'es pas supposé les voir.

Ronald bouillonne. Georges ne relève pas les sarcasmes de sa nièce. Il sait que tout le monde sait... Entendant de tels propos, le pauvre curé perd patience.

— Tu es une sans-coeur, Marlène. Tu étais mon ange. Mais avec ton comportement, je m'aperçois que j'ai perdu ma fille. Tu vas t'habiller et tu vas me suivre. Sinon, je vais t'aider à le faire et tu ne trouveras pas cela drôle.

— Tiens donc! Tu vas peut-être voir des choses que tu devrais pas.

— J'ai vu bien des choses dans ma vie et ça ne me dérange pas. Tu ne serais pas le genre de fille qui m'attirerait. Tu es trop détestable! ça ne plaît pas aux hommes.

Son oncle vient de donner un coup qui porte. Marlène se sent malheureuse. Même son oncle qui l'aimait tant est contre elle.

— T'es plus mon parrain. T'es moins que rien pour moi. Je te déteste.

Marlène éclate en sanglots. La colère de Ronald tombe immédiatement. Il n'a jamais pu voir pleurer sa filleule. S'approchant d'elle il la prend dans ses bras et la serre contre lui.

136

— Pardon, ma chérie! Pardonne-moi. Mes paroles ont dépassé ma pensée. Je t'aimerai toujours. Si je ne t'avais pas aimée, je ne serais pas ici.

À travers de gros sanglots, Marlène s'informe.

— Pourquoi papa est pas venu?

— Il m'avait demandé de venir avec lui. Juste avant de partir, il s'est trouvé mal. On l'a transporté à l'hôpital, en ambulance.

Marlène recule et regarde son oncle. Georges a entendu. Il est inquiet.

— Le coeur?

Ronald lui fait un signe affirmatif. Marlène se remet à pleurer.

— C'est ma faute! C'est ma faute!

Ronald se rend compte qu'elle devient hystérique. Il la tient très fort par les poignets. Il voudrait qu'elle cesse de trembler. Le parrain prend sa voix la plus douce pour consoler sa filleule.

— Marlène, il faut que tu te ressaisisses, nous devons retourner immédiatement. Me comprends-tu? Ton père m'a bien dit: «va chercher ma fille!»

Essayant de se contrôler, elle se dégage des mains de Ronald, prend une grande respiration.

— Attends-moi, je vas m'habiller.

— Ne remets pas les vêtements de ta mère et change de coiffure, de lui dire l'oncle Georges.

Marlène, du haut de ses cinq pieds et six pouces, a l'air, soudain d'une fillette inquiète. Ne jouant plus de rôle, la vamp d'une nuit est redevenue une petite fille.

Dix minutes plus tard, la jeune fille revient au salon avec sa valise. Son parrain retrouve l'enfant qu'il aime tant. Elle a revêtu un pantalon de lainage pied-de-poule, marine et blanc. Un chemisier de coton blanc attaché au cou vient compléter l'habillement. Un mince ruban de velours noir passé sous le col est noué en boucle au centre devant. Ses cheveux ont simplement été brossés et tombent sur ses épaules. Marlène endosse son manteau bleu pâle, celui qu'elle vient juste d'acheter pour Pâques. Avant de sortir, elle s'avance vers Georges en pleurant.

— Pardonne-moi, Georges. Je savais plus ce que je disais. Tu sais, je t'aime tel que tu es.

Georges embrasse sa nièce en la rassurant.

— Moi aussi je t'aime telle que tu es, grosse tête. Malgré ton sale caractère. J'en ai entendu de bien pires, tu sais. Si tu savais ce que maman me disait.

— Oh, Georges! Jamais plus je te lancerai des choses comme ça et je te défendrai toujours...

Avertissement

Le trajet du retour se fait sereinement. Le parrain et sa filleule ont beaucoup de choses à se raconter. De bonne humeur, ils rentrent à Québec en début de soirée. Ronald suggère de se rendre directement à l'hôpital. Au poste d'information ils se renseignent pour connaître le numéro de chambre de Camille. Ils prennent l'ascenseur et montent à l'endroit indiqué. Le malade dort. Philippe est à ses côtés. En voyant son frère et sa nièce, le gros curé salue Ronald mais n'accorde aucun regard à la coupable, la responsable, selon lui, de la défaillance de son frère.

Marlène s'est approchée du lit de son père. Lui prenant une main, elle la tient dans les deux siennes. Elle pleure silencieusement. Le malade ouvrant les yeux aperçoit sa fille. Tendrement, il la regarde en lui serrant les mains. Marlène se penche et l'embrasse sur une joue. Camille tombe de nouveau endormi. La jeune fille reprend ses esprits.

— Allez vous reposer. Je vas passer la nuit avec lui. Appelez à la maison pour leur dire.

Philippe, sans aucune parole de remerciement regarde sa nièce.

— J'espère que tu seras encore ici demain matin et qu'on ne sera pas obligé d'aller te chercher à Montréal.

Du tic au tac Marlène lui remet la monnaie de sa pièce.

— Toi, tu t'es pas dérangé ben fort, y me semble. Je serai ici. Salut!

Ronald embrasse sa filleule et les deux prêtres sortent dans le corridor. Marlène s'installe près de son père en lui tenant la main. Elle ne dort pas de la nuit. C'est Jean qui vient la remplacer le lendemain matin. En entrant dans la chambre du malade, il examine sa soeur mais ne lui fait aucun reproche. D'une voix calme, il lui suggère d'aller se coucher.

Ahurie, les yeux pleins de larmes Marlène regarde son grand frère. Elle lui est reconnaissante de ne pas lui faire de reproches.

— Je préférerais rester ici! Je peux dormir dans ce gros fauteuil.

— Fais ce que tu voudras! mais tu ne te reposeras pas tellement, assise dans ce vieux rafiot. Moi, je vais passer l'avant-midi ici. Cet après-midi, j'ai des cours. Toi, en as-tu aujourd'hui?

— Oui, mais j'irai pas. Je veux rester ici. Réveille-moi ce midi, je garderai durant l'après-midi.

— O.K. On dira à Denise et Idola de venir te remplacer ce soir.

On se relaie ainsi pendant quelques jours. Camille prend du mieux et sort de l'hôpital au bout d'une semaine. Son médecin lui ordonne de prendre un mois de repos. Cette défaillance a été un avertissement pour lui. On lui recommande de faire plus d'exercices. Le docteur Robin ne bouge pas assez. Il fait bien un peu de ski alpin en hiver et de la natation en été, mais ce n'est pas suffisant. Il devra aussi laisser la cigarette. Camille prend beaucoup de résolutions. Marlène et Denise se promettent de le surveiller. Le père n'est pas sûr de vouloir leur aide.

Camille est heureux de revenir chez lui avec les siens. Sa Rita a essayé de le rejoindre par téléphone. Philippe avait laissé la consigne aux enfants: «Si mademoiselle Rita appelle, donnez-lui mon numéro pour qu'elle me parle à moi, d'abord.» Philippe lui a expliqué la défaillance cardiaque de son frère. Par la même occasion, il lui a demandé d'attendre que Camille se manifeste. La pauvre fille s'en tient à ça.

La belle infirmière, qui a consacré plusieurs belles années de sa jeunesse à son cher docteur Robin, ne peut lui venir en aide. Elle reste là à attendre qu'il lui fasse signe.

Comme une grand-mère

Au mois de juin 1948, les Robin fêtent la graduation de Denise. Le père remet le diplôme à sa fille lors d'une cérémonie préparée par les religieuses de son école. Denise vient à peine d'avoir dix-sept ans, le 5 avril.

La belle demoiselle a déjà passé des examens pour travailler au Gouvernement, comme fonctionnaire. Sa tante Lucille lui avait fourni, au préalable, le formulaire de demande d'emploi à remplir. Camille aurait aimé que sa fille fasse plus d'études mais Denise veut travailler quelques années et se marier durant l'été de ses vingt et un ans. Le père regarde son aînée vêtue de sa toge et coiffée de son chapeau de graduée. «Comme elle est devenue une belle fille, grande, élancée avec de beaux yeux intelligents. J'aurais aimé que sa mère la voie. Peut-être la voit-elle?» Denise est toujours en amour avec son agent d'assurances. Le père préférerait que sa fille change de "chum". Mais ce n'est pas lui qui mène.

Pendant l'été, Jean et Denise travaillent à l'extérieur. La cuisinière, Victoire, tombe malade et est hospitalisée. Plus personne pour faire à manger à la maison du Trait-Carré, c'est impensable. Marlène finit par convaincre son père de ne pas engager d'autre cuisinière pour l'été. Elle se dit capable de faire la cuisine. Il y a plein de livres de recettes, elle s'arrangera.

Camille hésite. Enfin, il accepte. Le même soir, Marlène prenant le tablier, annonce son menu en entrant dans la salle à manger.

— "Hot-chicken" aux petits pois numéro deux.

— Hein?, de s'écrier Marylou.

La nouvelle cuisinière hausse le ton.

— Hot-chicken aux petits pois numéro deux.

— Ça veut dire quoi, numéro deux?

— C'est ça qui est écrit sur la boîte. C'est parce qu'y sont très petits. Vous avez même droit à des frites avec ça. Et pour dessert, des fraises fraîches avec crème.

— Je suis certain que ce sera délicieux, princesse, de lui dire son père.

La famille prend place à table. Les jeunes sont heureuses de manger un mets de restaurant.

— J'espère que tu vas continuer de nous faire des bons plats comme ça, Marlène, de la féliciter Marysol. Moi, je suis contente. Ouf! Je suis bourrée.

*

La bonne vieille Victoire ne revient pas à la maison. Elle s'éteint à l'hôpital au milieu d'août. Camille lui a organisé des funérailles dignes d'un membre de la famille Robin. Les enfants l'ont pleurée comme si elle avait été une grand-mère.

Il faudra bien que Camille cherche une autre cuisinière pour l'automne. Marlène ne veut pas. Elle aimerait s'occuper de la cuisine, en plus de ses études.

Camille réfute cet arrangement. Pendant les vacances, c'est bien. Pour le reste de l'année, le père veut engager quelqu'un. Enfin, ils trouvent une solution. Une dame viendra préparer les soupers et après, elle partira.

*

Le docteur Robin fait de la natation tout l'été. À chaque

soir, il marche jusqu'au presbytère de Philippe et de cet endroit, ils partent ensemble pour faire de longues promenades en direction du Bourg-Royal situé du côté est de Charlesbourg. C'est plus tranquille pour marcher. Au mois de septembre, les cinq filles retournent à l'école. Un vendredi de la fin septembre, pendant le souper, le docteur Robin a une surprise pour ses enfants.

— Je suis après préparer quelque chose pour la famille.

— C'est quoi? s'empresse de s'informer Marylou.

Tous les enfants attendent. Marlène a le coeur qui débat. Idola se risque.

— Tu vas te marier avec mademoiselle Rita?

Camille regarde Marlène qui a l'air de retenir son souffle. De ses grands yeux bruns, elle fusille son père.

— Non. Mademoiselle Rita, c'est du passé et c'est bien fini.

Ouf! La jeune fille respire.

— Donnez-vous votre langue au chat?

— Ouiiiii! de s'écrier les plus jeunes.

— Bien. Demain, un spécialiste va venir visiter notre maison. Nous allons nous faire construire une piscine couverte et elle sera chauffée. Ce sera notre cadeau de Noël.

— Hein? une piscine couverte. On pourra se baigner pendant l'hiver? Youpi! s'écrie Fanny.

— Papa, on appelle ça une piscine intérieure, d'expliquer Jean. Les parents d'un confrère de classe en ont une. Mais je ne la trouve pas trop pratique, elle est ronde et est située à l'intérieur d'un genre de solarium.

— Je sais que c'est une piscine intérieure, Jean! de répondre Camille, embarrassé; appelez donc ça comme vous le voulez.

Le père se dérhume pendant que ses enfants rient sous

145

cape. Camille continue son exposé.

— Je voulais faire couvrir celle que nous avons déjà, mais c'est impossible. Nous aurions des difficultés à la chauffer. De plus, elle est trop éloignée de la maison et c'est une piscine qui n'est pas complètement en terre.

Dès le lendemain matin, le docteur Robin signe le contrat avec un entrepreneur pour la construction d'une piscine intérieure.

Les travaux commencent deux semaines plus tard. Les enfants sont fous de joie. Avec un projet comme celui-là, le temps s'écoule plus vite qu'à l'ordinaire.

La piscine est attenante à la maison. La porte d'accès a été percée au bout du solarium. Une belle grande pièce d'eau de trente pieds de longueur et de cinq pieds de profondeur qui servira pour la natation seulement.

Plaisir et séduction

Le 8 décembre, la famille Robin inaugure leur nouvelle piscine intérieure. Camille a cru bon d'inviter la parenté et des amis pour la circonstance. On a préparé une grosse fête autour de la pièce d'eau.

Marlène, vêtue d'un maillot deux pièces, fait son entrée triomphale après l'arrivée des invités. Les hommes sont heureux de se rincer l'oeil, ce qui n'enchante pas leur épouse. Marlène n'est pas dérangée par cette gêne de la gent féminine. La belle demoiselle au corps élancé se foute pas mal des qu'en-dira-t-on.

Un bar a été aménagé à un bout de la piscine. La blonde Marlène s'en approche et vient s'asseoir sur un banc à côté de son oncle André. Usant de son charme, elle enlève, avec grâce, la coupe de champagne des mains du mari de sa tante. Les yeux d'André brillent de mille feux. L'oncle plonge son regard dans le minuscule soutien-gorge de sa nièce. Heureusement, la tante Paulette n'est pas loin pour veiller au grain. Avec des yeux lançant des flammes, la tante se rend près de sa nièce. Marlène la regarde d'un air narquois en collant son genou droit sur la cuisse d'André. Paulette se fâche et gifle Marlène en pleine figure. Elle accroche le bras de son mari.

— Viens, on s'en va d'ici.

— Voyons, Paulette, ce n'est qu'une enfant.

— Ah oui? Si c'est une enfant comme tu le dis, pourquoi remplit-elle tes rêves? Tu l'appelles constamment quand tu dors.

Le mari ne dit plus un mot. Rouge de honte et de colère, il se lève, va chercher ses vêtements et se dirige vers la porte qui mène au solarium. Paulette s'apprête à suivre son époux, mais avant de partir, elle n'oublie pas d'avertir sa nièce.

— Toi, ma petite traînée, tu vas me payer ça!

— Bien regarde donc ça... Moi je ne suis pas mariée avec toi. Je ne te dois rien. Arrange-toi pour garder ton homme. Fais un effort! Moi, j'aurais aucun effort à faire pour te le prendre... Mais, y est pas mon genre.

Paulette sort en pleurant. Camille monte le son de la musique pour enterrer l'incident.

— Nous n'allons laisser que quelques lumières et nous allons danser autour de la piscine. O.K.? De suggérer Jean.

Les gens sont joyeux. On oublie l'incident de la Marlène. Les couples continuent la danse. La jeune fille au maillot provoquant est toujours assise au bar. Les hommes n'osent pas aller la chercher pour danser, de peur de déplaire à leur femme. Idola s'approche de sa sœur.

— Malgré ton accoutrement, y a pas beaucoup d'hommes qui viennent te chercher pour danser, hein?

— Attends. Y sont pas assez chauds. Y ont peur de leur femme.

Marlène se lève et se rend près de la table tournante. Elle attend la fin du présent morceau et place un tango sur le tourne-disque. La jeune fille sait très bien que Gerry, ami de Jean, aime le tango. Il pratique souvent cette danse avec elle, lorsqu'il vient à la maison. Même s'il est accompagné d'une jeune fille, ce n'est pas ça qui va arrêter la jeune effrontée. Avant de placer son disque, Marlène annonce la pièce de musique.

—Voici..."Jalousie".

Marlène aperçoit Gerry parlant à l'oreille de sa jeune compagne. Puis, il se déplace et vient vers elle. En vitesse, elle enfile ses sandales dorées à talons aiguilles. Le jeune homme s'approche, rouge de timidité.

148

— Veux-tu danser ce tango avec moi, Marlène?

La belle demoiselle, une grande mèche de cheveux lui cachant le côté droit du visage, cambre le torse et pose les yeux sur le beau garçon comme une Carmen le ferait sur son toréador. Elle s'approche du danseur. Olé! La danse est partie. La plupart des gens les regardent exécuter leur numéro. Les hommes avec envie, le souffle coupé par autant de grâce et les femmes, avec jalousie.

Camille ne sait plus quoi penser de sa fille. Il en a honte, mais ne dit pas un mot, se promettant que c'est le dernier "party" qu'il fait.

Le gros Philippe, assis au bar, dodeline de la tête en signe de découragement. Avec un rictus aux lèvres, exhibant à peine une canine en or, il porte la coupe de cristal à ses lèvres. Le cognac lui remontera le moral. Il ne serait pas le bienvenu d'adresser des reproches à sa nièce et il le sait.

Ronald n'a pas pu venir à la fête, heureusement pour Marlène, lui ne serait pas gêné de l'apostropher et surtout de lui faire des remarques sur sa tenue et sur son comportement. Un vieil ami de Camille s'approchant de son confrère, essaie de l'encourager.

— Camille, il faut que tu acceptes ta fille telle qu'elle est, charmante et charmeuse.

Camille lui fait un signe affirmatif et ne dit mot.

Il n'est que neuf heures et la veillée vient à peine de commencer. Aussitôt la musique du tango arrêtée, la sonnerie du téléphone se faisant entendre, Idola répond et fait un signe à Marlène pour lui signifier que c'est pour elle. La jeune fille, en roulant des hanches, vient répondre. Elle n'en croit pas ses oreilles en entendant la voix.

La conversation ne dure qu'une minute. Fermant l'appareil, elle se dirige vers la sortie.

Au pas de course, Marlène monte à sa chambre pour se

changer de maillot. Choisissant un costume d'une seule pièce de couleur noire, afin de paraître plus élancée, et plus distinguée, elle se regarde dans le miroir. Satisfaite de son apparence, elle endosse un peignoir en ratine rouge feu et sort de la chambre.

Mettant le pied sur la première marche, elle entend la sonnerie de la porte. Elle va vers l'avant de la maison. Elle ouvre et Gaby, fait son entrée. Marlène est heureuse de voir son bel amoureux. Le tenant par la main, elle l'amène vers la salle de bain du solarium.

— Viens, tu vas mettre ton costume de bain ici. Y a des crochets, tu peux y laisser tes vêtements. Je t'attends à côté.

Deux minutes plus tard, Marlène voit apparaître son beau Gabriel en maillot de bain de couleur bourgogne. La jeune fille le trouve bien élégant. Le regardant dans les yeux, elle sent son coeur battre plus vite. Elle le prend par la main et tous deux se dirigent vers la piscine.

Quelques personnes valsent sur l'air de "Crossing down the river". D'autres essaient d'en faire autant dans l'eau. Camille, voyant surgir la blonde Marlène avec le grand Gaby, respire un bon coup. «Enfin, finis les incidents pour ce soir. Ce n'est pas trop tôt!»

*

L'hiver se passe rapidement avec cette piscine qui accueille beaucoup d'invités à chaque fin de semaine. Paulette et sa famille n'ont plus remis les pieds chez Camille le reste de l'hiver.

Les enfants Robin grandissent. Les uns le font avec sagesse et les autres avec fracas.

L'automne 1949 amène un gros changement pour ces villageois. Charlesbourg, vient d'être nommée ville. Il semble à ses habitants que tout bouge trop vite.

Pour la famille Robin, l'année 1950 promet d'être une année mouvementée. Jean est en première année de médecine. Marlène est toujours en amour avec son beau Gaby mais ils ne sortent pas ensemble. Le jeune homme ayant gardé, comme blonde attitrée, une belle jeune fille, professeure de chant, la fille Robin ronge son frein mais ne perd pas son temps à l'attendre. La blonde demoiselle a pris dans ses filets un homme au début de la quarantaine, présentateur de films à la salle paroissiale.

Marlène exerce son charme auprès de ce bel homme qui est sûrement déjà marié. Ses jeunes soeurs l'épient et rapportent à leur père tout ce qu'elles voient. Un vendredi soir du début de juin, Camille étant assis dans le solarium, voit venir sa fille vêtue d'une jupe de flanelle blanche et d'un pull noir.

— Où vas-tu?

— Aux vues.

— Aux vues pour voir le film, ou pour charmer celui qui le présente? Hein?... Es-tu capable de répondre à ça?

Son père ayant frapper juste, Marlène rougit. Camille se rend compte que les enfants ont dit vrai.

— Ce doit être Idola qui t'a dit ça, hein? En tout cas, je fais ce que je veux. Oh, pendant qu'on se parle, je voulais te dire que j'ai trouvé un travail pour cet été.

— Ah, oui? Qu'est-ce que c'est?

— Guide touristique. Je vas partir du Château Frontenac en autocar et on ira jusqu'à Sainte-Anne-de-Beaupré. Quand il fera beau, on fera aussi le tour de l'Île d'Orléans.

— Qui t'a offert ce travail?

— L'oncle de mon amie, Germaine. C'est lui qui est le chauffeur d'autobus.

151

— Ton amie Germaine n'est pas intéressée par ce travail?

— C'est moi que son oncle veut. Germaine parle pas un mot d'anglais. Son oncle trouve que j'ai aussi le physique de l'emploi.

— Ah oui? C'est quoi, le physique de l'emploi?

— Il a dit, une belle grande fille, charmante, qui est capable de plaire à la clientèle.

— Vas-tu leur faire réciter le chapelet en allant à Sainte-Anne?

— Ah! Ah! Ah! Que t'es donc comique!

— Marlène, les gens vont à Sainte-Anne-de-Beaupré pour faire un pèlerinage. Que vas-tu leur dire?

— Je vas avoir un boniment à apprendre par coeur. En français, pour les Français de France et en anglais pour les Américains.

— Vas-tu savoir te débrouiller en anglais?

— Je suis très bonne en anglais. T'as juste à regarder mes notes. Mon amie Sylvia, me parle rien qu'en anglais. Je m'en viens pas pire.

Camille se retient de rire. Il est fier de sa fille. Il sait qu'elle est débrouillarde. Il essaie de la faire changer d'idée sur ce genre de travail.

— Denise t'avait offert un emploi d'été au Gouvernement. Ça ne t'intéresserait pas?

— Pantoute. Le travail de bureau, c'est trop plate. Je veux faire mon cours classique jusqu'à la versification. Après, je ferai mes beaux-arts. Je pense bien que j'irai en art dramatique. J'aimerais beaucoup faire du théâtre.

— Tu ne fais que ça, à longueur de journée.

— Ah! Peut-être que je suis née pour ça.

Camille réfléchit. Il paraît soucieux. Le père pèse ses mots lorsqu'il s'adresse à sa fille.

— Les jumelles m'ont dit que ton oncle André était

venu, un après-midi de cette semaine. Qu'est-il venu faire? Il paraît que tu étais ici.

— On te dit tout, à ce que je vois... André est venu se baigner.

— Il savait que tu n'avais pas de cours?

— Non. Il a pris une chance.

Camille sent la moutarde lui monter au nez. Il ne se retient plus.

— Marlène Robin. Tu reçois ton oncle, en après-midi, seule, ici? Mais où as-tu la tête?

— Je reçois pas André, c'est faux. Il a d'abord téléphoné pour me fixer un rendez-vous parce qu'il avait des choses à me dire. J'y ai dit que j'étais à la piscine et que j'avais pas le temps de le recevoir. Il a insisté, ben, j'y ai demandé de venir.

Marlène cesse de parler. Camille attend la suite.

— Après?

— Après quoi?

— Que te voulait-il?

— Me dire qu'il s'ennuyait de plus venir ici. On s'est baigné et il est reparti.

— Est-il resté longtemps?

Marlène hésite avant de répondre. Elle sait qu'il doit savoir...

— Hum...Y a passé l'après-midi. Travailles-tu pour la police?

— Tu vas me faire croire que vous n'avez fait que vous baigner. Il avait cru bon d'apporter son maillot de bain? je suppose.

— Non. Il a gardé son sous-vêtement pour se baigner.

— Ah bien, ma fille! Tu as le culot de me dire ça. Sais-tu que sa femme attend son troisième enfant? As-tu envie de te ramasser enceinte en même temps qu'elle? Ce

153

serait beau.

Camille se retient pour ne pas dire: "l'épouse et la maîtresse en même temps".

— Qui t'a dit que Paulette était enceinte? En es-tu certain.

— Bien sûr, elle est enceinte de près de six mois. Paulette croit que son mari est de nouveau amoureux d'elle.

— Ah oui? Ben, c'est un beau salaud, parce qu'à moi aussi, il fait croire les mêmes choses.

— Marlène, n'y a-t-il pas assez de garçons autour de toi pour qu'il faille que tu prennes le mari de ta tante? Une fille intelligente comme toi...

Marlène sort de la maison en claquant la porte.

La coupe de cristal

Le dos voûté, la démarche lourde, le docteur Robin monte à sa chambre. Déterminé à ne parler à personne, il ferme sa porte à clef.

Il se laisse tomber dans son vieux fauteuil. À peine quelques secondes plus tard, avec difficulté, le quinquagénaire se lève et, comme à son habitude, se prépare un feu. Cherchant ensuite un disque à son goût, il trouve enfin son préféré: La "Traviata" de sa Madeleine.

L'homme fatigué se rend à la desserte d'acajou placée sous la fenêtre pour y prendre une coupe de cristal. Il y verse deux doigts de cognac. S'emparant du pichet en verre taillé, Camille s'achemine vers sa salle de bain. S'appuyant au mur, il ouvre le robinet d'eau froide pour la faire couler quelques secondes afin de la laisser fraîchir un peu.

Son récipient à moitié rempli, il retourne à la desserte pour se verser un peu d'eau dans sa coupe de cognac. Le docteur Robin se rassoit lentement. Déposant ses pieds sur le tabouret de velours de même ton que le fauteuil, sans arrêt, il tourne le ballon de cognac dans sa main droite. Fixant quelques instants les flammes qui crépitent dans l'âtre, il ramène son regard sur le liquide ambre qui pivote toujours dans son verre.

«Madeleine, voilà près de dix ans que tu es partie. Si tu voyais ce que j'ai fait de tes enfants! Jean voltige d'une fille à l'autre. Je sais que c'est de son âge, mais il me semble qu'il y va un peu fort... Il pourrait se contenter de sa Pierrette, elle est si gentille... Je sais qu'il a le temps, il ne fait que commencer sa médecine. De cela, tu serais fière, et je le suis aussi... Lorsqu'il m'a annoncé qu'il voulait être médecin, j'étais fou de joie.

Denise sort encore avec le même ami. Elle a commencé à douze ans à sortir avec les garçons. Ce qui me fait le plus de peine, dans son cas, c'est qu'elle veuille se marier, dès sa majorité. Je la trouve un peu pressée.

Quant à Marlène, j'ai même peur d'en parler. Une figure d'ange vissée sur un corps à faire damner un saint. Cette fille n'a aucun scrupule, que ce soit son oncle qui lui fasse la cour ou un homme qui a deux fois son âge, elle ne s'en formalise pas. Je ne sais plus comment agir avec elle. Elle s'oriente vers l'École des beaux-arts. L'avenir me dira si j'aurai eu raison de craindre pour cette enfant. Notre fille est fantasque et ne recule devant rien.

Et voilà Fanny qui vient d'entrer dans les rangs des filles populaires. Douze ans, des cheveux couleur d'ébène et des yeux lançant du feu, c'est à son tour de se frôler contre les garçons. Elle aurait pu attendre! On dirait que dès qu'elles attrapent l'âge de douze ans, c'est le signal de départ.

Idola m'inquiète aussi. Elle semblait avoir emprunté la même pente que les autres. Mais ça n'a duré que quelques mois. Maintenant, elle a pris l'autre bord, elle est à la messe tous les matins et ne rate pas un office. J'espère qu'elle ne se dirige pas vers la vocation religieuse. Je ne le prendrais pas, je t'assure. Nos enfants sont-ils obligés d'aller toujours dans les extrêmes?

Il me reste mes petites dernières, mes deux poules. Pour Marylou, je pense que ce sera le portrait de Marlène. Me voilà rendu que je ne compte que sur Marysol. Elle me dit qu'elle sera religieuse afin de prier pour ses soeurs. Ce qui amuse bien les grandes. Voilà, Madeleine, où j'en suis rendu avec nos trésors d'anges. Comme tu vois, j'ai un succès fou. Si tu étais avec moi, il me semble que ce serait moins difficile à passer!»

Camille s'est endormi. On frappe à la porte. Il se ré-

156

veille en sursaut. Il lève les yeux. Son feu est éteint. Le tourne-disque joue à vide et il n'y a plus rien dans son verre. On frappe de nouveau. Se levant, il va répondre. Apercevant sa Marlène en pleurs, il essaie de savoir ce qui se passe.

La jeune fille entre dans la chambre et s'assoit sur le Récamier en continuant de pleurer.

— Mais, vas-tu me dire ce qui t'arrive?

— Je suis allée chez Paulette.

— Hein! Mais pour quoi faire?

— Je voulais voir, de mes yeux, si elle était enceinte. T'avais raison. Elle a été gentille et m'a bien reçue. J'y ai pas dit que je sortais avec André. Elle pense qu'il y a plus rien entre nous. Elle s'est excusée de m'avoir fait une crise en décembre. André lui a dit que c'était moi qui faisais exprès pour l'attirer. Il lui a même dit que mes soeurs et moi, on était des petites traînées. Je le déteste assez! C'est lui qui courait après moi. Une fois, je l'ai même vu tasser Fanny dans un coin de la piscine et un autre jour, il a essayé de tripoter Idola. C'est un vrai maniaque. Paulette le prend pour un ange, elle le connaît pas.

— Eh bien, c'est du joli. Tu l'as vu toucher tes soeurs et tu n'as rien dit, rien fait pour l'en empêcher?

— Oui j'ai dit quelque chose. Je lui ai même flanqué une claque en pleine face à chaque fois. Il m'a traitée de jalouse.

Marlène se remet à pleurer.

— C'est vrai que je le suis. J'avais jamais couché avec un garçon avant lui. Je l'aimais.

Camille en perd le souffle. «mais dirait-on une enfant de seize ans qui parle à son père?»

Voilà deux ans que le vilain André la courtise. Quand elle était dans la chorale, il l'attendait sur le trottoir après chaque pratique de chant. Elle raconte tout à son père.

157

— Mais, où se passait vos ébats amoureux?

— Dans son auto, ou ben dans ma chambre quand y avait personne ici. Sur le bord de la piscine intérieure.

— Es-tu fière de toi?

Marlène pleure de plus belle. Elle prend son père par le cou.

— Papa, qu'est-ce que je vas faire? J'ai tellement de peine.

— Ne pleure plus, nous allons trouver une solution. Ne t'inquiète pas. Mais promets-moi de ne plus le revoir.

— Je vas essayer.

— Bon Dieu, ce que tu peux être folle.

— Papa, dis-moi pas des choses comme ça, j'ai tellement de peine.

— Bon! Ça va. Ça va! Un beau salaud! Je t'assure. Allez, va! J'en sais assez long pour me faire blanchir les cheveux d'un seul trait.

Le père ne sait plus quoi dire à sa fille. Marlène se lève et sort de la chambre.

*

Le docteur Robin se verse un autre verre et reprend son siège habituel. Il a absolument besoin de s'éclaircir les idées. Au bout d'une demi-heure, le téléphone sonne. Décrochant pour répondre, il s'aperçoit qu'on l'a fait avant lui. Il entend la voix de son beau frère. C'est Marlène qui a répondu. Camille n'a pas l'habitude d'écouter les conversations téléphoniques de ses enfants, mais dans les circonstances, il ne s'en privera sûrement pas.

— Je suis content que ce soit toi qui répondes. Es-tu seule à la maison? De demander André.

Marlène hésite.

158

— Oui.

— J'ai affaire à toi. Puis-je te voir?

— Non. Je veux plus jamais te revoir.

— Ben voyons donc! Paulette m'a dit que tu étais allée à la maison. Tu as su ce que tu voulais savoir? C'est vrai que ma femme est enceinte. C'est ma femme après tout!

— Et moi, je suis quoi?

— Tu es ma maîtresse. Tu es chanceuse que je t'aie choisie, tu sais. J'aurais pu en prendre une autre. Tu n'es pas la seule belle fille dans Charlesbourg. Par exemple, j'aurais pu choisir une de tes amies. Ç'aurait pu être ta soeur Denise. Je pourrais même te remplacer par Idola... Hum!.. Ne t'inquiète pas, elle est trop sainte nitouche. Un après-midi de la semaine dernière je suis allé me baigner chez vous et elle était seule. On s'est baigné ensemble. Je me suis baigné nu. Elle avait les yeux grands.

Marlène ne parle pas sachant que son père est à l'écoute. Elle l'a entendu décrocher. Elle veut qu'il entende. Les larmes lui coulent sur les joues. La jeune fille ne veut pas qu'André s'aperçoive qu'elle pleure.

— Tu veux me faire croire que t'as couché avec ma soeur?

— Non, pas la première fois comme ça, voyons, je ne suis pas fou! J'ai essayé de l'embrasser par exemple. Elle n'a pas voulu, mais je me reprendrai.

— Qu'est-ce que tu veux dire?

— Voyons! Tu es bien niaiseuse. Je te dis que toi... Une chance que je t'ai montré à faire l'amour, tu aurais été assez bête pour faire une soeur.

— Si tu penses que tu vas débaucher mes soeurs sans que je dise un mot, tu te trompes. Je vas le dire à mon père.

— Bof! Ton père pense que tu couches avec tout le monde. Je suis certain qu'il croit que tu fais l'amour avec

159

ton grand Gaby et avec Gerry, le "chum" de Jean. Peut-être couches-tu avec eux, je n'en sais rien. Personne ne pourra prouver que c'est moi qui t'ai débauchée à quatorze ans.

— Non, mais toi tu le sais. Et j'espère que tu t'en souviens.

— Si je m'en souviens. Nous nous étions baignés à la Grand-Rivière. Nous étions seuls. Quand nous avons arrêté de faire l'amour, il faisait noir. Tu avais peur de tomber enceinte. Je m'en souviens.

Camille croit qu'il est temps d'entrer dans la conversation.

—André, c'est Camille qui te parle. Je t'ai écouté depuis le début. Je t'ai déjà dit que tu n'étais pas le bienvenu chez nous. Aujourd'hui, je t'interdis de remettre les pieds ici. Je ne veux plus que tu adresses la parole à mes enfants. Tu es le plus beau dépravé qu'il m'ait été donné de rencontrer.

— Énerve-toi pas, le beau-frère. Commence par te regarder. Je l'ai dit à ta fille que tu avais une maîtresse. Ta Rita, l'amènes-tu encore au Château Frontenac? Tout se sait, n'est-ce pas?

— Ça, ce n'est pas de tes affaires. Je ne suis pas un pédophile, moi. Rita est une adulte. Toi, tu tripotes des enfants. Il y a assez de témoins pour te faire enlever tes propres enfants.

André ferme la ligne. Il n'avait pas pensé à cet aspect.

Camille, sortant de sa chambre pour se rendre à celle de sa fille, rencontre cette dernière dans le corridor.

— Ma fille, oublie ça. Tu vas voir que tu vas t'en sortir.

Marlène ne dit pas un mot. Elle descend à la cuisine. Camille retourne à sa chambre pour téléphoner d'abord à Philippe pour lui demander un rendez-vous. Après, il appelle Ronald.

Trop vieille

Entendant le récit de Camille, les deux prêtres en ont la chair de poule. C'est Ronald qui, le premier, prend la parole.

— Mais, c'est un malade, cet André. Il me semble que nous ne l'avons pas connu ainsi. Savez-vous que je commence à avoir peur pour leur propre fille. Je pense à la petite Paule...

Camille les rassure.

— Cela m'étonnerait, l'enfant n'a que trois ans... Je crois qu'il commence à les aimer à la puberté. Il n'a jamais fait de cas des jumelles, elles sont trop jeunes. Il faut que je protège mes filles. Je ne sais pas quoi faire pour cet été. Je ne suis tout de même pas pour arrêter de travailler.

C'est le grand Ronald qui apporte une solution.

—Pour ma part, je n'aurais qu'à diversifier mes vacances. Je pourrais passer quinze jours chez vous. Je voyagerais ensuite pendant quinze jours. Philippe, serais-tu capable d'en faire autant?

Philippe réfléchit.

— Oui. Ça m'irait. Et toi, Camille, que comptes-tu faire?

— Moi, je ferai l'autre mois. Comment organise-t-on cela?

Les trois hommes s'entendent. À la première quinzaine de juillet, Ronald garderait les enfants. Philippe ferait l'autre quinzaine. Le père s'occuperait lui-même de sa marmaille pendant le mois d'août.

Une semaine après ces événements, Paulette téléphone à Camille.

— André est transféré. À partir de lundi prochain, il

travaillera à Montréal.

— Pour un laps de temps déterminé?

— Non... En permanence. On lui a offert une promotion. Son poste sera meilleur.

Camille se dit: «tiens, tiens. Le bel André a senti la soupe chaude. Il a dû demander un transfert.» Le grand frère continue de s'informer.

— Mais toi, que vas-tu faire? Tu n'es pas pour entreprendre un déménagement dans ton état.

— Non, c'est certain. Je suis à deux mois de l'accouchement. Nous irons le rejoindre à l'automne seulement. À partir de demain, nous mettrons notre maison de Charlesbourg en vente. André trouvera un bel endroit et achètera une autre maison à Montréal. Il connaît bien la ville. Avant de nous rencontrer, il y a travaillé pendant des années.

— Va-t-il venir à Charlesbourg à chaque fin de semaine?

— Non. Il sera trop occupé. On va se téléphoner. Il va venir une fois avant l'accouchement, et reviendra pour l'arrivée du bébé.

— Ouais... On ne peut pas dire que vous vous verrez souvent, tu ne penses pas?

Camille pense à sa soeur. Il trouve que son beau-frère n'a pas de coeur pour sa famille. Gentiment il lui fait une suggestion.

— Tu n'as pas pensé que tu pourrais déménager maintenant? Tu n'aurais qu'à faire emballer ton ménage par une compagnie experte. Tu pourrais t'installer dans un logement en attendant ta maison. Ainsi tu serais près de ton mari et les enfants verraient leur père.

Paulette ne répond pas. C'est le silence. Camille croit entendre un soupir. Il pense bien que sa soeur pleure. Enfin, elle se décide à parler. Dans un récit entrecoupé de sanglots, Paulette raconte ses malheurs à son frère. Son mari ne veut plus d'elle. Il lui a même avoué qu'il ne l'aimait plus. La belle Paulette qui n'a pas encore quarante ans est considérée comme une vieille. Le fait qu'elle attende un autre bébé ne plaît pas à André. Il lui en veut. Comme si elle était seule responsable de cet état de chose.

Camille essaie de la consoler.

— Ne crois pas ce qu'il dit sous l'effet de la colère. Il va se reprendre. Tu m'as dit que ça allait bien, voilà à peine quelques jours.

— Oui mais là, tout a basculé. Un soir de la semaine dernière, nous sommes sortis souper à l'extérieur. Nous avions demandé la jeune Sylvie Dupré pour garder les enfants. En entrant à la maison après la soirée, André était un peu éméché. Il s'est offert pour aller conduire Sylvie. C'est une belle grande rousse de seize ans avec des beaux yeux bruns. André est revenu une heure plus tard. Je lui ai demandé ce qui était arrivé. Il s'est fâché et m'a même frappée. Le lendemain matin, il s'est excusé en me disant qu'il s'était promené seul avant d'entrer. Il savait déjà qu'il était transféré et cela lui faisait de la peine.

— Tu t'es laissé frapper sans rien dire?

— Que veux-tu? Je ne voulais pas aggraver la situation. Et voilà qu'au souper, le lendemain, on sonne à la porte. Je vais ouvrir et je reconnais monsieur Dupré, le père de Sylvie. Il n'avait pas l'air de bonne humeur. Il a aperçu André qui était en train de manger. Il lui a dit: «toi, mon écoeurant, tu vas lâcher ma fille tranquille. As-tu compris? Arrête de harceler ma fille. Sylvie ne m'avait pas dit qu'elle venait garder ici, hier soir. Tu vas recevoir une lettre d'avocat. Tu ne viendras pas débaucher mes filles, toi. Madame Paulette, je n'ai pas l'habitude de briser des ménages Je regrette beaucoup d'avoir à dire ça. Votre mari ne lâche pas ma fille. Il l'attend même à la porte de l'école.»

163

Camille n'en revient pas.

— Ouf! Tu vois bien, ma pauvre Paulette qu'il est malade. André n'était pas comme ça, il me semble.

— Je crois qu'il a toujours été comme ça. Quand nous nous sommes mariés, Denise avait quatorze ans. Il me disait qu'il ne détesterait pas lui faire l'amour. Je ne sais pas s'il s'est essayé, en tout cas, ce fut le cas avec Marlène. Elle ne s'est pas gênée pour répondre à ses avances.

— Ne t'inquiète plus, c'est terminé.

— Je comprends qu'il me trouve vieille, il aime les fillettes de douze ans.

—Que vas-tu faire?

— Il m'a dit qu'il me paierait une pension pour mes enfants et qu'il viendrait les voir de temps à autre.

Paulette se remet à pleurer.

— Je suis découragée, Camille. Que vais-je faire?

— Ne t'inquiète pas, p'tite soeur, nous sommes là. Laisse-le partir, on va s'occuper de toi. Clément et Paule vont sûrement avoir de la peine de perdre leur père.

— Paule, peut-être; mais Clément, non. Il a trop eu connaissance de chicanes entre nous. Il a pris son père en aversion. Paule n'a pas quatre ans, elle s'habituera. Je vais vendre la maison. Je ne veux plus demeurer à Charlesbourg, j'ai trop honte. Je ne veux pas que les enfants souffrent à cause du comportement de leur père.

— On pourrait jeter un coup d'oeil du côté de Sainte-Foy; tu sais ce n'est plus la campagne, Sainte-Foy se développe beaucoup.

— J'y avais pensé, oui. On regardera de ce côté.

Bien que le départ d'André soulage Camille il est peiné pour sa soeur. «Que va-t-elle faire? Bientôt elle sera prise avec trois enfants sur les bras. Pauvre Paulette!»

L'été fait son apparition et le bébé aussi. Un autre

164

garçon que Paulette appellera Daniel. Elle aurait voulu lui donner le prénom d'André mais elle se ravise. La pauvre femme ne veut plus penser à son sans-coeur de mari. Il lui paie régulièrement sa pension pour les enfants, Paulette n'en veut pas plus. Indépendante de fortune, elle n'a même pas besoin de son argent.

Ce qu'elle a du chien!

Les enfants Robin sont en vacances. Comme prévu, Marlène est guide touristique. Avec les pourboires qu'elle reçoit, la jeune fille se fait plus d'argent en trois jours que sa soeur aînée en une semaine, comme fonctionnaire. Les jeudi, vendredi et samedi de chaque semaine, la belle Marlène, coiffée d'une queue de cheval, vêtue de sa jupe noire ajustée et d'une blouse de coton blanc, prend l'autobus, tôt le matin, pour se rendre au Château Frontenac. Le chauffeur du car l'attend à cet endroit. Étant une fille consciencieuse dans son travail, son patron l'aime beaucoup. La guide a bien appris son texte en anglais et en français. Marlène, installée debout en avant de l'autobus, tournée vers les passagers, décrit le parcours de Québec jusqu'à Sainte-Anne-de-Beaupré. En faisant le tour de l'Île, l'autobus s'arrête à des endroits stratégiques et, au retour, une visite est toujours prévue aux chutes Montmorency.

En cet après-midi du mois d'août où il pleut, le car revient plus tôt que prévu. Rendus au Château, les touristes descendent. Marlène donne la main à ses passagers en remerciant les gens pour les pourboires qu'elle reçoit. Il faut qu'elle même et le chauffeur se partagent également l'argent reçu. Pénétrant à l'intérieur du château, ils font leurs comptes. Se préparant à sortir, Marlène aperçoit son père avec Rita. La jeune fille se faisant petite afin que son paternel ne puisse l'apercevoir, regarde le couple d'amoureux se diriger vers les ascenseurs. Marlène a passé l'âge de faire des crises de jalousie à son père.

*

Le loup André étant disparu de la circulation, la bergerie des Robin redevient calme. Décembre 1951 amène de l'effervescence au sein de la famille. Denise se fiancera à Noël avec son Jean-Marc. Comme elle aura vingt et un ans en avril prochain, la belle Denise convolera en justes noces à la fin de juin. Camille sait bien qu'il ne gardera pas ses enfants avec lui jusqu'à la fin de ses jours. Il lui avait promis qu'à vingt et un ans, si elle était toujours en amour avec son Jean-Marc, il les laisserait se marier.

Marlène, qui aura dix-huit ans en janvier compte bien ne pas assister en solitaire aux fiançailles de sa soeur. La jeune fille a le choix. Fréquentant les beaux-arts, elle connaît une pléiade de jolis garçons à son goût. Elle réserve une surprise pour cette fête. Marlène a des ailes en pensant à l'effet que son "chum" apportera quand il fera son entrée.

Une semaine avant Noël, la famille Robin se prélasse sur le bord de la piscine intérieure. Paulette est là avec ses trois enfants. Les seules nouvelles qu'elle reçoit de son mari, ce sont les chèques qu'il lui envoie à la fin de chaque mois. Il ne s'informe jamais de ses enfants. Paulette aime mieux ça de même. Ayant vendu sa maison cossue à Charlesbourg, elle en a acheté une moins grande à Sainte-Foy. La pauvre femme délaissée recommence à prendre espoir. Elle est devenue l'amie de Marlène.

*

Le soir du réveillon se pointe rapidement. Avant de partir pour la messe, Marlène ne trouvant pas son père, monte frapper à sa porte de chambre.

— P'pa?

Camille lui dit d'entrer.

168

— Mais qu'est-ce que tu fabriques? C'est pas le temps de s'asseoir avec un cognac. C'est le temps de partir pour la messe. Tu as bien l'air jongleur?

— Non, non, j'allais descendre. Je te suis...

Marlène s'avance. Elle le prend par le cou, le regarde dans les yeux et prend sa voix doucereuse pour lui parler.

— Je suis certaine que t'aurais aimé avoir ta Rita avec toi pour les fiançailles de demain, hein?

— Es-tu folle? Il y a longtemps que c'est terminé, cette histoire.

— Camiiiille? Depuis quand, c'est terminé?

— Depuis ton escapade à Montréal.

— Menteur!

— Comment, menteur? Tu as du front.

— Non. Toi, tu as du front de me mentir comme ça.

Marlène lui dit qu'elle l'avait vu au Château Frontenac avec sa Rita. Elle n'oublie aucun détail.

— Ça fait que tu pourrais l'amener demain soir, je ne t'arracherais pas les yeux pour ça. Tu sais, ta Rita, tu peux te la taper tant que tu veux... pourvu que ça soit pas ici.

En prononçant cette dernière phrase, Marlène s'éloigne de Camille. Se dirigeant vers la porte, elle se retourne vers son père et lui souffle un baiser avec sa main droite.

Le docteur Robin reste hébété, les deux bras pendant le long de son corps. Enfin, il s'esclaffe ne pouvant plus s'arrêter. «Non, mais ce qu'elle a du chien, cette enfant. C'est incroyable.» Il sort de la chambre en riant, s'essuyant les larmes sur les joues. Allègrement, il descend à son tour, passe devant Marlène et éclate de rire à nouveau.

— Denise, tu embarques avec Jean-Marc? de s'informer Camille.

— On s'en va à pied, papa. Il tombe une belle neige!

Camille se garde bien de marcher avec Marlène et son chum de la faculté des beaux-arts qui vient juste d'arriver.

169

«Elle serait capable de parler de l'histoire du Château Frontenac devant un étranger.» Le père prend Idola et Fanny par le bras pour monter la côte. Les jumelles vont devant. Soudain, Marylou se retourne pour s'adresser à sa sœur.

— Marlène? Comment ça se fait que t'es pas dans la chorale cette année?

— Ça me le disait pas.

— Ton beau Gaby va s'ennuyer de toi. Y s'est-y trouvé une autre fille pour chanter en duo avec lui?

— Sais pas.

— Qui est-ce, Gaby? De s'informer Larry.

C'est Marylou qui répond.

— C'est un "chum" à Marlène. Elle est folle de lui, mais ç'a pas l'air d'être le cas du gars.

Larry regrette d'avoir posé la question. Marlène ne dit rien, essayant de changer de sujet. Ils sont presque rendus à l'église quand Marylou se retourne de nouveau.

— Regarde, Marlène, la salle paroissiale où tu venais aux vues. T'en rappelles-tu?

Marylou n'oublie rien. Marlène ne répond pas. Les jumelles sont rendues sur le perron de l'église quand Larry et Marlène mettent le pied sur la première marche et commencent leur ascension pour atteindre le parvis. Ouf! les jumelles sont disparues. Camille a eu connaissance de ce qui s'est passé. Il affiche un air espiègle. Marlène le regarde. C'est à son tour, à elle, d'être dans ses petits souliers.

Les gens pouvant aller à la messe de minuit dans la grande église sont ceux qui sont propriétaires de leurs bancs. Les familles nombreuses possèdent, parfois, plusieurs bancs. Les fidèles qui n'ont pas leurs bancs payés à l'année, resteront debout à l'arrière ou prendront les places qui resteront, en bas ou dans les deux jubés.

Beaucoup de paroissiens vont aussi à la messe de

minuit, soit au couvent, soit à la chapelle de la congrégation qui est située au-dessus de la sacristie.

Camille possède trois bancs à la grande église. Il y a aussi celui de Paulette, déjà payé pour l'année. Ils ont douze places libres. C'est suffisant.

Minuit moins cinq, la grande église est dans la pénombre. Maurice, le frère de Gaby, un ténor apprécié dans la paroisse entonne le "Minuit Chrétien". Vers la fin du chant, au son du refrain "*Peuple debout, chante ta délivrance*", la nef en entier s'illumine. La corniche couvrant les trois quarts du temple, est entièrement éclairée.

Philippe, célébrant la Messe de minuit est drapé dans sa chasuble blanche brodée d'or.

Les enfants de chœur, ressemblent à des anges de Bethlehem descendus du ciel expressément pour la Sainte nuit. Ils sont revêtus de leurs soutanes rouges et surplis blancs fraîchement empesés. Ils jettent une image céleste dans cette église assise au pied de la Laurentie.

La chaleur devient intolérable à l'intérieur du temple. À la fin de la cérémonie, des gens heureux se bousculent à la sortie. Les enfants Robin s'attendent sur la place afin de marcher ensemble pour aller à la maison. Une neige fine continue de tomber. Les paroissiens se souhaitent "Joyeux Noël" avant de s'en retourner chacun chez eux. Marlène et son chum ferment la marche, loin derrière Marylou.

Un réveillon très simple a été préparé. C'est au souper de Noël que se produira la grosse fête. On fait le dépouillement de l'arbre de Noël et on mange. Les invités quittent vers quatre heures.

Une bague noyée d'eau bénite

En fin d'après-midi, ce 25 décembre, on sonne à la porte. Marlène ayant vu l'auto de Larry emprunter l'allée, sans ses souliers, descend les marches au pas de course. Elle porte une robe moulante en taffetas moiré vert émeraude, sans bretelles et fendue jusqu'au haut du genou au côté gauche. Rendue au rez-de-chaussée, elle se hâte d'entrer dans ses escarpins.

— Laisse faire la porte, c'est pour moi. Lance-t-elle à son père.

Marlène accueille le jeune homme. Camille ne l'avait pas trop remarqué au réveillon, il était habillé sobrement. Mais ce soir, Larry a une mèche de cheveux roulés lui glissant sur le front. Il porte un long manteau marine descendant aux chevilles. Un foulard de laine grise est enroulé lâchement autour de son cou. Sous son manteau, le bellâtre a endossé un habit beige brodé aux revers d'un point de croix de fil brun. Le bel Adonis a remplacé la chemise par un pull à col roulé tricoté de laine brune.

Camille le regardant en coin réfléchit sur le genre de ce garçon. «Il me semblait bien que ça ne se passerait pas normalement! Il ne lui reste qu'à aller se tirer dans la piscine, avec son escogriffe!»

Après avoir suspendu à une patère le manteau et le foulard du jeune homme, Marlène apercevant l'allure négative de son père s'approche de lui au bras de Larry.

— Papa, hier soir, je t'ai pas dit que Larry était le fils du juge Marceau. Il fait des études pour être photographe.

Le jeune homme vient de monter d'un cran dans l'estime du docteur Robin; pas à cause du photographe, à cause du juge. Camille s'approche et serre fermement la main du jeune homme.

173

— J'espère que tu feras un bon photographe, Larry.

L'artiste de la photo est habitué dans le grand monde, ayant été élevé dans une maison aussi belle que celle-ci.

Une demi-heure plus tard, la fiancée descend le grand escalier. Larry la regarde s'approcher. Il est tellement ébahi qu'il en reste la bouche ouverte. Denise porte une robe de brocart jaune, la couleur qui lui sied le mieux. Camille trouvait que la toilette de sa fille n'était pas trop décente, parce qu'elle ne tient que par une épaulette. Denise lui a fait comprendre que c'était une robe "Cléopâtre". Cependant, quand le docteur Robin la compare avec celle de Marlène il se ravise et admet que la robe de Denise est très sobre.

Denise est coiffée simplement. Ses cheveux bruns avec un reflet roux descendent en un rouleau lâche sur ses épaules.

Marlène s'est aperçue de l'effet que sa soeur a produit sur son cavalier d'un soir. Normalement c'est elle la vedette, mais cette soirée n'est pas la sienne. Elle ne s'en fait pas pour si peu. «il ne faut pas que je vole la vedette à la fiancée, c'est sa fête à elle.»

Quelques minutes plus tard, c'est Idola qui apparaît dans une robe de soie rose, droite et drapée à la jupe. Arborant une épaisse chevelure descendant en boudins sur ses épaules, elle apporte une autre surprise pour le photographe. Il les avait bien trouvées belles au réveillon, mais ce soir, c'est autre chose. Les toilettes ne sont pas les mêmes. Il sait remarquer les sujets. Il en voit trois autres. Fanny qui, à treize ans paraît beaucoup plus âgée avec ses longues jambes, porte une robe moulante rouge feu. Elle a toujours ses cheveux raides, coulcur d'ébène, descendant jusqu'aux reins. Avec ses yeux de braise, elle non plus ne manque pas de plaire au photographe.

À onze ans, les jumelles ne sont plus habillées de façon identique puisqu'elles n'ont pas les mêmes goûts. Marylou s'est fait couper les cheveux très courts bouclés près de la tête. Elle est vêtue d'une robe de lainage bleu pâle.

Marysol avec ses cheveux longs tombant en cascade dans le dos, est vêtue d'une robe de velours marine. Elle a mis, dans ses cheveux, un ruban de même tissu que sa robe.

— Oh! Il faudra que je vous photographie toutes les trois, Marlène.

Marylou a entendu.

— Comment ça, nous poser?

— Je suis photographe, ma belle.

— Ah oui? Veux-tu me poser avec mon gros chat, Barberousse? Il me semble que ça ferait une bonne photo.

Marylou ne manque jamais l'occasion de faire rire. Jean est avec sa blonde, celle des grandes sorties, sa Pierrette.

Quatre tables rondes, de dix places chacune, ont été recouvertes de nappes blanches en toile damassée. Des roses rouges déposées dans quatre vases de cristal trônant au milieu de chaque table, complètent un décor fastueux. L'argenterie brille aux feux des nombreuses bougies électriques du plafonnier fixé au milieu de la grande salle à manger.

Les musiciens sont déjà arrivés. Ils se sont installés dans le salon.

Ayant ouvert les grandes portes vitrées coulissantes, il n'y a plus de séparation entre le grand salon et la salle à manger. Un pianiste, un violoniste et un violoncelliste sont à ajuster leurs sons et leurs accords. Camille a retenu les services d'un maître de cérémonie professionnel.

Les invités commençant à faire leur entrée, les grands-parents Desnoyers arrivent avec leur vieille fille Lucille. Le curé Gérard-Marie, partant de Saint-Antoine-de-Tilly, viendra un peu plus tard. On l'attendra pour manger.

Marlène regardant les personnes qui circulent, veut les présenter à son ami.

175

— Larry, tu vas connaître ma famille. À chaque fois que quelqu'un entrera, je t'indiquerai son nom. Quand je te présenterai les personnes, tu auras l'impression de les connaître. Bon! voici mes grands-parents Desnoyers avec Lucille, la vieille grincheuse. Inquiète-toi pas, elle marche les cuisses serrées, mais elle est capable de les écarter de temps à autres.

— Qu'est-ce qui te fait dire ça?

— Je l'ai rencontrée un soir dans un restaurant, elle me voyait pas. Moi, je la voyais. Elle était accompagnée d'un vieux "schnock" qui l'embrassait dans le cou. Elle avait bu et se laissait faire. Alors, pour moi, les collets montés... merci bien.

Larry est étouffé de rire. Il aime bien cette Marlène qui ne cesse de l'épater.

— Ah! C'est vrai! De dire subitement Marlène, il me vient une idée, attends-moi une minute.

Se levant, elle se dirige vers le maître de cérémonie. Elle discute longtemps avec lui. Camille l'apercevant de loin se demande bien ce qu'elle mijote. Il a plutôt l'impression qu'elle veut "flirter" avec le jeune homme. L'oubliant, il s'occupe des nouveaux arrivants. Marlène revient trouver son Larry qui est à causer avec Georges.

— Bon! Continuons les présentations. Mon cher! Voici notre vieux docteur Garneau et son épouse. C'est pas Roméo et Juliette, comme tu peux voir, mais c'est Sylvio et Gilberte.

Georges, découragé, se prend la tête à deux mains et s'éloigne.

— Ah ben là, par exemple! Voilà le frère de ma mère, le Saint-Vincent-de-Paul de la famille. Pauvre maman! Je comprends qu'elle soit partie pour un monde meilleur. Avec un frère comme Gérard et une soeur comme Lucille, t'as pu rien à faire ici-bas. Oh tiens! Voilà Lucien et Louise. Ce

176

sont mes préférés du côté de maman. Lucien est notaire. Rien à dire contre lui. Il est bon, juste, aimable et à la mode. Ah! Maintenant, tu vas connaître un spécimen rare. Un autre frère de maman. Raoul et sa femme Jeannette. Elle, une perle. Lui, étroit comme ça se peut pas. On s'aime vraiment pas tous les deux. Quand il va me voir dans mes atours, y est capable d'insister auprès de Gérard-Marie pour qu'il m'exorcise.

Larry s'essuie les yeux.

— Marlène! Tu es incroyable. Qui sont les trois belles filles à ses côtés?

— Ses trois filles: Hélène, Jocelyne et Thérèse. Thérèse, c'est mon amie. Quand son père la voit près de moi, il nous fusille des yeux. Il a peur que je la contamine. Regarde qui vient par ici. Ce curé, avec l'allure grand prince, c'est mon préféré. C'est mon oncle Ronald, le frère de mon père. Il est mon parrain. Quand j'étais enfant, je suis restée cinq ans chez lui. C'est un ange. Je vas te le présenter plus tard.

Marlène, quittant momentanément son ami, va rejoindre ses cousines. Elle embrasse son parrain en passant. Il regarde la robe de sa filleule mais ne dit mot. Les traiteurs offrent du champagne aux invités. Marlène se prend une coupe et en apporte une pour Larry.

Les musiciens jouent "White Christmas". Une atmosphère de fête règne dans la maison. Au bout d'une heure, les convives étant tous arrivés, les gens sont invités à passer à table. On fait asseoir les fiancés avec Camille, Ronald, Philippe, Gérard-Marie, les grands-parents Desnoyers, et les parents du fiancé. Les dix chaises de cette table d'honneur sont remplies.

À la table voisine, on retrouve Paulette, Georges, la soeur de Jean-Marc, Doris et son ami, son frère Pierre et sa femme, Marlène et Larry, Fanny et Idola. On remplit ainsi

177

tous les sièges autour des tables.

Avant le début du repas, chaque invité se tient debout derrière sa chaise. Denise tient son alliance dans le creux de sa main gauche, dans le but de la faire bénir. Philippe y verse tellement d'eau bénite que le liquide s'infiltre entre les doigts de la fiancée et va choir sur sa robe jaune. Avant que le curé ne commence son discours, Marylou passe un commentaire.

— J'espère que de l'eau bénite, ça tache pas, hein Denise?

Après son laïus, Philippe cède la parole à Camille. Ce dernier, les larmes aux yeux énumère les qualités de sa grande.

Les discours étant terminés, on sert les entrées. Les gens, joyeux, parlent de leur quotidien. On écoute la musique. Avant le dessert, le maître de cérémonie attire l'attention des invités.

— Nous avons une surprise. Une jeune personne a manifesté le désir d'interpréter une chanson pour les fiancés.

Les gens, étonnés, regardent partout en essayant de deviner qui chantera.

— Sans plus attendre je vous présente la soeur de la fiancée, Marlène Robin.

Camille, tourne sa serviette de table entre ses doigts. Sans s'en rendre compte, il en forme un rouleau serré. «Je vais commencer à avoir chaud. Que va-t-elle nous sortir cette fois-ci?»

Se levant gracieusement Marlène s'approche du violoniste.

— Voici! j'ai demandé à notre maître de cérémonie la permission d'interpréter un chant pour ma soeur. Denise, voici pour toi, "La vie en rose".

Et voilà que la belle Marlène, accompagné du violon

178

seulement, chante d'une voix chaude, le grand succès d'E-
dith Piaf. Des larmes coulent sur les joues de Denise.
Camille est heureux et fier de sa princesse. Toujours sans
s'en rendre compte, lentement, il déroule sa serviette.

Le chant terminé, ça ne s'arrête pas là. Marlène n'est pas
pour débarquer si vite.

— Je m'en voudrais de ne pas souligner l'anniversaire
de grand-maman Desnoyers. C'est aujourd'hui, en ce 25
décembre que Lucia Desnoyers, ma grand-mère maternelle,
fête ses soixante-seize ans. Je voudrais chanter pour vous,
grand-maman: "*Voulez-vous danser grand-mère*".

Alors, Marlène s'avance doucement vers son aïeule et
d'une voix presque angélique, toujours accompagnée du
violon, entonne le chant destiné à sa grand-mère.

Voulez-vous danser, grand-mère
Voulez-vous valser, grand-père
Tout comme au bon vieux temps
Quand vous aviez vingt ans
Sur un air qui vous rappelle
Combien la vie était belle
Pour votre anniversaire
Voulez-vous danser grand-mère.

Lucia Desnoyers se lève debout. Se haussant sur la
pointe des pieds, tendrement, elle prend sa petite-fille par le
cou et en pleurant, l'embrasse. La vieille dame s'adresse aux
gens.

— Il y a bien longtemps que je n'ai pas éprouvé un
moment de bonheur comme celui-là. Ma petite-fille, je te
remercie. Tu n'as jamais ressemblé autant à ta mère qu'en
cette minute. Tu as son grand coeur. Reste toujours ainsi.

Marlène se penche et embrasse à nouveau son aïeule.
Voilà qu'elle a de la difficulté à retenir ses larmes, elle
aussi. L'assistance applaudit avec coeur.

Le repas terminé, les gens sortent de table, pendant que

les musiciens continuent d'interpréter des pièces de leur choix. Les jeunes commencent à danser. Plus tard dans la soirée, après plusieurs digestifs, Marlène a une idée.

— Larry, viens-tu te baigner? je vas te faire visiter la piscine. J'ai pas eu le temps, hier.

— O.K. Mais je n'ai pas de maillot de bain.

— Pas grave. On va arranger ça. Viens.

Tous deux se dirigent vers le solarium. Essayant d'ouvrir la porte de la piscine, Marlène se rend compte qu'elle est fermée à clef. Elle se pose la question si quelqu'un ne l'aurait pas devancée.

— Attends-moi ici.

Elle rejoint son père qui se tient debout près du grand escalier,.

— Papa, la piscine est fermée à clef. Y aurait-il quelqu'un à l'intérieur?

— Non, chère. J'ai la clef. Personne à la piscine ce soir. Ce n'est pas un "party" de piscine.

— Ça va pas? Non, mais... es-tu malade? Je veux montrer la piscine à Larry.

— Il la verra une autre fois. Je sais ce que tu es capable de faire sur le bord d'une piscine. Tu ne trouves pas que tu as assez vidé de verres pour ce soir? Tu as très bien commencé la soirée, ne la brise donc pas.

— Camille Robin! Tu m'emmerdes joliment.

Camille blêmit à ce propos vulgaire, mais ne dit rien. Il ne veut pas de scandale ce soir. Marlène se tournant pour aller rejoindre son ami, se retrouve face à face avec Ronald.

— Marlène, qu'est-ce qui se passe, dis-moi?

La jeune fille, un peu gênée devant son oncle, réfléchit.

— Rien. Ça va aller.

Se dégageant, elle se dirige vers le solarium pour rejoindre Larry.

— Ce qu'il peut être con ce Camille de merde, quand

180

il s'y met. Imagine-toi qu'il a verrouillé la porte de la piscine. C'est-y assez bête?

Marylou arrive à ce moment.

— Vouliez-vous aller vous baigner?

— Oui, de répondre sa soeur, mais le paternel a mis la clef dans la porte.

Marylou s'esclaffe.

— Je le comprends! Au dernier "party", t'avais fait une folle de toi. Ça doit être pour ça qu'il l'a barrée.

Marlène ne dit rien. Évidemment, elle ne voudrait pas que Marylou raconte l'histoire de ses fameux "partys".

— Veux-tu qu'on aille prendre de l'air? Je trouve qu'il fait chaud ici.

— O.K., de dire Larry, je crois que c'est une bonne idée. Allons-y.

Les deux jeunes traversent la salle à manger et se rendent au vestiaire d'entrée. Les grands-parents Desnoyer, pour qui c'est l'heure de partir y sont déjà avec Gérard-Marie. Alphonse Desnoyers, à quatre-vingt-un ans, trouve qu'il a assez veillé. Marlène remarque comme son grand-père a vieilli, contrairement à sa grand-mère. Le vieillard est tout courbé. Il ne mesure que cinq pieds et quelques pouces, en y ajoutant son autoritarisme, il fait sept pieds.

— Vous partez déjà, grand-maman?

— Oui, ma belle. À notre âge, il est suffisamment tard. Ton grand-père est fatigué.

— Comment fatigué, de rétorquer le vieux grincheux. Je ne suis pas plus fatigué que toi. C'est pour toi que j'ai demandé à m'en aller.

La vieille dame ne relève pas la remarque de son mari. Après tant d'années de ronchonnement de la part de son vieux, elle ne l'entend plus. Prenant Marlène par le bras, elle lui fait signe de se pencher. Elle embrasse sa petite-fille sur la joue.

181

— Demain après-midi, viens me voir, j'ai quelque chose pour toi, de lui dire à l'oreille sa grand-mère.

Marlène lui fait un signe affirmatif. Gérard-Marie prend ses parents par le bras, d'un côté son père gardant les lèvres fermées bien serrées, de l'autre, sa mère dodelinant de la tête en souriant. La belle Marlène les regarde sortir et dans un élan de tendresse se met à regretter de ne pas avoir ajouté à son répertoire de chants: *"Les vieilles de notre pays"*.

Le voile se déchire

Larry et Marlène chaussent leurs bottes et mettent leur manteau. Camille les regardent faire.

— Où allez-vous?

— Prendre une marche.

— La maison est remplie d'invités...

— Puis?

Larry est mal à l'aise. Georges surgit devant la porte à son tour en demandant aussi où ils vont. Il reçoit la même réponse

Marlène finit d'enfiler son passe-montagne de laine. Elle met ses gants.

— Voulez-vous que je vous accompagne? De demander Georges.

— Avec plaisir. Embarque, de répondre aussitôt Larry.

Georges sortant son "capot de chat", se dépêche de l'endosser comme s'il avait peur qu'on l'oublie. Camille les regarde sortir avec un sourire au coin des lèvres.

Il commence à faire tempête dehors. Le vent s'élève. La poudrerie fouette les visages des trois promeneurs. Marlène regrette d'être sortie, mais c'est elle qui apporte les suggestions.

— Descendons la première Avenue, nous aurons le vent dans le dos.

Elle bat la marche et les deux jeunes hommes suivent. Personne ne dit mot. Au bout d'une dizaine de minutes, Marlène se retourne pour parler à ses compagnons. Elle les aperçoit, loin derrière. Ils sont arrêtés et causent ensemble. Le voile se déchire devant les yeux de la jeune fille. «Ah ben, j'en reviens pas! J'aurais dû m'en douter. Maudite folle,

Marlène Robin. T'as l'air fine. Bien, attends. Ils l'emporteront pas en terre!»

Rebroussant chemin, elle se dirige à grands pas vers les deux tourtereaux. Absorbés qu'ils sont, ils ne s'aperçoivent même pas qu'elle est près d'eux. Les deux jeunes hommes se regardent, les yeux dans les yeux. Marlène ne voit que du feu.

— Aie, vous autres, les bellâtres! Qu'est-ce qui se passe? Avez-vous oublié que j'étais là?

Larry est embarrassé. Mais Georges ne l'est pas.

— Marlène, on s'en va à la maison. Nous prendrons l'auto de Larry. Je vais aller faire un bout de veillée chez lui.

La jeune fille reste bouche bée pendant un long moment. Elle les regarde à tour de rôle, ne croyant pratiquement pas à la situation. Enfin, elle se décide.

— Mais qu'est-ce que je vas dire, moi, en entrant?

— Ce que tu voudras.

— Ben, Georges Robin, j'en ai plein mon casque avec vous deux. Dis-moi, au moins, quoi dire à la maison?

— Je ne le sais pas Marlène, je ne le sais pas! Que veux-tu? nous avons le coup de foudre.

— Mon oeil, le coup de foudre! C'est ça que je vas dire en arrivant à la maison.

Larry éclate de rire.

— Dis-leur qu'on est parti convoler en justes noces.

— Vous êtes deux idiots.

La jeune fille les devance et d'un pas décidé s'oriente vers la maison. La poudrerie lui fouette la figure. Les larmes commencent à couler sur ses joues et enfin, elle se met à rire. «Ben ma fille, t'avais volé le mari de ta tante et maintenant, c'est ton oncle qui te vole ton "chum". Qu'y aillent au diable! De toute façon, j'aurais jamais aimé ce grand niaiseux de Larry.»

Marlène se faufile par la porte de côté. Enlevant son manteau, elle le place sur un cintre et le suspend au premier crochet près de la porte. Au même moment, elle entend démarrer la voiture de Larry.

*

La jeune fille se rend au salon où dansent la plupart des invités. Beaucoup de gens sont partis. Les plus jeunes de la maison sont montées se coucher. Marlène se propose d'en faire autant, elle aussi. Elle promène un regard circulaire sur les veilleurs. Denise et son Jean-Marc, dans les bras l'un de l'autre, se traînent les pieds sur l'air nouvellement sortie de "I saw mammy kissing Santa-Claus". Jean et Pierrette font aussi partie du groupe de danseurs. Les trois cousines étant toujours présentes, il y en a une qui danse avec un ami de Jean-Marc. Gilberte, la femme du docteur Garneau, danse avec Camille. Sylvio, son mari, est appuyé à la queue du piano. Le gros docteur apercevant Marlène, lui sourit béatement en lui envoyant la main. La jeune fille l'ignore totalement. Elle tourne les talons et se dirige vers le solarium dans le but d'utiliser la salle de toilette de cette pièce. Ayant fait à peine la moitié du chemin, elle s'entend interpeller.

— Marlène?

Ayant reconnu la voix pâteuse de Sylvio Garneau, la jeune fille se retourne lentement. Un frisson la parcourt. Elle a le pressentiment qu'il y a quelque chose de pas correct qui va se passer.

— Oui?

Sylvio vient près d'elle en titubant. Il a toujours le

185

même air imbécile imprimé dans la figure.

— J'aimerais ça... Hum... te parler dans le particulier.

— C'est en plein l'endroit pour le faire.

Marlène a peur mais ne le montre pas. Elle garde son air fanfaron habituel.

Le docteur Garneau s'approche plus près. Avançant sa main gauche, il prend Marlène par un poignet.

— Il y a assez longtemps que tu me rends malade. C'est fini. Je veux qu'on se rencontre. Tu es assez vieille. Je suis certain que tu as déjà couché avec un homme. Alors, pourquoi pas moi? Tu es sûrement capable de me faire plaisir.

Marlène voudrait crier mais n'ose pas.

— Comme vous dites, moi, je suis assez vieille pour faire l'amour... Mais pas avec vous, très cher! Vous, vous êtes trop vieux pour moi.

— Tu n'aimerais pas ça, un homme d'expérience? Je ne te ferais pas mal. Ta mère était plus gentille que toi. Elle trouvait que j'étais un bon amoureux.

— Salissez pas la mémoire de ma mère, hein? Vous y allez pas à la cheville. J'ai dit non! C'est clair? Laissez-moi la main, vous me faites mal.

Le gros docteur lui lâche la main, mais lui prend un sein. C'en est trop. Marlène lui flanque une taloche en plein visage. Camille et Gilberte entrant dans le solarium au même moment, n'ont connaissance que de la claque. Sylvio regarde Camille, les dents serrées.

— Ta fille est folle. Elle m'a demandé de coucher avec elle. J'ai refusé et regarde ce qu'elle me fait. C'est une nymphomane. Fais-la soigner, bon sang.

Marlène n'en revient pas. Elle ne voudrait pas faire de peine à Gilberte, mais elle ne peut plus se retenir.

— Vous avez du front, docteur Garneau. C'est vous, espèce de malade qui m'avez demandé de coucher avec vous. Vous m'avez même tripoté un sein. C'est pour ça que je vous ai giflé. Vieux cochon.

— Marlène!

Camille ne sait plus qui croire. Gilberte est muette. Le docteur Garneau s'adresse d'abord à sa femme.

— Gilberte, va t'habiller, on s'en va. Camille Robin, je veux te voir dans mon bureau jeudi matin à ton retour au travail.

Sans regarder Marlène, Sylvio se dirige vers le vestibule. Les autres, ceux du salon, n'ont eu connaissance de rien. Ils continuent de valser sur l'air de "The loveliest night of the year". Camille s'assoit, effondré.

— J'ai honte de toi. Tu aurais pu y penser que Sylvio était mon patron. Ces gens étaient mes amis. Ils m'ont soutenu dans les moments les plus difficiles. Je commence à croire que tu es malade pour vrai.

— Ah ben, par exemple! Trop, c'est trop! Tu le sais que je suis pas une menteuse. Mais toujours ta maudite mollesse, hein? Tu veux pas déplaire à ton ami. Je serais pas étonnée, que s'il avait fait des avances à ta femme, t'aurais fermé les yeux pour pas choquer ton "chum". Tu me dégoûtes, Camille Robin.

— Tais-toi! Je ne veux plus t'entendre me juger, me traiter de mou. C'est vrai que tu as besoin de soins.

Lucille sort des toilettes. Camille est mal à l'aise et Marlène, la bouche ouverte, regarde sa tante. C'est Lucille qui brise la glace.

— Bien oui. J'étais là et j'ai tout entendu. Camille, tu peux croire ta fille, tout s'est passé exactement comme elle te l'a dit. Je n'avais de cesse de le traiter, tout bas, de vieux cochon.

Camille ne sait plus quoi dire. Marlène se met à pleurer.

— Oh, Lucille! Je suis donc contente que tu aies tout entendu. Tu me sauves la vie.

187

— N'exagère pas pour la vie! Ta réputation aux yeux de ton père. C'est déjà beaucoup.

Camille quitte la pièce et monte à sa chambre sans en rajouter. Lucille, demeure seule avec sa nièce.

— Tu sais, ce qu'il a dit pour ta mère, c'est faux. Madeleine m'a déjà raconté que Sylvio lui faisait des avances. Il la harcelait au téléphone. Elle ne voulait même plus lui parler. Quand il s'agissait du docteur Garneau, les domestiques avaient ordre de dire que madame n'y était pas.

— Tu me rassures. C'est un écoeurant! Papa était-il au courant que son ami harcelait maman?

— Je ne sais vraiment pas.

Marlène prend sa tante par le cou et l'embrasse.

— Merci Lucille, je t'aime. Demain après-midi j'irai chez vous, grand-maman veut me voir.

—Tu sais, tu lui as fait grand plaisir quand tu as chanté pour elle. Elle n'oubliera jamais ça. Bon! Assez d'émotions pour ce soir, je vais me coucher.

Après le départ de Lucille, Marlène se dirige vers l'escalier pour monter à son tour. En passant devant le salon, elle signale aux danseurs qu'on pourrait fermer les grandes portes. Jean s'empresse de l'aider à le faire.

Un étranger qui fait peur

Avant d'entrer dans sa chambre, Marlène hésite...Enfin, elle se dirige vers celle de son père. Délicatement, elle frappe à la porte.

— Oui, Marlène. Il me semblait que tu viendrais.

Un verre de cognac à la main, Camille est assis dans son gros fauteuil. Dans la cheminée crépite un feu étincelant. Le pauvre homme semble malheureux.

Marlène vient s'accroupir à ses pieds. Elle croise ses deux mains et s'appuie sur les genoux de son père.

— Papa! As-tu vraiment cru ce que ce vieux "schnock" disait?

Camille ne répond pas. Il regarde le feu. Un air méchant lui passe dans le regard.

— Papa? Je veux savoir une chose. Étais-tu au courant que Sylvio Garneau harcelait maman?

Camille sursaute. Il pose les yeux sur sa fille avec un regard haineux.

— Qui t'a dit ça? Est-ce cette traînée de Lucille? C'est faux. Tu m'entends. Je ne veux plus jamais t'entendre dire une monstruosité semblable. Je t'interdis même d'y penser.

— T'es fort quand il s'agit d'interdire à ta fille, hein? Tu pourrais avoir cette force pour interdire à tes amis cochons de tripoter tes filles.

— Marlène, tu es une garce. Je crois mon ami Sylvio mais je ne crois absolument pas Lucille. Sors d'ici. Je vais te faire enfermer jusqu'à ta majorité.

Marlène n'en croit pas ses oreilles. C'en est vraiment trop. Elle s'imagine être en plein cauchemar. Lentement, elle se lève. Effarée, elle regarde son père et ne le reconnaît plus. Subitement, il devient, pour elle, un étranger qui lui fait peur. Sans dire un mot, elle se dirige vers la porte.

Camille se retournant, continue sur le même ton.

— Je t'interdis aussi de parler de ceci à qui que ce soit, sinon, tu t'en souviendras jusqu'à la fin de tes jours. Je te ferai interner.

Marlène reprend son aplomb.

— J'ai pas peur de toi, Camille Robin. Je me déteste de t'avoir tant aimé. T'es plus mon père.

Elle sort de la chambre en fermant la porte avec une telle force qu'elle entend un cadre dégringoler du mur à l'intérieur de la pièce.

En vitesse, elle regagne sa propre chambre. Elle ferme la porte à clef. Son coeur bat à tout rompre. La panique s'installe en elle. «Il faut que je reprenne mes idées. Je vas venir folle pour vrai et il aura beau jeu pour me faire enfermer. Je vas attendre Jean, il faut que je lui raconte cette histoire. Il me faut quelqu'un qui prenne pour moi.»

Marlène enlève sa belle robe de soirée, se démaquille et met sa jaquette. Elle essaie de rassembler ses idées. «Demain, je vas appeler mon oncle Ronald. Il faut que je lui raconte cette maudite histoire de fou. Je dois aussi aller voir grand-maman.» Les larmes coulant sur les joues de Marlène, elle ne voit pas passer le temps.

Une heure plus tard, elle entend quelqu'un monter les marches. Éteignant la lumière, elle se penche pour regarder par le trou de la serrure. C'est son frère. Silencieusement, elle ouvre la porte.

— Jean... Chut! Viens ici.

Jean entre dans la chambre. Marlène referme la porte à clef et n'allume qu'une veilleuse.

— Que se passe-t-il?

— J'ai peur, Jean!

Marlène se remettant à pleurer, raconte à Jean ce qui s'est passé dans la soirée. Le grand frère, de temps à autre, pince les lèvres.

190

— Écoute, je suis certain que papa te croit. Ce qui s'est passé ce soir a du raviver de bien mauvais souvenirs pour lui.

— Quels mauvais souvenirs?

— Papa savait que le docteur Garneau harcelait maman.

— Quoi? Il le savait et il continuait d'être son ami?

— Voilà! C'est là que le bât blesse. Il doit en être rempli de remords. Je crois qu'il n'a jamais rien dit parce que Sylvio Garneau est son patron. Alors, trouvez l'erreur, madame.

— Je trouve ça écoeurant.

Marlène réfléchit, et timidement ose poser la question qui lui brûle les lèvres.

— Penses-tu que maman trompait papa avec le bonhomme Garneau?

— Je me suis souvent posé la question. Sûrement pas ici dans la maison, nous avions beaucoup de servantes à l'époque.

— Jean, j'ai peur. Papa a parlé de me faire enfermer.

— Ne t'inquiète pas, p'tite soeur, je serai là pour te protéger. Sois-en assurée, je suis majeur, moi. Là, tu vas te coucher et dormir sans arrière-pensées. Demain, on s'en reparlera à tête reposée. O.K.?

Marlène prend son frère par le cou et l'embrasse sur une joue.

— Merci, mon Jean. Une chance que je t'ai.

— Compte sur moi. N'aie pas peur, je ne dirai pas que je suis au courant.

Avant que son frère ne sorte, Marlène éteint la veilleuse. À pas feutrés, le jeune homme sort de la chambre et se glisse comme une ombre le long du corridor. La jeune fille ferme à clef et saute dans son lit. Elle finit par s'endormir.

*

Il fait un soleil splendide. Le timbre du téléphone réveille Marlène. Après la première sonnerie, en vitesse, elle décroche. Quelqu'un l'a fait en même temps qu'elle. S'apprêtant à répondre, elle entend la voix de son père. Alors, elle ne dit rien et écoute.

— Camille, c'est Gilberte. Je suis contente que ce soit toi qui aies répondu. Je profite de quelques minutes, Sylvio vient de sortir avec le chien. Camille, je ne veux pas que tu accuses Marlène. Tu connais Sylvio, il est bien capable d'avoir fait les avances lui-même. Ce ne serait pas la première fois et tu le sais. Alors, oublie ça, hein?

— Gilberte, je ne sais plus qui croire. Marlène n'est pas une enfant-Jésus non plus.

— Je sais, mais c'est une fille franche. Elle est tout d'une pièce. Il est vrai que Sylvio est ton patron, mais ne blesse pas ta fille. Je te laisse, Sylvio revient.

Gilberte ferme la ligne et Marlène en même temps. Il faut que je dise ça à Jean. À Lucille aussi. J'en aurai pas trop de deux de mon bord. Quelle heure il est? Onze heures. Bon! Qu'est-ce que je fais? D'abord, me lever, me laver, déjeuner, parler à Jean et traverser chez ma grand-mère. Après, on verra. Si grand-maman m'invite à souper, je resterai. Je vais aussi appeler Marie. Si elle veut aller patiner ce soir, j'irai moi aussi.»

Au bout d'une demi-heure, Marlène sort de sa chambre, fraîche et dispose. Elle est vêtue d'un pantalon marine et d'un pull bleu turquoise. «Si je vais patiner ce soir, j'aurai qu'à ajouter mon anorak de même teinte que mon pull.»

D'un pas assuré, elle se dirige vers la cuisine. Les plus jeunes y sont déjà. N'ayant pas le goût de prendre un gros repas, Marlène se prépare à déjeuner. Un fruit et deux pâtisseries françaises parmi celles qui restent du souper de fiançailles feront l'affaire.

La nouvelle fiancée ignorant ce qui est arrivé à sa soeur, arrive à la cuisine à la suite des autres. Elle souhaite le bonjour à tout le monde. Les plus jeunes lui rendent son salut. Marlène ne lui faisant qu'un signe de tête, Denise ne le remarque pas.

Les enfants Robin aiment beaucoup manger à la cuisine. Lorsque cette grande maison avait plusieurs servantes pour l'entretenir, tout le monde était servi dans la salle à manger. Madeleine avait ramené cette tradition, de sa propre famille. C'était une façon de faire que Madeleine appréciait.

Les jumelles et Idola ayant fini leur repas du matin, s'en vont en babillant. Il ne reste que Denise et Marlène à la cuisine. Cette dernière voudrait bien lui raconter ce qui s'est passé la veille, mais elle n'ose pas. «Denise est tellement heureuse, je ne suis pas pour briser son bonheur.» Voilà Jean qui vient déjeuner à son tour. Il salue ses deux soeurs et d'un air pensif, va s'asseoir au bout de la grande table. Le jeune homme pense bien à son affaire avant d'attaquer.

— Denise, l'heure est grave. Nous avons quelque chose à te raconter.

— Quoi donc?

— Pas ici, Jean, pas ici! De supplier Marlène. S'il fallait que papa se pointe le bout du nez, c'est moi qui mangerais les bêtises.

— Mon Dieu, qu'est-ce qu'il y a? s'empresse de s'informer Denise.

— Viens me trouver dans ma chambre après le déjeuner, de répondre le grand frère. Je t'expliquerai.

Il n'a pas sitôt terminé sa phrase que Camille rapplique à la cuisine. Marlène fait mine de ne pas le voir. Lui non

193

plus ne la regarde pas. Il ne salue personne, ce qui n'est pas dans ses habitudes. Marlène finit en vitesse de manger son fruit et sort de la cuisine. «Ouf! Ce qu'il a l'air bête. C'est incroyable. Est-ce que je suis coupable des bêtises de son ami? Je sais plus quoi faire.»

Lentement, la jeune fille monte à sa chambre. Comme à l'habitude, elle verrouille la porte, ne voulant pas voir apparaître quelqu'un en coup de vent. Elle épie chaque bruit venant du corridor. Avec application, elle colle un oeil au trou de la serrure. Enfin, elle aperçoit son frère. Quelques minutes plus tard, c'est Denise qu'elle voit de son poste d'observation. «Denise va du côté de la chambre de Jean. Mon Dieu, faites qu'elle soit de mon bord.»

Marlène arpente la pièce dans l'attente d'un signe quelconque. Voilà bien près d'une heure que Denise et Jean sont ensemble. Leur père a eu le temps de monter se changer et de redescendre bien habillé. Marlène observe les allées et venues de sa famille. Enfin, elle voit passer Fanny et en même temps Idola qui remonte. Cette dernière vient frapper à sa porte. Elle reçoit sa jeune sœur avec un sourire.

— Salut Dola. Qu'est-ce que tu veux?

— Me prêterais-tu tes mitaines de cuir? Je vas faire du ski au Lac- Beauport et j'ai pas de mitaines chaudes.

Marlène ouvre un tiroir et sort ses mitaines. Elle les donne à sa sœur.

— C'est papa qui va te conduire?

— Non. Papa est sorti. Y est allé prendre une marche. Probablement chez mon oncle Philippe. C'est le père de mon amie Dorothée qui vient nous conduire.

Idola étant repartie avec les mitaines, Marlène sort de sa chambre et se rend à celle de son frère. Après hésitation, elle se décide enfin à frapper. C'est une Denise, les yeux rougis, qui lui ouvre.

— Marlène! Entre vite, avant qu'on te voie.

194

— Papa est sorti prendre une marche. Parti demander conseil auprès du bon curé, je suppose.

— Bien, tant mieux, de répondre Denise. On va pouvoir discuter en paix. Je suis à l'envers par ce que je viens d'apprendre. Comment, toi, tu dois te sentir?

— La plus à l'envers, c'est ben moi. Crois-moi.

—Jean m'a dit que tu dois aller chez grand-maman, cet après-midi. Parles-en à Lucille. Tu sais, moi j'aime bien Lucille. Je travaille avec elle depuis quelques années. Je la connais et je t'assure qu'elle a un bon jugement. Ne sois pas gênée de lui demander conseil.

Marlène acquiesce de la tête. La fille indépendante, fantasque et désinvolte a fait place à une jeune fille inquiète, peu sure d'elle. Elle n'ose même pas aller s'asseoir sur le bord du lit avec les deux autres. D'une timidité qu'on ne lui connaît pas, elle reste appuyée à la porte faisant claquer nerveusement les doigts de sa main droite, un sourire à peine amorcé au coin des commissures. Le grand frère s'apercevant du changement que la situation opère chez sa sœur, met ses deux mains sur ses épaules et la regarde tristement.

— Tu n'es pas seule, Marlène. Nous t'appuyons. Reprends ton aplomb, c'est seulement comme ça que tu t'en sortiras. Fonce! Tu es bâtie pour ça.

Marlène étant trop déstabilisée pour en être convaincue, essaie quand même de se reprendre.

— Bon! Je vas aller téléphoner à Marie. Je veux m'organiser pour partir jusqu'après la veillée. Comme ça, j'oublierai. Peut-être que ça se tassera tout seul ...

— Marlène, c'est peut-être préférable que tu ne racontes pas cet incident à Marie. C'est une histoire de famille.

—Inquiète-toi pas Jean. J'ai le goût de me changer les idées, pas de parler de cette chicane. Vous autres, qu'est-ce que vous faites?

— Jean-Marc vient me chercher à deux heures, de répondre Denise. On ira au cinéma, ensuite on va aller souper au restaurant.

— Moi, je vais chez Pierrette, de dire Jean. Nous irons avec sa famille souper chez sa grand-mère, à Sillery. Je vais être plus tranquille si tu n'es pas ici. Il y a trop de tension dans l'air. Ce n'est bon pour personne.

Marlène se préparant à sortir de la chambre de son frère, ce dernier lui barre la route avant d'ouvrir la porte et regarde dans le corridor si le champ est libre. Marlène sort et se rend à sa chambre. Elle verrouille encore une fois. Signalant le numéro de sa copine, c'est la mère de celle-ci qui répond. Marlène lui signifie qu'elle veut parler à son amie. N'attendant que quelques secondes, Marie vient répondre. Les deux amies s'entendent pour sortir ensemble.

*

En vitesse, Marlène fourre une paire de bas de laine turquoise dans ses patins. Avec précaution, elle ouvre la porte de sa chambre. «Personne à l'horizon. L'affaire est belle.» Descendant l'escalier silencieusement, elle se dirige vers la sortie de côté. Elle chausse ses bottes brunes en suède et revêt son manteau de rat musqué par dessus son anorak. Une tuque de laine turquoise calée jusqu'aux oreilles lui couvre entièrement le front. Sacoche brune en bandoulière, la jeune fille sort de la maison pour aller chez sa grand-mère. Tassant les branches gelées des arbustes, elle emprunte le sentier que les enfants ont fait dans la neige.

D'un pas décidé, Marlène monte les cinq marches de la galerie avant de la maison. Écoutant ses pas crisser dans la neige qui s'est accumulée sur la grande galerie, la jeune fille marche vers l'arrière pour entrer par la porte de côté. D'une main ferme, elle tourne la sonnette de la porte. Au bout de quelques secondes, Lucille vient lui ouvrir avec un air joyeux.

— Marlène. Brrrr! Qu'il fait froid.

— Oui, mais c'est sec et y fait soleil. On est bien dehors.

— Faut être jeune pour penser de même. Où vas-tu avec tes patins?

— Chercher Marie. On veut aller au Lac-Beauport en après-midi. On ira patiner ce soir.

Lucille s'approche de sa nièce pour lui parler sans que les autres entendent.

— Tu fais bien. Tu oublieras peut-être la mauvaise expérience de la nuit dernière.

— Ouais! Difficile à oublier. Grand-maman est-y couchée?

— Non, elle est au salon avec Gérard et papa. Enlève tes bottes et ton manteau et on ira les retrouver.

Marlène ayant oublié d'apporter des souliers, Lucille lui prête une paire de ses pantoufles de grosse laine tricotée par la grand-mère. Après avoir replacé un peu ses cheveux, la jeune Robin suit sa tante au salon.

La voyant apparaître, la grand-mère l'embrasse et le grand-père lui fait un sourire. «Un cadeau rare de la part de grand-papa, il me regarde pas de travers.» Gérard-Marie lève la tête bien haute, et lui fait aussi un beau sourire. Marlène commence à penser que Lucille leur a peut-être raconté l'histoire de la nuit. «Y sont trop fins, ça sent mauvais.»

— J'espère que vous êtes pas trop fatigués de votre

197

soirée? De demander la jeune visiteuse.

C'est l'aïeule qui lui répond pendant que les autres acquiescent.

— Bien non, ma belle! Nous avons eu une si belle soirée! Tu sais que tu as une très belle voix. Ma belle Marlène, je voudrais que tu me fasses une faveur.

— Quoi donc, grand-m'man?

La grand-mère, les deux mains croisées sur l'abdomen, se tournant les pouces, d'un air un peu timide fait sa demande.

— Voudrais-tu me rechanter cette chanson? S'il te plaît! Ça me ferait tellement plaisir. Ainsi qu'à ton grand-père.

— Là? Comme ça ?

— Oui, oui... Lucille va t'accompagner au piano.

Cela fait chaud au cœur de la jeune fille que la famille de sa mère s'intéresse ainsi à elle.

La tante s'approche du vieux piano. Cérémonieusement, elle l'ouvre, tire le banc rond vers elle. D'un coup de main expérimenté, elle le fait pivoter vers la droite pour l'amener à la bonne hauteur. Avec son genou droit elle l'arrête et s'assoit. Lucille ne joue que par oreille, mais elle a l'oreille exercée.

Marlène se lève et vient se placer près du piano pour donner la première note à Lucille. Et la voilà repartie. *"Voulez-vous danser grand-mère..."*. Une autre fois les larmes coulent sur les joues de la vieille dame.

Le grand-père est aussi très ému. Lorsqu'elle termine, la vieille grand-maman la félicite.

— Merci beaucoup, ma petite-fille. Ce Noël restera parmi mes plus beaux. Viens avec moi, dans ma chambre.

La petite-fille suit son aïeule qui trottine devant elle. Sortant du grand salon, elles empruntent le corridor sombre lambrissé de petites planches de bois verni. Elles se dirigent vers la chambre des grands-parents qui est située à l'arrière de la maison. La grand-mère fait entrer Marlène et, la suivant à l'intérieur, elle ferme la porte. D'un pas lourd, Lucia Desnoyers s'achemine vers la commode. Tirant le premier tiroir qui grince en s'ouvrant, elle en prend un écrin de velours violet. Avec un respect bien marqué, la vieille dame ouvre la boîte et en sort une bague en vieil argent, sertie d'une améthyste de forme ovale d'un superbe violet.

— Marlène, cette bague appartenait à ta mère. Un jeune amoureux la lui avait offerte quand elle avait dix-sept ans. Lorsqu'elle a connu ton père, elle n'a plus voulu porter ce bijou. Quand elle s'est mariée, elle m'a dit: «Maman, je vous laisse cette bague. Je ne veux pas la garder. Comme c'est un très beau bijou, je vous en fais cadeau.» Je ne l'ai jamais portée. D'abord, elle était trop petite pour mes doigts déformés par l'arthrite, aussi je n'osais pas la faire agrandir.

Émue, Marlène pense: «c'est sûrement maman qui permet ça. En ce moment où j'ai tant besoin d'aide. Je me rappelle plus ton visage mais, merci maman.» Les larmes coulent sur les joues de la jeune fille. S'élançant vers sa grand-mère, elle la prend par le cou et l'embrasse sur la joue.

— Grand-m'man, merci beaucoup. Je vous aime de tout mon coeur. J'espère que vous vivrez vieille, vieille! J'ai tant besoin de vous.

— Ma petite-fille chérie. Moi aussi je t'aime beaucoup. Tu vois, à venir jusqu'à ce Noël, je ne savais vraiment pas à qui donner cette bague. À la Messe, j'ai demandé à ta mère de m'éclairer afin que je sache. J'ai pensé qu'elle me ferait signe de la donner à Denise, pour ses fiançailles. Je ne l'ai pas apportée avec moi hier soir. La soirée a commencé et ça ne me disait pas de la donner à Denise. Loin de moi le sentiment que je n'aime pas Denise. Mon Dieu, tu sais bien comme je l'ai toujours adorée. Je me suis dit:

«Lucia, c'est pas le temps. Attends!»

Marlène interrompt sa grand-mère.

— Grand-m'man, quel signe attendiez-vous?

La grand-mère hausse les épaules. Elle ne sait pas. Elle attendait que son coeur le lui dise.

— Tu t'es mise à chanter. D'abord pour ta soeur, ensuite tu as signalé mon anniversaire et tu as chanté pour moi. C'est à ce moment que j'ai su. Sans me poser de questions, j'ai compris que c'était à toi que Madeleine voulait que je donne sa bague. Et à ce moment, j'ai ressenti un grand bonheur. Je me suis mise à pleurer. Je pleurais de bonheur. J'avais vraiment entendu Madeleine.

La grand-mère et la petite-fille sont dans les bras l'une de l'autre et pleurent ensemble. Marlène aurait envie de lui raconter ses déboires mais n'ose pas. «Grand-m'man est pas jeune, je vas lui faire de la peine.» Marlène n'a jamais eu autant besoin d'une mère qu'en ce moment. L'aïeule et la petite fille continuent de parler pendant une dizaine de minutes et enfin sortent pour aller retrouver les autres.

— Qui a téléphoné? De demander Lucia. Il me semble avoir entendu sonner...

— Je ne sais pas, de répondre Lucille. C'était pour Gérard-Marie. Je crois qu'il est encore au téléphone.

Marlène regarde l'heure.

— Oh, deux heures. Marie m'attend chez elle à deux heures et quart.

Au même moment, Gérard, ayant fini sa conversation téléphonique, rentre dans le salon et s'adressant à Marlène, lui fait part de la provenance du téléphone.

— C'est ton oncle Philippe qui vient d'appeler, Marlène. Ton père est avec lui au presbytère. Ils veulent me parler. Je remarque que tu as tes patins, tu veux que je te laisse quelque part?

Marlène a l'impression de marcher sur des oeufs. Elle

200

ne sait pas quoi répondre. La peur réapparaît. Elle rencontre le regard de Lucille. Cette dernière lui fait signe d'accepter. Marlène ne comprend plus.

Deux minutes plus tard, après avoir embrassé ses grands-parents, la jeune fille les quitte avec le frère de sa mère. Elle n'a pas sitôt fermé la portière de l'auto que Gérard s'empresse de rassurer sa nièce.

Lucille m'a raconté pour la nuit dernière. Alors, je ne prends pas de détour pour te dire que nous sommes de ton côté. Où vas-tu?

— Chez Marie.

— Je vais aller te conduire. Si jamais tu as des embêtements, Marlène, appelle-moi. J'espère que tu t'en souviendras. Tu promets?

— Oui mon oncle. Merci beaucoup.

Ils sont rendus devant la maison des Sylvain. Marlène descend de l'auto en remerciant son oncle.

Au pas de course, Marlène monte les marches et sonne à la porte de son amie. Elle se sent supportée par la famille de sa mère. En attendant qu'on lui réponde, elle se perd dans ses pensées: «Demain, il faudra que j'appelle mon oncle Ronald. Y sera de mon bord.» Marie ouvre la porte dans un éclat de rire.

— Salut, la grande. Viens. On a une vingtaine de minutes à nous autres avant que l'autobus arrive.

Marlène pénètre dans la maison, enlève ses bottes et suit son amie à la cuisine. Marie lui montre ses cadeaux de Noël. Ce qui fait penser à la jeune Robin de parler des siens.

— Oh, regarde, Marie, ce que ma grand-mère vient de me donner. Cette bague appartenait à ma mère. Elle l'avait reçue d'un "chum" avec qui elle sortait avant papa, je crois. Elle l'avait donnée à grand-maman. Je suis assez contente qu'elle me l'ait offerte, à moi. C'est mon plus beau cadeau

201

de Noël.

— Avez-vous eu une belle soirée?

— J'aime mieux pas en parler.

Vingt minutes plus tard, les deux amies montent dans l'autobus qui les amènera au Lac-Beauport. Marlène est pensive et pas très volubile. Ce qui n'est pas dans ses habitudes. Elle doit faire un effort pour répondre à son amie, lorsque celle-ci lui pose des questions. Elle a la tête ailleurs. Marie s'en rend bien compte.

Les jeunes filles passent quand même un après-midi assez mouvementé. Des garçons viennent s'asseoir à leur table pour causer. Marie, d'un naturel enjoué, se lève souvent pour répondre à des invitations à la danse, mais Marlène les refuse toutes. La voyant surveiller l'heure assez souvent, Marie pense que son amie est peut-être malade. À quatre heures et vingt-cinq, Marlène se lève.

— Marie, on s'en va. On a dit qu'on prendrait l'autobus de quatre heures et demie.

— O.K. comme tu voudras...

Prenant congé des garçons, elles sortent. D'un pas rapide, elles se dirigent vers l'arrêt d'autobus. Dès qu'elles atteignent le poteau indicateur, elles voient poindre leur car. Le chemin du retour se fait en silence. Enfin elles entrent dans la maison de Marie.

— Marlène Robin, je suis tannée de te voir avec cette face de carême. Dis-moi ce que t'as, ou ben, tu iras patiner seule.

— Marie, c'est quasiment pas racontable... T'en croiras pas tes oreilles. C'est tellement fou que j'y crois pas moi-même. Mais, t'as raison, même si c'est une histoire de famille, ça va me soulager de te la raconter.

Et Marlène de commencer à relater ce qui lui était arrivé pendant la fête de Noël. N'oubliant rien, elle raconte sa nuit au complet. Marie n'en croit pas ses oreilles.

— Qu'est-ce que tu vas faire? Penses-tu que ton père peut te faire renfermer?

— Je sais pas. Jean et Denise m'ont dit qu'ils le laisseraient pas faire. Mais je t'avoue que j'ai peur. Au fond, papa, c'est un faible. Même s'il doit en avoir des remords, il fera ce que le bonhomme Garneau lui dira, j'en suis certaine.

Bien, voyons donc! Y est quand même pas fou...

— Y est pas fou, y a pas d'épine dorsale. C'est pas pareil. Marie, y faut pas que tu racontes rien de ce que je viens de te dire. Tu gardes ça pour toi, hein?

—T'inquiète pas. Je raconterai rien à personne. C'est ben trop effrayant. Sais-tu que je vais être inquiète, moi? Si je te trouve pas une bonne journée, j'irai faire mon enquête à Saint-Michel-Archange.

Cette boutade prononcée avec humour dans un éclat de rire vient détendre l'atmosphère. Après avoir mangé des sandwichs de porc frais avec de la moutarde, les deux jeunes filles s'habillent pour aller patiner. La soirée passe trop vite au goût de Marlène. Elle n'a pas hâte de rentrer à la maison. À dix heures, la musique s'arrêtant, la séance de patinage prend fin. Marie et Marlène pénètrent à l'intérieur de la cabane pour enlever leurs patins. Elles chaussent leurs bottes et endossent leur manteau par dessus leur anorak.

Les deux jeunes filles se quittent à la sortie de la cour du collège. Marie s'oriente vers la maison de ses parents et Marlène prend le côté opposé pour retourner chez elle. Une faible neige commence à peine à tomber. Marlène a l'impression d'être seule dans la rue. Pas une auto ne se pointe pendant cinq bonnes minutes. La jeune fille a l'impression d'entendre le silence. Elle ne voudrait pas rentrer, mais, où aller? Elle est très vite rendue devant la maison paternelle. Machinalement elle fouille dans son sac pour trouver sa clef. Après quelques secondes de tâtonnement, elle touche enfin le métal froid et retire la clef de son sac. Le cœur battant, elle l'insère dans la serrure.

Sans faire de bruit, elle se faufile dans le corridor, enlève ses bottes et suspend son manteau au même crochet habituel. Marchant vers la salle à manger, elle se rend compte que Denise est déjà assise au solarium avec Idola. Marlène s'avance.

— Vous êtes seules?

— Non. Papa est dans sa chambre.

— S'est-y informé où j'étais.

— Non. De répondre Idola. Au souper, Fanny s'est informée. Papa y a dit de laisser faire et de se mêler de ses oignons. Plus personne a parlé.

— Ah... Bon, O.K. Je vais me coucher. Bonne nuit.

Marlène monte à sa chambre. Après avoir fermé la porte, elle tourne la clef. «Bon sang que je me sens à l'envers, j'ai l'impression de marcher sur des oeufs. Je sais pas comment je vas passer le jour de l'An. J'ai pas une place où aller et je veux pas rester ici. Qu'est-ce que je vas faire?» Se déshabillant, elle enfile sa jaquette, ferme la lumière et se met au lit. «J'ai encore quelques jours pour y penser. Pour l'instant, dors Marlène. C'est le mieux que tu peux faire!»

La robe qu'il porte

Le lendemain, Camille et Denise travaillent. Le reste de la famille est en congé. Marlène entend sa soeur et son père descendre l'escalier, tour à tour. Après leur déjeuner, elle a connaissance qu'ils quittent la maison, ensemble.

Marlène se lève et fait couler un bain chaud. Se glissant dans l'eau, elle flâne un certain temps. Elle a ouvert le radio. Distraitement, elle écoute Saint-Georges Côté, l'animateur au poste CKCV. Sortant de l'eau une demi-heure plus tard, elle s'enroule dans un drap de bain. Ouvrant son armoire à vêtements, elle se demande: «qu'est-ce que je pourrais bien me mettre? Tiens ces pantalons bruns... avec mon pull rose. Oui, ça fera.» N'ayant pas la tête à se choisir une toilette, elle est vite habillée.

Marlène ouvre la porte de sa chambre. C'est le silence total dans la maison. Ses jeunes soeurs dorment encore. «Seraient bien gauches de se lever, sont en vacances.» La jeune fille descend et va vers la cuisine. «Hum, ça sent le gruau. C'est fort! Camille qui a fait du gruau. Ça, c'est du nouveau!» Elle ouvre la porte.

— Jean! T'es déjà levé? Je pensais que c'était papa qui avait fait du gruau.

— Non, c'est moi qui l'ai fait. En veux-tu? J'en ai préparé pour une armée.

Marlène sourit en lui faisant un signe affirmatif.

— Comment c'était? Au Lac-Beauport, je veux dire.

— Oh, j'avais pas tellement la tête à danser. Je suis restée assise à ma table. Disons que ç'a aidé à passer l'après-midi. Es-tu au courant du caucus que Papa et Philippe ont tenu au presbytère, hier après-midi? Ils ont même fait venir Gérard.

— Ouais! Papa m'a raconté. Même Ronald était avec

205

eux. Imagine-toi qu'ils ont discuté de ton cas...

— Je m'en doutais ben. Je savais pas que Ronald y était. En sais-tu plus long.

— Oh... Camille a essayé de me convaincre que tu étais malade. On a eu une prise de bec très sérieuse. Au moins, il sait de quel bord je me situe. C'est ça l'important pour moi. Je ne pense pas que Gérard soit du côté de Camille, non plus. Mais pour ce qui est de Ronald, ne compte pas trop sur lui.

— Ah non? Eh ben! Attendons. Je vas aller le voir aujourd'hui. Je prendrai même pas de rendez-vous. Je vas débarquer comme un cheveu sur la soupe.

— Hum! Il va t'aimer...

— Tant pis. Mais y sont fous. Comment ils peuvent être tous contre moi? Qu'est-ce que je leur ai fait?

— Tu déranges le système, ma fille, ça leur fait mal. Je l'ai dit à papa, hier soir. «Est-ce qu'on renferme une personne parce qu'elle empêche de tourner en rond?» Il n'a pas aimé ma remarque.

— Denise était-y là?

— Non. Elle n'était pas arrivée.

Le frère et la soeur arrêtent de parler, Marylou vient d'entrer dans la cuisine. Ayant terminé leur déjeuner, Marlène se lève, embrasse sa jeune soeur sur la joue et sort. Elle regarde l'heure. «Neuf heures et quart. Je me prépare et je vas prendre l'autobus de neuf heures et demie. Je serai rendue chez Ronald vers dix heures et quart, dix heures et demie. Ça va être parfait.»

Le temps passe tellement vite que Marlène se retrouve assise dans l'autobus et elle est à la veille de descendre. Plus que deux minutes et elle ira prendre un autre autobus pour monter à la haute-ville. À dix heures et vingt, elle sonne au presbytère de son oncle. Une religieuse vient ouvrir. Marlène la connaît pour l'avoir rencontrée quelques fois. Elle lui demande pour voir son oncle. La sœur Saint-André la fait passer dans le bureau de Ronald.

Le prêtre ne se fait pas attendre. Une minute plus tard, il est devant sa filleule. Reconnaissant son air hautain habituel, Marlène lit dans son regard qu'il est contrarié.

— J'espère que je te dérange pas? Je me suis pas annoncée avant de venir. J'avais peur que tu me reçoives pas.

— Comme tu dis, je ne t'aurais pas reçue.

— Ah non? Et pourquoi? Peux-tu me le dire?

— Marlène, j'ai honte de toi. Ce n'est peut-être pas de ta faute, mais bon sang! Es-tu obligée de te vendre à tous les hommes que tu rencontres?

— Quoi? Mais ça va pas dans la tête, hein?

— Sois polie. Respecte la robe que je porte. Tu es chez moi, ici.

— Mais, penses-tu à ce que tu dis? Crois-tu ce qu'on t'a raconté. D'ailleurs j'aimerais ben savoir ce qu'on t'a dit. Pour le bonhomme Garneau, c'est faux. Mon oncle Gérard a dû vous le dire.

— Ton oncle Gérard n'était pas témoin, mais ton père, oui. Les autres m'importent peu.

— Pardon? La seule personne qui était témoin c'est Lucille.

— Hum! Une alcoolique!

— Où as-tu mis ta charité chrétienne? Tes beaux sermons de curé, c'est bon pour les autres mais pas pour toi, hein? Ben mon oncle Ronald, tu viens de descendre du piédestal où je t'ai toujours placé... Tu devrais commencer toi-même à respecter la robe que tu portes. T'es qu'un prétentieux.

— Marlène, ne dis pas des choses pour aggraver ton cas. Écoute ton père. Fais ce qu'il te dit de faire.

La jeune fille se levant, attache son manteau et

s'approche de la porte. Avant de sortir, elle se retourne vers son oncle.

— Salut, Ronald Robin. T'es plus mon oncle. T'es plus mon parrain. À mes yeux, tu mesures rien que quatre pieds. J'ai plus de père, ni d'oncles Robin. Adresse-moi plus jamais la parole de ta vie.

Ronald ne dit pas un mot. Il est blanc comme neige. Il a de la peine de voir partir sa filleule. Cette enfant qu'il a gardée pendant près de six ans et qu'il a tant aimée. Il a l'impression qu'il vient de perdre sa fille.

*

Marlène entreprend le trajet à pied, de la haute-ville à la basse-ville. Ne sachant plus où donner de la tête, elle marche comme un automate. Les larmes lui voilent le regard.

Il y a près d'une demi-heure qu'elle déambule dans la côte d'Abraham.. Levant la tête, elle aperçoit le magasin Lacouline. C'est ici qu'elle était venue avec son père et Denise pour acheter leur nouvelle dactylo. «Notre maudite machine à écrire que je peux jamais pratiquer dessus parce que c'est Denise la secrétaire, pas moi.» Marlène continue sa route.

«Plus qu'une quinzaine de minutes et je serai rendue à la gare des autobus. Où, j'irais ben? Si je peux trouver un téléphone publique, je vas appeler à la maison. Peut-être que Jean y est encore.» Rendue dans la rue de la Couronne, elle aperçoit une cabine téléphonique non loin du restaurant Notre-Dame. Elle s'y dirige. Elle retire la monnaie qui est logée au fond de sa poche de droite. «Bon, j'ai un cinq sous.»

— Allô, Idola? C'est Marlène. Jean est-y à la maison?

— Oui. Attends je vas y crier, parce qu'y est dans sa chambre. Ça sera pas long.

Quelques secondes plus tard, son frère est au téléphone.

— Marlène? Qu'est-ce qui se passe?

— Jean! Peux tu venir me rejoindre?

Au son de sa voix, Jean s'aperçoit que sa soeur n'est pas dans son assiette.

— Où es-tu?

— Devant le restaurant Notre-Dame, dans la rue de la Couronne.

— Bon. Rentre au restaurant. Prends-toi une liqueur, ou quelque chose d'autre. J'arrive le plus vite possible.

— Merci Jean. T'es ben gentil!

— De rien, Marlène, de rien.

La jeune fille ferme le combiné. Il fait un soleil magnifique. Un ciel bleu sans nuages vient enjoliver ce vieux quartier. On dirait que le printemps veut déjà prendre la place de l'hiver. Lentement, Marlène s'achemine vers le restaurant. «Onze heures dix. Jean arrivera pas avant onze heures et demie, je ne crois pas.» Elle pénètre à l'intérieur. Quelques flâneurs sont assis sur les bancs de cuir ronds alignés le long du comptoir. Marlène prend place dans une cabine. «Je serai plus tranquille ici.» La serveuse, mâchant de la gomme, se pointe aussitôt avec son calepin.

La jeune fille se commande une liqueur douce et achète "L'Événement-Journal". Ainsi, le temps passera plus vite en attendant son frère. Lisant les nouvelles du matin, Marlène ne voit pas le temps passer. Concentrée sur sa lecture, elle ne se rend pas compte qu'il y a quelqu'un près d'elle. Levant la vue, elle aperçoit son frère. Elle lui fait signe de s'asseoir. Regardant l'heure, elle constate qu'il est midi moins vingt-cinq.

— Salut, Jean! Je t'ai dérangé, hein?

— Bien non, Marlène. Tu ne me dérangeras jamais. Je ne te trouve vraiment pas chanceuse. Vois-tu, parfois je me dis «pauvre Marlène, le bon Dieu lui a donné une grande beauté et tous les troubles qui vont avec.»

La jeune fille raconte à son frère l'entretien qu'elle vient d'avoir avec son parrain. La pauvre fille en est encore sous le choc.

— Je trouve ça écoeurant, Marlène! Il y a quelque chose qui m'échappe. Pourquoi tant d'hommes tiennent-ils à donner raison à Garneau?

— Pour ma part, Jean, j'ai même plus la tête à me poser des questions. Je vas attendre les événements. As-tu quelque chose à faire cet après-midi?

— Non. Et je crois que nous irons au cinéma ensemble et nous souperons au restaurant. Je vais être ton cavalier servant. Tu veux bien?

— Certain que je veux! Tu te rends compte, c'est la première fois qu'on fait ça.

— C'est vrai Marlène. J'ai sorti souvent avec Denise, même avec Idola, mais avec toi, c'est la première fois. Bien, il n'est jamais trop tard pour bien faire. On va commencer par dîner ici. Tu as le journal? Je vais regarder l'horaire des films. Je sais qu'au Pigalle on passe "Fandango" avec Luis Mariano.

— Oh que j'aimerais ça voir ce film-là ! Tu sais comme j'adore Mariano.

— O.K., allons au Pigalle. Après avoir mangé, on ira d'abord tuer le temps dans les magasins pour ne pas entrer trop tôt au cinéma. On verra la deuxième représentation de l'après-midi pour ne pas souper trop tôt.

— Je suis chanceuse, Jean, que tu sois mon frère.

Le jeune homme est heureux de la remarque de sa

soeur. La journée déboule trop rapidement à leur goût.

*

Revenant à la maison vers neuf heures trente, le frère et la sœur apprennent que leur père est assis dans la mezzanine. Marlène monte la première. Rendue en haut de l'escalier, elle se retourne et rencontre le regard indifférent de son père. Figée, la jeune fille ne sait plus quelle attitude prendre. Elle décide d'aller lui parler.

— Bonsoir papa.

Aucune réaction de la part du père. Marlène sent une rage monter en elle.

— Tu pourrais au moins me répondre. Je suis pas ton chien, je suis ta fille.

— Tu n'es plus ma fille. Je t'ai reniée. Tu l'as oublié?

— Je pourrais bien te dire la même chose, moi aussi. Un père comme toi, c'est pas difficile à renier.

Camille se lève lentement. Il accroche sa fille par un poignet et de sa main droite, lui flanque une claque en pleine figure.

— Petite traînée. Le plus vite tu seras enfermée le plus vite tu nous débarrasseras de ta présence. Où es-tu allée vagabonder durant toute la journée? Tu as démontré, une fois de plus, que tu étais folle ce matin devant ton parrain.

Marlène éclate de rire.

— Ah oui? Ton frère t'a déjà appelé pour te parler de moi ? Mais qu'avez-vous contre moi? Penses-tu que maman est fière de toi? Elle te regarde sûrement. Je la sens près de moi. Pourquoi tiens-tu tellement à fermer la gueule de ton

211

"chum" Garneau. Qu'as-tu à cacher?

— Ne prononce pas le nom de ta mère... tu n'en es pas digne.

Marlène lit tellement de haine dans ses yeux, qu'au lieu d'avoir peur, elle se prend à détester son père. Elle se dégage, recule de quelques pas.

— Moi aussi je te renie. Je dirai maintenant que je suis orpheline de mère et de père.

Entendant les paroles de son père, Jean est monté à son tour pour venir à la défense de sa soeur. Marlène pénètre en vitesse dans sa chambre, ferme la porte à clef.

Jean avance vers Camille.

— Marlène était avec moi aujourd'hui. Est-ce que tu accuses toujours à tort, comme ça?

— Toi, ne te mêle pas de ça. Si tu veux que je continue de payer tes études, tu es mieux de savoir à quelle adresse tu loges.

Jean regarde son père avec mépris. Il soutient son regard quelques secondes.

— Je n'ai pas besoin de ton argent. Je n'ai qu'à prendre l'héritage de maman. Tu ne m'achèteras pas.

Camille ne dit plus un mot. Il laisse son fils seul dans la mezzanine et regagne sa chambre. Jean réfléchit quelques minutes et s'achemine lui aussi vers la sienne.

*

Ce Jour de l'An 1952 survient trop tôt au gré de Marlène. Jean est parti chez sa blonde; Denise, chez son fiancé. Il ne reste, à la maison, que les quatre plus jeunes ainsi que leur père et Marlène. Celle-ci ne descend pas pour la bénédiction paternelle. Habituellement, c'est Jean qui en fait la demande mais cette année, il s'abstient. Marlène reste dans sa chambre jusqu'à midi. C'est la faim qui l'en fait sortir. Dans le solarium, elle aperçoit Idola et Fanny. S'approchant d'elles, Marlène leur souhaite une bonne année et les embrasse. Ses deux soeurs sont au courant de la situation.

— Comment ça va, Marlène? De demander Fanny. Tu peux aller manger. Papa est à la piscine avec les jumelles.

— Comment il est?

— Il semblait avoir pleuré tantôt, quand y est sorti de sa chambre. Il avait les yeux rouges.

— C'est peut-être le cognac... de dire Marlène

— Je suis certaine qu'y avait pleuré. Y nous a souhaité une bonne année, mais y avait de la difficulté à parler tellement y avait le coeur gros.

Ne disant plus un mot, Marlène s'en va à la cuisine. Elle ne veut pas rester là, de peur de voir poindre son père. Aujourd'hui, elle ne veut surtout pas se trouver devant lui. Ouvrant le frigo, elle aperçoit du jambon tranché. Elle se fait un sandwich, se verse un verre de lait, prend une pomme et quelques biscuits secs. Plaçant ses choses dans un cabaret, elle sort de la cuisine. En mettant le pied dans la salle à manger, elle voit son père qui sort du solarium et marche dans la même direction qu'elle. Marlène se met à trembler. Elle fixe son cabaret. Camille la regarde durement, s'approche d'elle et lui enlève le cabaret des mains. La jeune fille est abasourdie.

— Quoi? J'ai plus le droit de manger? C'est-y un traitement qu'on fait subir aux folles?

— Reprends ton cabaret et va manger à la cuisine comme tout le monde. Je ne veux pas de "lunch" dans les chambres, tu le sais. Ç'a toujours été la consigne ici. Fais comme les autres.

Marlène ne sait plus quoi faire. Reprendre son cabaret

et aller à la cuisine ou le laisser dans les mains de son père et monter à sa chambre. Il lui vient même à l'esprit de le prendre et de le laisser tomber par terre. Enfin, ne voulant pas le contrarier plus qu'il ne l'est, elle lui enlève le plateau des mains et oriente ses pas vers la cuisine. Désemparée, elle s'assoit à la grande table rectangulaire. Le coeur lourd, la jeune fille ne vient plus à bout de commencer à manger. Elle n'a plus faim. Découragée, elle éclate en sanglots. Camille surgissant à la cuisine sans que Marlène n'en ait connaissance, regarde sa fille avec pitié. Il ne semble plus éprouver de haine pour elle. Lentement, il s'approche de son enfant.

— Marlène...

La jeune fille lève des yeux remplis de larmes vers son père. Camille lui tend la main.

— Je te souhaite une bonne année ma fille. Ne pleure plus, ça va s'arranger, tu verras.

Marlène, toute menue sur sa chaise de bois, ressemble à une petite vieille remplie de peine. Les larmes coulent sans cesse sur ses joues. Camille a de la difficulté à retenir les siennes. Il ne veut pas pleurer devant sa fille. Il l'embrasse sur le front.

— Prends le temps de te calmer. Reste ici. Tu mangeras quand tu en auras envie. Personne ne viendra te déranger.

Camille, s'empresse de sortir de la cuisine. Ce n'est qu'une demi-heure après, que Marlène mange quelques bouchées de son sandwich. «Qu'est-ce que je vas bien faire de cette maudite journée? J'ai pas le coeur à aller me baigner; mes amis restent dans leur famille. J'ai vraiment personne. Je pourrais aller faire un tour chez grand-maman, mais la famille de mon oncle Raoul y sera au grand complet... Il faut que j'arrête de pleurer.»

Se levant d'un pas décidé, Marlène va à l'évier pour y

laver la vaisselle qu'elle a utilisée. Elle range tout et quitte la cuisine. Ses quatre soeurs jouent au monopoly dans le solarium. Son père n'étant pas en vue, Marlène retourne s'enfermer dans sa piaule. Elle sort un livre de sa bibliothèque "La case de l'oncle Tom". «Tiens, y a longtemps que je veux le lire, c'est le temps.» Elle ne voit pas passer les heures. Enfin, elle s'endort sur son livre. C'est la sonnerie du téléphone qui la réveille. Il fait complètement nuit. À tâtons, elle ouvre la lumière de sa lampe de chevet et regarde l'heure. «Huit heures moins vingt. Ouf, j'ai dormi.»

Remplie de sommeil, Marlène se lève, défait son lit, se déshabille, enfile sa jaquette, ferme la lumière et se recouche. «Tant mieux, j'aurai pas trop vu ce maudit Jour de l'An de malheur! Premier janvier 1952!» La jeune fille se rendort.

Les derniers jours des vacances des Fêtes passent comme un éclair. Le lundi 7 janvier, les quatre jeunes rentrent à l'école, Camille et Denise retournent au travail. Jean n'ayant pas de cours, sort pour aller aider le père de Pierrette à défaire leur arbre de Noël.

Étant encore en vacances elle aussi, Marlène reste seule dans la maison. Vers dix heures, venant de s'habiller pour sortir, elle est à mettre ses bottes lorsqu'elle entend des freins de voiture dans l'entrée. Courant à la fenêtre du bureau, elle aperçoit deux automobiles qui arrivent. Elle reconnaît celle de son père, mais il y en a une autre avec deux hommes qui en descendent. Rapidement, la jeune fille se sauve dans la cuisine. Se sentant mal à l'aise, sans savoir pourquoi, elle pénètre dans l'armoire à balais. Elle entend la clef dans la serrure de la porte de côté. Son père et les deux hommes entrent.

— Marlène?

Elle ne répond pas, retenant même son souffle.

— Marlène, es-tu ici?

Pas de réponse. Elle entend son père parler aux deux hommes.

— Attendez-moi une minute, je vais aller voir si elle est dans sa chambre. Elle n'est pas supposée être sortie.

Camille promène un regard circulaire dans la cuisine. Marlène tient la poignée de la porte du placard. Le chat miaule de l'autre côté comme s'il voulait aller la retrouver. Son père prend l'animal et le sort dans le corridor, ferme la porte de la cuisine et se dirige vers l'escalier. Le coeur de la jeune fille s'arrête quelques secondes. Marlène entend les deux hommes discuter ensemble.

— J'espère que le docteur Garneau ne nous fait pas marcher pour rien. Je ne suis pas certain que le docteur Robin croit en la maladie de sa fille.

— Nous sommes psychiatres, c'est à nous de déterminer ça. Il me semble que Garneau, c'est pas un fou, il a l'habitude de savoir ce qu'il fait. À l'entendre, la fille est assez maganée. Belle fille mais folle à attacher.

Marlène n'en croit pas ses oreilles. Elle a de plus en plus peur. «Y faut pas qu'y me trouvent mon Dieu, y faut pas, aidez-moi. Maman, je sais que t'es ici. Aide-moi. Je veux pas être enfermée.» Elle entend son père s'approcher.

— Eh bien mes vieux! J'ai bien peur que vous vous soyez déplacés pour rien. Elle n'est pas ici. Je suis même allé à la piscine et il n'y a personne. Elle n'est peut-être pas allée loin, si vous voulez attendre...

— Non, Robin, on n'attendra pas. Tu nous l'amèneras. Est-elle violente?

— Non, non, elle n'a jamais été violente. Ce n'est pas moi qui ai dit qu'elle était malade. Pour moi, elle me semble normale. Originale mais, normale. C'est Garneau qui trouve qu'elle est anormale. Je veux bien qu'on lui fasse subir des examens, mais pour le reste...

— Mais, est-ce toi le père ou c'est Garneau? Tu dois

216

connaître ta fille mieux que lui, il me semble.

Camille est piqué à vif. Il blêmit et serre les lèvres.

— Je sais, je sais. Allez-vous en, je communiquerai avec vous. Salut.

Il leur ouvre la porte et les deux médecins sortent sans en rajouter.

Camille retourne dans son bureau. Marlène se rend compte que son père est après composer un numéro de téléphone. Un temps d'attente.

— Lucie, peux-tu me passer le docteur Garneau, s'il te plaît?

Un autre temps d'attente qui semble une éternité à Marlène. Toujours vêtue de son manteau de fourrure et coiffée de sa tuque de laine, elle n'ose bouger de peur d'accrocher quelque porte-poussière ou balai. Enfin, elle entend son père.

— Sylvio? Tes amis viennent de partir.

La jeune fille ne peut entendre que les paroles de son père.

— Non. Marlène n'était pas ici... Ils sont repartis... Ne te fâche pas! Ce n'est pas de ma faute si elle n'est pas ici... Je ne sais pas, moi, où elle se trouve. Il n'y a personne à la maison... Bien mon vieux, si j'avais appelé à l'avance, elle n'aurait pas été plus ici, elle se serait sauvée. Moi, j'ai fait mon possible. Sylvio, tu sais comme moi que ma fille n'est pas folle... Ne t'énerve pas. Je suis fatigué de ton chantage... Oui, oui, j'arrive.

Camille raccroche assez bruyamment. Il recompose un autre numéro. Encore un temps d'attente.

— Gilberte? C'est Camille... Oui ma vieille je n'en ai pas seulement l'air, je suis découragé... Oh! C'est trop long à raconter au téléphone. Puis-je te rencontrer? Le plus tôt possible serait le mieux... Ça m'irait, ce midi. Disons, à midi, chez Kérulu, ce serait bien?... Bon, j'y serai. À tout de suite.

Toujours de son placard, Marlène entend son père se lever, elle imagine chacun de ses gestes. Elle perçoit le bruit de la chaise de bureau roulant tout croche. «Tiens, la même maudite roulette qui grince toujours. Y prend son manteau sur la patère, comme d'habitude le support vient de tomber à terre. Pauvre Camille! T'as jamais été habile, hein ? Y marche par ici. Mon Dieu, y revient à la cuisine, faites qu'y ouvre pas la porte de l'armoire à balais.»

Se rendant à l'évier, Camille se prend un verre dans l'armoire et fait couler l'eau froide. «Y a soif, de penser Marlène. Tu peux ben avoir soif! Espèce de sans-coeur.» Son père retourne vers la sortie. Quelques secondes plus tard, la jeune fille entend démarrer la voiture. «Ouf! C'est pas vrai! C'est un cauchemar!»

Sur la pointe des pieds, sortant de sa cachette, elle se rend compte combien elle a chaud. Ses cheveux sont collés sur son visage. S'avançant près de la fenêtre du bureau, elle aperçoit l'auto de Camille qui sort de la cour. «Je rêve. Ça se peut-y qu'y en soit rendu là? Mais c'est incroyable!»

Des larmes coulent sur les joues de la jeune fille. Elle ne sait plus où donner de la tête. Ses genoux tremblent. Un nouveau coup d'oeil à la fenêtre pour se rassurer qu'il n'y a personne en vue. S'approchant du téléphone, elle compose le numéro de Pierrette, l'amie de Jean. Son frère doit y être encore. C'est le père de Pierrette qui répond. Marlène lui signifie qu'elle veut parler à Jean. Quelques secondes plus tard son frère est au bout du fil.

— Je m'excuse de te déranger, Jean. En as-tu pour longtemps à enlever les décorations de Noël?

— Non, j'ai terminé.

— Pourrais-tu venir à la maison immédiatement, s'il te plaît? Il m'arrive une chose épouvantable.

Jean ne voulant pas mettre les parents de Pierrette au

218

courant de leurs problèmes familiaux répond à sa sœur à mots couverts.

— J'arrive dans dix minutes. Salut.

Marlène ferme le téléphone. Restant collée à la fenêtre à surveiller l'arrivée de son frère, le temps lui paraît une éternité. Enfin, l'auto du jeune homme entre dans la cour. Dès qu'il met le pied dans la maison, sa soeur lui déboule tout, d'un trait. Jean n'en croit pas ses oreilles. Il réfléchit quelques instants.

— Monte faire ta valise. Apporte tout ce que tu peux. On ne prendra pas de chance. Tu vas sortir d'ici. Pendant que tu vas te préparer, je vais appeler Denise pour lui raconter les derniers développements. Va, immédiatement.

Le ton est catégorique. Marlène ne discute pas. En vitesse, elle monte à sa chambre. Jean regarde l'heure à sa montre. «Onze heures trente. J'espère que Denise n'est pas sortie pour le lunch.» Il compose le numéro de sa soeur. Il a de la chance, c'est elle qui répond. Rapidement, il lui raconte les malheurs de leur socur. Denise réfléchit et demande à son frère?

— Où va-t-elle aller?

— Je ne le sais pas, mais il faut la sortir d'ici. Ça presse. Moi je ne reconnais plus notre père.

— Bien, moi non plus, je te l'avoue. Écoute, Jean, j'ai une idée en tête. Je te rappelle dans quelques minutes.

Jean raccroche. L'air soucieux, il va rejoindre sa soeur. Marlène fait ses bagages en pleurant. Le grand-frère lui met une main sur l'épaule.

— Ne pleure pas, p'tite soeur, ça va s'arranger, tu vas voir.

Marlène éclate en sanglots. Jean lui aide à compléter sa valise. Lentement, il lui raconte sa conversation téléphonique avec Denise. À peine ont-ils terminé que le téléphone sonne.

219

— Jean? On est chanceux. De lui dire Denise. Jean-Marc a une tante qui loue des chambres sur la Grande-Allée. Elle en a une belle de libre au deuxième étage. C'est un ancien salon avec un foyer qui ne chauffe plus mais ça fait une belle décoration. C'est meublé. Y a même un frigidaire. Par contre, pas de four, mais y a un poêle électrique à deux ronds chauffants. C'est mieux que rien. C'est sept dollars par semaine. Pas le droit de recevoir des garçons.

— Denise, je suis sûr que ça va aller. Je vais raconter ça à Marlène. Pendant ce temps, appelle la tante. Dis lui que nous y allons immédiatement. Donne-moi l'adresse.

Denise lui donne les coordonnés.

*

En entrant chez Kérulu, le docteur Robin aperçoit Gilberte Garneau déjà assise à l'attendre.

Après les salutations d'usage, Camille raconte à son amie les malheurs qui lui tombent sur la tête.

— Tu aurais dû me dire ça plus tôt, mon pauvre Camille. Tu te serais évité bien des souffrances inutiles.

— Je ne voulais pas t'embêter, mais je n'en peux plus.

— Cesse de te tracasser. Sylvio ne te fera aucun mal, sois en assuré. Compte sur moi.

Camille se sent réconforté. Le dîner terminé, il quitte sa grande amie de toujours et s'achemine vers l'hôpital pour terminer sa journée de travail.

Attention au beau "Brummel"

À la maison de la Grande-Allée, Jean aide sa soeur à installer ses vêtements dans la penderie de sa nouvelle chambre. La jeune fille se sent triste et un peu perdue. Elle a hâte de mettre le nez dehors.

À trois heures, les deux jeunes Robin se dirigent vers l'édifice gouvernemental. Jean avait pour mission d'amener Marlène auprès de Denise. Cette dernière, faisant part à sa soeur que Lucille veut lui parler, tous les trois se rendent au bureau de la tante.

— Marlène! Pauvre enfant. Je t'ai trouvé un emploi. Si tu le veux, bien entendu. De lui annoncer sa tante Lucille. Tu peux commencer vendredi. Un ami qui travaille dans un autre service a besoin d'une commis de bureau ...

— Mais je suis pas une fille de bureau, Lucille.

— Bah! Ça ne fait rien. Tu le deviendras. La besogne n'est pas compliquée. Il s'agit d'un travail à exercer au téléphone, auprès d'une clientèle... En tout cas, tu vas venir immédiatement avec moi pour parler à mon collègue. Viens.

Marlène suit sans rien dire, étant certaine que l'ami en question ne la prendra pas.

La tante et la nièce prennent l'ascenseur et descendent à l'étage au-dessous. Lucille frappe à la porte du bureau de son ami. En entrant, Marlène aperçoit un bel homme, début de la quarantaine, tempes grisonnantes, un large sourire et de beaux yeux gris. La jeune fille constate que sa marraine a bon goût dans le choix de ses amis. Lucille fait les présentations. Le quadragénaire est aussi ébahi que la jeune fille, ce qui n'échappe pas à Lucille. Cette dernière laisse sa nièce avec son patron éventuel et retourne auprès de Denise et Jean. Marlène passe l'entrevue haut la main. Elle commencera à travailler dès ce vendredi matin. Cela la réconforte un peu.

De retour auprès des autres, la nouvelle fonctionnaire leur raconte ce qui s'est passé. Lucille lui fait ses recommandations.

— Tu sais, Marlène, tu feras attention à ce beau "Brummel". J'ai vu son regard lorsqu'il te parlait. C'est un grand parleur, méfie-toi.

— Tu le sais plus que moi puisque c'est ton ami. Je prendrai tes conseils en considération. Je te remercie.

Tout ceci dit avec une pointe d'humour, Jean et Denise se regardent d'un air entendu. Sur ce, Marlène et son frère quittent l'édifice.

— Je vas rentrer à pied, de dire la jeune fille à son frère. Je pense bien que je pourrai faire ça en moins de dix minutes. Rappelle-moi demain pour me dire comment ça s'est passé à la maison. Veux-tu?

— Oui, p'tite soeur. Tu n'as pas trop l'âme en peine?

— Non! Au moins, je me sens en sécurité. J'ai pas l'intention de me retrouver à Saint-Michel-Archange, moi. Non, merci bien.

Jean se penche et embrasse sa soeur sur les deux joues.

*

Le jeune homme rentre à la maison. Camille est déjà là. Ses jeunes soeurs sont aussi arrivées de l'école. C'est Idola qu'il aperçoit la première.

— Allô Dola! C'est bien tranquille ici, où est papa?

— Dans la piscine, comme d'habitude. Il n'est pas à prendre avec des pincettes, je te jure. On dirait qu'il a mangé de la vache enragée.

— Comment ça?

Idola raconte à son frère que Camille a apostrophé Fanny parce qu'elle avait mis une jupe et un gilet trop collants au goût du père. La grande Fanny s'était maquillé les yeux et avait mis une couche de rouge à lèvres en trop. Ce qui déplaisait fortement à son paternel.

— Où allait-elle?

— Un nouveau "chum"! Papa a monté sur ses grands chevaux. «Wow, la fille! qu'il a dit. On en a assez d'une de ce genre-là dans la famille. Monte t'habiller comme du monde ou bien tu restes ici. Je suis écoeuré de me faire mettre la conduite de mes filles folles sur le nez.» Je te dis que Fanny était insultée. Elle lui tenait tête. Elle lui a dit qu'il était un vieux rabougri et qu'il devrait se trouver une blonde. La claque est partie pas mal raide. Fanny l'a reçue en plein sur une joue. Elle était tellement surprise qu'elle a tourné les talons et est montée à sa chambre. Elle y est encore.

Jean ne sait pas jusqu'où peut aller le comportement de son père. Il prend une décision.

— Écoute Dola. Je vais aller parler à papa. Marlène est partie de la maison. Elle a bien fait. Je vais te raconter ce qui lui est arrivé. Pendant que j'irai voir le paternel, raconte ça à tes soeurs. Il faut que vous sachiez ce qui se passe.

Jean met sa soeur au courant de la journée que Marlène a passée. Il lui fait promettre de ne pas dire à son père où habite leur soeur, ni rien au sujet de son futur travail. Le fils Robin lui dira lui-même ce qu'il faut: "Marlène est partie".

Le jeune homme traverse le solarium, et se rend à la piscine. Son père est à nager.

— Salut P'pa!

Camille grogne quelque chose qui ressemble à un salut. Jean embarque dans l'eau et nage jusqu'à lui. Son père se

223

met debout, immobile dans l'eau jusqu'aux épaules. Il semble jongler.

— Papa, il faut que je te dise quelque chose. Marlène est partie pour de bon.

— Si elle pense que je vais aller la chercher, elle se trompe.

— Tu n'iras pas la chercher. Tu ne sais pas et tu ne sauras pas où elle est. Elle était ici, ce matin, quand tu es venu avec tes médecins pour l'amener. Elle était cachée dans l'armoire à balais de la cuisine. La pauvre fille a tout entendu. Penses-tu que c'est humain, ça?

Camille est trop hébété pour répondre immédiatement. Il essaie de se contenir. De son ton toujours égal il répond à son fils.

— Tant mieux si elle est partie. Une dévergondée de moins dans la maison. Pars, si tu le veux, toi aussi et amène avec toi l'écervelée de Fanny. Moi, je ne veux plus tolérer ce genre d'excitée sous mon toit.

— Un instant, un instant. On se calme, hein? D'abord pourquoi mêles-tu Fanny à ça? Tu lui en veux parce qu'elle n'était pas habillée à ton goût? Faudrait peut-être lui expliquer, c'est quoi ton goût, au lieu de la claquer en pleine figure. Elles n'ont pas de mère ces filles, pour leur apprendre ce qu'il faut porter ou ce qu'il ne faut pas. Elles l'apprennent avec des claques dans la face. Es-tu fier de toi?

Camille tarde à répondre. Il réfléchit. Sans le dire, il commence à regretter son geste.

— C'est réglé pour Marlène. Sylvio ne me fera plus de menaces pour rien.

— Comment, des menaces? Tu te laissais menacer par cet énergumène? Tu aurais laissé enfermer ta fille pour qu'il cesse ses menaces? Tu l'aimes ta fille, hein?

— Jean, ne juge pas ce que tu ne comprends pas. Oui, je l'aime ma fille. J'aime tous mes enfants du fond de mon

224

coeur. Vous êtes ce que j'ai de plus précieux au monde. J'aime Marlène comme les autres et même Fanny que je viens de claquer, je l'aime aussi. Mais, je déteste ce comportement de fille de rien.

— Papa, elles n'ont pas de mère pour leur enseigner quel comportement elles doivent adopter...

— Je sais, je sais. Changeons de sujet, veux-tu?

Le père et le fils nagent quelques longueurs ensemble et sortent de l'eau un peu plus en forme.

*

Au repas du soir, les jumelles, Idola et Jean sont à la table avec leur père.

— Denise ne vient pas souper? De demander Camille.

— Non. Elle soupe chez la tante à Jean-Marc.

— Fanny? Allez chercher Fanny qu'elle vienne manger avec nous.

— Elle est partie souper chez l'oncle Philippe, de répondre Marylou.

— Bon! Elle est allée pleurer dans la jupe de son oncle.

Le repas se passe en silence. Plus personne n'ouvre la bouche.

Après le souper, sous prétexte d'aller faire une marche, Camille se rend au presbytère pour chercher sa fille. Dès que Fanny l'aperçoit, elle lui tourne le dos. Philippe est dans ses petits souliers, il a peur de la réaction de son frère. Camille regarde sa fille.

— Fanny, je m'excuse pour cet après-midi. J'ai réagi trop violemment. Je n'aurais pas dû. Tu sais, j'ai eu une journée terrible. Je ne te la raconterai pas, mais c'est ainsi.

225

— Ben oui ! Ta Marlène est partie. Tu t'es vengé sur moi. Quand ta princesse marche croche, c'est toute ta famille que tu passes au "bat".

— Tu es injuste Fanny. À ce moment, je ne savais même pas que Marlène était partie. C'est Jean qui me l'a appris avant le souper. Même si je le sais, je viens te chercher et je te dis que je t'aime. Je ne veux pas que tu sois fâchée contre moi. Viens, on va rentrer à la maison, ensemble.

Le père a presque supplié son enfant en lui adressant cette dernière phrase. Philippe regarde sa filleule et lui fait un signe lui signifiant de suivre son père. La fillette se lève et s'approche de la porte. Lentement, elle met ses bottes, endosse son manteau à la même vitesse. Enfin, elle sort dans le vestibule. Son père la suit et constate comme elle a grandi. «Je ne m'en étais pas rendu compte. Mes pauvres enfants!»

*

Dans sa chambre-salon, Marlène a terminé de ranger ses choses. Tout est placé en une quinzaine de minutes. Lentement, elle promène un regard rempli de larmes autour de sa chambre. «Tout est si vieux. Je me demande ce que je fais ici, mais c'est ma planche de salut. Je serais pas mieux dans une pièce avec des barreaux aux fenêtres. Au moins ici, je suis libre.»

Le vendredi de cette même semaine, Marlène commence son travail au Gouvernement. Elle appréhende beaucoup sa première journée, convaincue qu'elle ne fera pas l'affaire. Mais enfin, cela se passe très bien. On

226

s'aperçoit assez vite, dans son milieu de travail, qu'elle est une fille intelligente, consciencieuse et dévouée. Les jours, les semaines et les mois passent et Marlène est toujours employée du Gouvernement.

Pour apaiser sa peine

Denise vole sur un nuage. C'est le début de mai et la jeune fiancée doit épouser son beau Jean-Marc le samedi 26 juin 1952. Voilà des semaines qu'elle harcèle sa soeur Marlène pour qu'elle soit fille d'honneur avec Idola.

— Non, Denise, c'est impossible, crois-moi. Prends Fanny à ma place, ce sera bien mieux. Je pourrai pas assister à ton mariage. Mets-toi à ma place, voyons!

Un matin où il fait un soleil splendide, Camille va conduire Denise au bureau. Comme il stationne sa voiture pour la laisser descendre, il aperçoit Marlène se dirigeant vers l'édifice gouvernemental. Le coeur du père fait un bond dans sa poitrine. Il jette un regard plein de reproches vers sa fille.

— Ta soeur travaille au même endroit que toi et tu ne me l'as jamais dit?

Denise rougit et ne répond pas.

— Tu savais que j'avais de la peine, que j'étais inquiet et tu n'as jamais rien fait pour apaiser cette peine, toi ma fille en qui j'avais le plus confiance...

— Papa, écoute! C'est pas si facile. Moi non plus je voulais pas que ma soeur soit enfermée dans un asile de fous...

— Mais qu'est-ce que vous avez? Jamais je ne l'aurais fait enfermer. Tu me déçois Denise. Tu vas faire un message à ta soeur. Je compte sur toi pour que tu le fasses. Me donnes-tu ta parole?

— Bien oui, papa, je vais lui faire ton message, je te le jure. Pardonne-moi si je t'ai rien dit. Je voulais pas trahir ma soeur.

— Tu vas dire à ta soeur... à ma fille... que je l'aime et

229

que jamais je ne l'aurais laissé interner. Dis-lui qu'elle est la bienvenue à la maison. Dis-lui ça! Où vit-elle?

— Elle te donnera son adresse elle-même, si elle le veut.

— O.K. Bonne journée, ma grande.

*

Denise se rend directement au bureau de sa soeur, elle ne trouve pas celle-ci immédiatement. Sans bruit, elle s'avance et aperçoit la belle Marlène dans le bureau de son patron, ce beau "Brummel" aux tempes grisonnantes. Elle est assise sur le coin du bureau et les deux tourtereaux se regardent dans les yeux. C'est le patron qui, le premier, entrevoit Denise. Il se dérhume pour faire comprendre à Marlène qu'ils ne sont plus seuls. La jeune fille en se levant se retourne et aperçoit sa soeur. Comme s'il ne se passait rien, elle sourit à son aînée.

— Allô Denise?

Elle sort du bureau. Après un temps de silence, c'est Denise qui déclare à sa soeur:

— J'ai quelque chose de confidentiel à te dire.

— Vas-y!

— Non, de dire Denise, pas ici. Allons à la cafétéria.

— Écoute, c'est quand même pas pour me réprimander sur ce que tu viens de voir?

— Non. Ce que je viens de voir je ne peux pas le réparer, tu étais à ton naturel. Tu changeras jamais, Marlène Robin. C'est quelque chose d'important que je veux te dire. Ce que je viens de voir, c'est pas important.

Marlène ne dit mot et suit sa soeur. Denise se prend un café, et Marlène un jus de fruits. Elles optent pour une table

230

au fond de la salle. Dès qu'elles sont assises, Denise raconte à sa jeune soeur ce qui vient de se passer dans l'auto de son père. Marlène blêmit. Elle ne s'attendait pas à ça. Denise lui transmet le message de leur père. Marlène laisse couler des larmes sur ses joues. Elle qui croyait avoir fermé son cœur.

— Je l'avais presqu'oublié. Je commençais à me sentir bien. Il fallait qu'il vienne se fourrer le nez ici. T'aurais pas pu prendre l'autobus comme tout le monde, toi?

— Marlène Robin! J'ai pris l'autobus durant tout l'hiver pour éviter ça. Je trouve que j'ai fait mon possible. Depuis quinze jours que j'embarque avec lui le matin et jamais on t'avait vue. C'est le hasard, que veux-tu que je te dise?

— Je sais, Denise. Excuse-moi. Je sais bien que c'est pas ta faute. Tu m'as pas vue les autres matins, Bob venait me prendre en auto à ma chambre.

— Quoi? Tu sors pas avec ton patron?

— Je sors pas avec. On est amis.

— Mon oeil! "On est amis". Comme si Bob Turner pouvait être l'ami d'une femme. Marlène, Bob ne peut être que l'amant d'une femme, pas l'ami.

— Bon, les grands mots ! Denise, j'en suis quand même pas à mon premier amant, et tu le sais.

— Non, mais ici, ça va jaser. Tu t'arrangeras. Moi, je m'en fiche, je pars dans un mois. Les compagnes fonctionnaires auront des nouvelles à mettre dans leur sacoche. C'est toi qui paieras pour. Sais-tu qu'il est marié?

— C'est pas un empêchement.

— Bon, tant pis. Qu'as-tu décidé pour mon mariage?

— Denise, pour l'histoire de jouer à la fille d'honneur et aller faire une belle dans l'allée de l'église, c'est non. Je vais aller à ton mariage. Je vais y aller seule. Je resterai peut-être pas longtemps à la noce, mais j'y serai.

Denise se sent heureuse de cette décision. Elle oublie le

nouvel amant de sa soeur.

*

Depuis que Camille a aperçu Marlène, il ne cesse de questionner Denise. «Que fait-elle? En quoi consiste son travail, a-t-elle un ami?» Denise se garde bien de lui parler de Bob Turner. Un jour, son père lui pose la question qui l'inquiète.

— Penses-tu que ta soeur viendra à ton mariage? Hein? Il me semble qu'elle doit bien t'en avoir soufflé un mot?

— Oui, elle y sera.

Le docteur Robin ne dit plus un mot. C'est ce qu'il voulait savoir. Il sait que Denise ne lui en dira pas plus. Il sait aussi que sa Marlène ne leur donnera que ce qu'elle voudra bien leur donner. Il espère tout simplement revoir son enfant.

Un présage de malheur

La veille du mariage, en soirée, Denise sort pour accrocher son chapelet sur la corde à linge. Sa grand-mère lui a bien dit que cela amènerait de la belle température pour la journée des noces. C'est de bon augure, le ciel de Charlesbourg est déjà tout piqueté d'étoiles.

Le lendemain, en ce matin du 26 juin 1952, le soleil se lève resplendissant pour célébrer le mariage de la belle Denise Robin. Aucun nuage au firmament. La grande maison est en effervescence. La cérémonie aura lieu à onze heures en l'église paroissiale.

Il n'est que sept heures et demie. Le coiffeur ainsi que le couturier sont déjà arrivés pour les derniers ajustements.

Les traiteurs sont sur place et une équipe profession-nelle est affairée à placer des chaises dans le jardin; autour de la piscine extérieure; sur le tennis; près des taillis et des bosquets. Un bar ambulant est déjà en place sous un gros chêne. Plein de fleurs en pots: géraniums de couleurs variées, bégonias et pétunias viennent égayer la place.

Avant de se rendre au Château Frontenac pour le repas, dès la sortie de l'église, les convives s'arrêteront à la maison du Trait-Carré pour offrir leurs voeux aux nouveaux mariés et aussi pour prendre une santé.

La mariée étant habillée et coiffée, elle sort de sa chambre et se rend frapper à celle de son père.

Camille ouvrant immédiatement, est ébloui devant la beauté de sa fille aînée. C'est sa première fille qu'il donne à marier. Denise s'approche de lui.

— Papa, veux-tu me bénir, s'il te plaît?

La fiancée s'agenouille. Camille, lève une main droite timide et, avec les yeux remplis de larmes, égrène un à un, les mots d'usage afin de faire descendre la bénédiction du

233

Ciel sur sa fille. Denise se relève, s'approche de son père, le prend par le cou et l'embrasse sur la joue. Camille éclate en sanglots.

— Papa, arrête! Tu vas me faire pleurer. Ce n'est pas un jour triste, c'est un jour de bonheur.

— Je sais, ma grande, je sais! Je pense à ta mère et je me demande si elle voit sa fille qui est si belle sous son voile de mariée.

Denise s'approche pour lui parler à l'oreille.

— Je suis certaine qu'elle est avec nous, papa.

Camille offre le bras à Denise et tous deux sortent de la chambre.

À onze heures moins dix, la fiancée sort de la maison au bras de son père. Une limousine noire conduira la fille à marier et son témoin à l'église. Une autre limousine amenant les filles d'honneur, Idola et Fanny suivra celle de la fiancée. Une troisième, transportant un page et une bouquetière, Clément et Paule, les deux enfants de Paulette, accompagnera aussi le cortège.

Les immenses portes centrales de l'église sont ouvertes. Les cloches sonnent à toutes volées pour accueillir la fiancée qui monte les marches au bras de son père. Le parvis est bondé de curieux venus admirer les mariés. À Charlesbourg, c'est le mariage de l'année. L'orgue joue à pleins tuyaux le "Trumpet tune" d'Henry Purcell.

La belle Denise est vêtue d'une robe longue blanche au corsage de dentelle de Bruges; la jupe de tulle est munie d'une large crinoline. Avant de sortir de la maison, son père lui avait attaché au cou, le collier de perles de Madeleine. Denise est coiffée du voile de mariée qui a aussi appartenu à sa mère, étant certaine que ce geste lui portera bonheur.

Le futur marié est déjà rendu à l'avant avec son père. Jean-Marc, habillé d'un pantalon noir, d'un veston blanc, s'est retourné pour regarder venir sa fiancée. Il ne voit que deux yeux noirs qui le fixent. Denise et Camille marchent lentement.

Au dixième banc à l'arrière de l'église dans la rangée centre gauche de la nef, une grande dame, portant un tailleur de soie marine à grosses pastilles blanches et coiffée d'un grand chapeau de paille marine, tourne subitement la tête pour voir la mariée. Camille regarde cette personne et soudain, pense s'évanouir. Il a cru revoir Madeleine, sa femme. «Marlène!» Le coeur du docteur Robin bat à tout rompre. Il craint ne pouvoir se rendre à l'avant. Il se demande même s'il a crié son nom.

Il conduit Denise à son prie-Dieu et se penche pour lui parler à l'oreille. Se relevant, il retourne à l'arrière de l'église. Souriant, il s'arrête devant le banc de Marlène et lui offre son bras gauche afin qu'elle s'y accroche. La fille regarde son père dans les yeux, hésite un moment et finalement, sourit à son tour en passant sa main au bras de Camille. C'est une joie débordante que la famille Robin ressent en ce moment présent. Le père, vêtu de son veston blanc, s'avance avec sa deuxième fille.

Les grands-parents Desnoyers installés dans le premier banc, sont heureux de constater que leur petite-fille reprend sa place au sein de sa famille. Lorsque la grand-mère voit Marlène s'avancer au bras de son père, elle retient son élan. Elle s'apprêtait à applaudir. Souriant, elle met sa main devant sa bouche, comme pour s'excuser auprès d'elle-même, d'avoir voulu faire un geste profane dans un lieu sacré.

C'est Philippe qui célèbre le mariage de Denise. Gérard et Ronald ayant déjà des unions à bénir chacun dans sa paroisse, viendront au Château Frontenac pour la noce. Le gros Philippe apercevant Marlène à côté de son père, la regarde par-dessus ses lunettes pour s'assurer qu'il ne se trompe pas. Est-ce bien elle, la méchante fille qui donne tant de misères à son paternel?

Avant que l'officiant ne s'adresse aux futurs mariés, un silence lourd à fendre au couteau s'installe dans le temple. On pourrait entendre une mouche voler. Les grandes portes sont toujours ouvertes. Fait inattendu, un chien marche dans l'allée centrale. Un jeune homme de l'assistance, croyant bien agir, flanque un coup de pied au derrière de l'animal pour l'inciter à sortir. L'épagneul commence à se lamenter et à piailler. Le même jeune homme se hâte de prendre l'animal dans ses mains et de le sortir lui-même.

Des gens pouffent de rire. Quelques-uns trouvant comique qu'un semblable incident survienne pendant une cérémonie aussi imposante. D'autres, des personnes âgées surtout, pensent au pire. N'y a-t-il pas là un présage de malheur pour les nouveaux mariés?

La liturgie se poursuit sans autres incidents. À la fin de la cérémonie, les nouveaux mariés sortent de l'église au rythme de la marche nuptiale de Mendelssohn, extrait de l'ouverture du "Songe d'une nuit d'été". Les invités entourent les mariés sur les marches extérieures de l'église. Un photographe professionnel prend plusieurs poses. Grâce à ces portraits, la famille Robin donnera l'image d'un groupe très uni. Aucun problème ne semblera exister au sein de ce beau monde.

Une décapotable blanche conduit d'abord les nouveaux époux jusqu'à la maison familiale des Robin au Trait-Carré. Vient ensuite la limousine des Dames d'honneur, celle du page et de la bouquetière. Marlène monte dans une longue voiture noire avec son père ainsi que les parents de Jean-Marc. Suit celle de Jean et de sa nouvelle blonde Élisabeth, ainsi que Paulette et son frère Georges. Une autre grande automobile luxueuse transporte les jumelles et les grands-parents Desnoyers et une autre pour la soeur et le frère de Jean-Marc avec leur compagnie. Les autos des autres invités suivent le cortège en klaxonnant le long du parcours. Chaque automobile a été décorée de rubans de satin blanc.

Les limousines ayant suffisamment d'espace pour stationner sur le grand terrain en avant de la maison, les autres automobiles se posteront une derrière l'autre dans la rue.

C'est la première fois que Marlène revoit la maison paternelle depuis ce jour obscur de janvier. Voilà six mois qu'elle n'a plus remis les pieds ici. Peut-elle reculer? Ce n'est pas le moment de faire des manières. Son père semble si heureux. Comme s'il lisait en elle, il lui serre la main très fort pour lui faire sentir qu'elle est la bienvenue.

Les invités descendant des autos, passent par le côté de la maison pour se rendre à l'arrière où tout a été aménagé pour le début de la noce. Ils doivent d'abord se pencher pour passer sous une tonnelle fleurie dressée expressément pour la circonstance. Une allée d'arbrisseaux remplis de roses de couleurs variées conduit à la porte extérieure du solarium. Les services de deux violonistes et un violoncelliste ont été retenus pour la période de la fête champêtre autour de la maison. On les a installés sur le patio. Le champagne coule à flots. D'autres boissons alcoolisées ainsi que du vin, des eaux gazeuses et des jus sont offerts à ceux et celles qui ne prennent pas de champagne. Des traiteurs circulent avec des bouchées et des amuse-gueule de toutes sortes. Le ciel est toujours bleu et sans aucun nuage. Le chapelet de la corde à linge aurait-il été un bon présage?

Denise et son nouvel époux reçoivent les voeux des invités. Marlène s'efforce d'afficher un air détendu. «Comment j'ai fait pour vivre ici? C'est comme s'il n'y avait rien de vrai dans ce mariage. Même papa fait semblant d'être heureux. Au fond, il est heureux temporairement de m'avoir retrouvée. Il est malheureux de perdre Denise. Moi,

237

je ne ressens rien. Je crois que j'ai trop pleuré.» Marlène promène un regard sur l'assistance. «Pauvre Idola, malgré sa toilette de fille d'honneur, elle réussit pas à cacher son ennui. Il faut que j'aille lui parler, elle me fait pitié.»

Marlène s'approche de sa soeur.

— Allô! Dola. Tu sembles bien malheureuse, qu'est-ce qui va pas?

— Y a rien qui va!

— Quoi encore? Qu'est-ce que tu as?

— Allons dans la maison.

Marlène se lève et suit sa jeune soeur. Idola l'entraîne jusqu'à sa chambre. Marlène ressent un pincement au coeur en passant devant la porte de sa propre chambre. Faisant un effort pour ne pas s'y arrêter, elle questionne sa soeur.

— Qui couche dans ma chambre?

— Personne. Papa a pas voulu. Marysol voulait l'avoir et papa a dit non. Personne en a plus parlé.

Cette réponse fait chaud au coeur de Marlène.

— Qu'est-ce qui te rend si malheureuse, Idola? Une belle fille comme toi. T'a pas de "chum?".

— Non. J'ai pas de "chum" et j'en aurai pas non plus. Marlène je veux rentrer au couvent.

Idola fait une pause. Marlène est tellement hébétée qu'elle en reste figée, la bouche ouverte.

— Mais t'es malade! Rentrer chez les soeurs! Voyons donc! En as-tu parlé à papa?

— Oui. Je voudrais rentrer pensionnaire au mois de septembre, mais y veut pas. Si t'avais vu la scène qu'il m'a faite. Il m'a même traitée de niaiseuse. J'ai assez de peine, Marlène. Si tu savais ce qu'il m'a dit...

— Dis-le moi. Qu'est-ce qu'il t'a dit?

— Il m'a dit que Dieu le punissait en lui envoyant deux têtes folles, toi et Fanny, et deux niaiseuses, Denise pour son mariage et moi pour ma vocation. Il m'a dit aussi que je partirais à vingt et un ans seulement, pas avant. Il a ajouté que d'ici ce temps-là, je pouvais toujours m'user les genoux à prier, mais ce sera à la maison que je le ferai.

— Ce qu'il peut être con ce Camille de merde. Pauvre Dola, oublie ça pour le moment, et viens t'amuser. Allez, viens! Prends ça au jour le jour. C'est ce que je fais, moi. Dis-moi, pourquoi personne m'en avait parlé? Denise et Jean devaient savoir?

— Oui. On avait décidé de ne pas t'en parler, on avait peur que tu changes d'idée et que tu viennes pas au mariage.

— Je serais venue quand même, Idola! Vous auriez pu me le dire.

Les deux jeunes filles descendent et sortent dans le jardin pour se mêler aux autres. Camille les a vues qui passaient la porte. Le père se doute bien qu'Idola ait raconté à sa soeur ce qui s'est passé entre elle et lui. Camille craint la réaction de sa Marlène. Il s'approche.

— Princesse, nous allons bientôt partir pour le Château Frontenac, tu m'accompagnes toujours?

— Aurais-je une raison de pas le faire?

— J'espère que non. Je voulais simplement vérifier.

Personne n'ajoute un mot. Marlène arrête le traiteur qui passe devant elle. Elle se prend une coupe de champagne pour elle et une pour Idola. Sa soeur refuse d'abord et devant l'insistance de Marlène, accepte. La jeune fille n'a jamais goûté au champagne. Marlène la rassure.

— Tu sais, à ton âge, je crachais pas dedans. Tu peux boire, ça te fera pas de mal.

Dès les premières gorgées, le doux visage d'Idola rosit et ses yeux recommencent à briller. Marlène est heureuse de l'effet bénéfique du pétillant sur sa soeur.

*

Les invités montent dans leur auto respective pour se rendre au Château Frontenac.

Camille, se sentant tellement heureux, oublie que Denise le quittera définitivement aujourd'hui. Marlène est là. Pour le moment, il est comblé. Dans la limousine qui les conduit au Château Frontenac, le docteur Robin est perdu dans ses pensées. C'est le père de Jean-Marc qui le ramène sur terre.

— À quelle heure les mariés quitteront-ils pour leur voyage de noces? Je m'en rappelle plus.

— À cinq heures, je crois. Ils ont réservé une chambre dans un hôtel pas trop loin de Québec. Ils feront le plus gros de la route seulement demain. Ils ne sont pas pour se rendre aux chutes du Niagara ce soir.

Le silence revient s'installer entre eux. Dans quelques minutes ils seront rendus à l'hôtel.

— Bon! On y est presque, de dire la mère du marié.

La limousine passe sous le porche de l'hôtel. Les mariés, les filles d'honneur et les bouquetières sont déjà rendus. Ils sont debout devant la porte d'entrée. Le photographe en profite pour prendre en photos les mariés et le cortège. Des placiers, costumés et chapeautés de la casquette officielle du chic hôtel, dirigent dans le hall les gens faisant partie de la noce.

Une grande salle a été aménagée pour la circonstance. La table d'honneur a été dressée sur une estrade dans la partie la plus longue de la salle. Les mariés y prennent place. Au côté de la mariée on fait asseoir son père. Vient ensuite Marlène, accompagnant Camille pour la circonstance. S'ajoutent ensuite les trois curés, Ronald, Philippe et Gérard. Suivent les grands-parents Desnoyers.

Près du marié s'assoient ses parents, ainsi que la grand-mère de Jean-Marc et sa marraine. Enfin, Pierre, le frère du marié, et son épouse viennent compléter la table d'honneur.

Une autre table, moins grande, placée parallèlement à la table d'honneur, en bas de l'estrade, est réservée aux filles d'honneur, Idola et Fanny, à la bouquetière et au petit page.

Les jumelles, ainsi que Jean et Élisabeth, la soeur de Jean-Marc, Doris et son ami sont aussi assis à cette table.

Les autres invités prennent place aux tables disposés en lignes latérales.

Cent cinquante convives sont présents à ce mariage. Très peu de gens ont décliné l'invitation du docteur Robin, sauf le docteur Garneau et son épouse Gilberte. Cette dernière a envoyé à Denise, un immense vase en cristal qui lui a été livré par la maison Birks.

La noce étant commencée, un violoniste de renom fera vibrer son archet tout au long du repas. Le vin est servi à volonté. Une entrée de foie de canard débute ce festin. Vient ensuite un potage au poireau. La côte de boeuf est servie comme mets principal, accompagnée d'une pomme de terre au four et de délicates carottes miniatures.

Ronald, assis au côté de sa filleule, Marlène, est heureux de revoir la jeune fille. Ne sachant trop comment l'aborder, ne lui ayant pas parlé depuis janvier, l'oncle-parrain se sent mal à l'aise.

— Bonjour Marlène. Je suis heureux de te revoir.

Ni réponse et ni regards lui sont adressés.

— Je sais que tu as de bonnes raisons de ne pas me répondre. Si je t'ai fait du mal, j'implore ton pardon. C'est du fond du coeur que je te dis ces paroles. Le Seigneur m'en est témoin.

La jeune fille se retourne lentement vers son oncle qu'elle a tant aimé.

— Tu as des témoins de poids, à ce que je vois... Je ne suis pas meilleure fille qu'il y a six mois.

Son parrain s'aperçoit du changement dans le langage

de sa filleule. Depuis qu'elle travaille, Marlène soigne sa diction. Ronald est agréablement surpris.

— Tu n'étais pas une mauvaise fille, il y a six mois; c'est moi qui étais un imbécile. Veux-tu me pardonner, Marlène?

— On se croirait au confessionnal, mais avec des rôles inversés. Je deviens le confesseur. Tiens, ce serait bien comme fonction, hein? "confessionneuse"! Vous pouvez parler plus fort, mon fils, il y a assez de brouhaha ici, personne ne vous entendra.

Ronald éclate de rire. Il reconnaît l'esprit vivant de sa filleule. Par le ton, il sait qu'il est pardonné.

Avant de passer au dessert, le père de la mariée se lève pour faire un discours. Le beau Camille se doit de dire qu'il s'ennuiera beaucoup de sa fille et que c'est sa meilleure, qu'il vient de donner en mariage. Le père du marié se lève à son tour pour vanter les qualités de son fils et démontrer la chance de la mariée de prendre un si bon parti. Chacun vante le bon marché que l'autre vient de faire. Marlène rit sous cape. «Il ne leur reste plus qu'à échanger les bêtes à cornes contre la mariée.»

Vient ensuite le tour de Philippe. Lentement, le gros curé trop bien nourri se lève. Bedonnant comme à son habitude et sentant la poudre trois mètres à la ronde, le pasteur débute son allocution, parlant autant avec ses mains qu'avec sa bouche. Un beau et long discours ronflant. Marylou, se tortillant sur sa chaise depuis quelques minutes, se lève subitement et, serrant les genoux, se dirige vers les toilettes. Ce qui fait penser à Philippe qu'il est temps de mettre un frein à son envolée oratoire.

Le traditionnel gâteau de la mariée vient couronner le banquet. Après le repas, on demande aux invités de passer dans une salle de bal où les attend un orchestre pour commencer la danse. Les plus jeunes s'exécutent à leur goût. Les plus vieux en profitent pour trinquer dans les digestifs et causer de politique et de travail.

Les filles qui ne sont pas accompagnées dansent avec leurs cousins. C'est le cas de Marlène qui a accroché le fils aîné de Raoul, Charles. Après un certain temps, la jeune fille le quitte pour aller se poudrer le nez dans la chambre de toilettes. C'est là qu'elle a le malheur de rencontrer sa tante Lucille, déjà pas mal éméchée.

— Tiens ma nièce préférée. Ma charmante filleule qui vole les hommes de ses tantes. Ce n'est pas la première fois que ça t'arrive, hein? Ma petite garce.

Il se passe quelques secondes avant que Marlène retombe sur ses pieds. D'abord, elle se sent déstabilisée, mais reprend vite son aplomb.

— Ne me traite pas de garce sans connaître l'histoire. Je savais même pas que t'avais déjà sorti avec Bob. C'est lui qui me l'a appris. Et, il y a plus d'un an que tu l'as quitté. Avoue! C'est toi qui l'as laissé. Alors, de quoi tu te plains?

Lucille est estomaquée.

— Écoute, Marlène, je l'aime encore, Bob. Je l'ai laissé parce qu'il m'avait promis de quitter sa femme. Et ç'a duré douze ans, ses promesses. Je me suis fatiguée de l'attendre. Pendant ces nombreuses années, il m'a tenu ce langage. Il retardait toujours en me disant que son épouse était malade et dépressive.

Pendant toutes ces années, la pauvre Lucille vivait dans l'ombre de son amoureux. Elle espérait toujours qu'un jour, elle l'aurait pour elle seule.

— Mais pourquoi voulais-tu qu'il quitte sa femme? de lui demander Marlène. Je trouve que t'avais le beau rôle. Les beaux cadeaux, les belles sorties et t'avais pas à laver ses bobettes.

— Tu penses ça, hein? J'ai vécu cachée pendant douze ans. Penses-tu que c'était drôle? Ce n'est pas vrai que j'avais le beau rôle.

—Pauvre Lucille! Tu l'avais choisie, cette vie. Tu me dis que tu l'aimes encore, mais c'est toi qui l'as laissé. Tu voudrais que je le quitte vu que tu l'aimes, mais tu veux plus sortir avec lui. Veux-tu le mettre en conserve? Je vois pas pourquoi je le quitterais.

— Tu ne te rends pas compte que tu es en train de faire le même chemin que j'ai fait. Il paraît qu'on tient toujours un peu de sa marraine, ce doit être vrai.

—C'est-y ça que tu voulais dire quand tu m'as traitée de garce? Tu te trompes, chère. Jamais je perdrai mon temps pour un homme. Faut pas croire que je vais attendre Bob en me croisant les doigts. Pour le moment, il fait mon affaire. Il m'amène dans de grands hôtels. On va manger au restaurant le midi et on se voit un soir par semaine. Plus que ça, il deviendrait encombrant. Je ne veux pas le rencontrer davantage.

— Attends... Attends! Tu changeras bien d'idée en vieillissant. Je suis rendue à quarante-huit ans et je suis seule.

— Lucille, t'as quarante-huit ans et t'es encore très belle. On t'en donne dix de moins. Les hommes se retournent sur ton passage. Papa dit souvent que tu es chanceuse parce que les années ont épargné la jeunesse de tes traits. Bois moins, et cesse de te plaindre. Quand tu t'y mets, tu es la plus grincheuse des vieilles filles. Salut!

Sur ce, Marlène quitte les lieux sanitaires en fermant la porte sur elle. «Ouf! J'ai fini par m'en débarrasser! Ce qu'elle peut être pénible à supporter, cette Lucille de merde!»

Dès qu'elle met le pied dans le grand salon, Marlène se rend compte que les mariés, déjà changés, sont revenus parmi les invités.

Denise a endossé un tailleur de voyage jaune maïs,

agrémenté d'une blouse de couleur ivoire. Une bourse et des escarpins de même ton que la blouse viennent compléter sa toilette. N'ayant pas changé de coiffure, la nouvelle mariée a gardé un rouleau lâche atteignant ses épaules.

Le marié porte un habit beige et des souliers bruns. Il a échangé le noeud papillon noir pour une cravate assortie à son habillement.

Marlène s'avance au moment où Denise s'apprête à lancer son bouquet. Sans le vouloir, elle le reçoit sur la poitrine. Elle n'a qu'à ouvrir les bras et ça y est. On l'applaudit et surtout, on ne manque pas de la taquiner en s'informant: «à quand le mariage?»

Avant de se rendre à leur voiture, les mariés serrent la main aux parents et amis. C'est l'heure de partir. Le père de la mariée a les yeux dans l'eau en voyant partir sa grande.

*

Afin de ne pas terminer la noce trop à la hâte, le docteur Robin avait réservé des tables, pour le souper, à "La Tournée du Moulin", un restaurant situé près du jardin zoologique de Charlesbourg. Camille a choisi cet endroit pour les soupers dansant que l'on y offre. Ceux qui veulent se joindre à eux sont les bienvenus.

— Marlène, il est près de cinq heures. Montes-tu avec moi? J'espère que tu viens à "La Tournée du Moulin".

— Bien... j'avais pas trop l'intention d'y aller... Je sais pas trop. J'ai des vêtements à me réparer pour le travail! Tu sais, il faut que je m'occupe de mon affaire. Je suis seule pour voir à tout. J'ai pas les moyens d'avoir une bonne.

— Marlène! C'est déjà assez ennuyant que ta soeur soit partie...Viens donc!

245

Marlène se laisse un peu tourmenter, et par son père et par ses frère et soeurs.

— O.K. mais à condition que tu viennes me conduire à la maison vers neuf heures.

— Oui. Ça me va, ma fille. Viens, on s'en va.

Le père sort avec Marlène et ses deux poules, Marysol et Marylou. Ces dernières prennent place sur la banquette derrière le chauffeur. Marlène s'assoit à l'avant près de son père.

À la "Tournée-du-Moulin", Le souper se passe sans incident. Camille semble inquiet lorsqu'il regarde sa Fanny. Elle est arrivée du Château Frontenac déjà un peu joyeuse et la voilà de nouveau dans le vin. «Mais qu'est-ce que je vais faire avec cette enfant. Elle n'a même pas quinze ans.»

— Fanny, fais attention au vin. Si tu continues, tu seras malade.

— Non, papa, je serai pas malade! J'ai trop de "fun" pour ça.

Oubliant son père et se retournant vers les jeunes gens qui l'entourent, elle continue sa conversation. Camille se rend voir son fils pour lui signaler de veiller sur sa jeune soeur. Comme Fanny est la préférée de Jean, il accepte d'en prendre soin.

Vers neuf heures, le docteur Robin accompagné des jumelles, d'Idola et de Marlène salue les invités et tous les cinq, sortent du restaurant. Jean ramènera Fanny qui avait bien trop de plaisir pour casser sa veillée.

*

Rendus à la maison, Idola et les jumelles harcèlent Marlène pour qu'elle ne parte pas immédiatement. Ayant

246

d'abord refusé, elle se ravise et accepte d'entrer pour quelques minutes. Camille se sent tellement heureux qu'il a de la difficulté à cacher sa joie. Il aimerait effacer d'un coup de baguette magique les six derniers mois où son enfant a été éloignée de la maison. Il introduit la clef dans la serrure de la porte et l'ouvrant très grande, il laisse passer ses filles en les suivant à l'intérieur.

— Tiens, de dire Marylou, le ménage a été fait. On dirait plus qu'il y a eu des noces ici. C'est de valeur, j'aimais ça voir la maison, sens dessus dessous.

— Bien non! d'ajouter son père, nous avions des gens engagés pour ça. Il fallait que ce soit nettoyé et replacé.

Tous les cinq se retrouvent d'abord à la cuisine pour se servir soit un jus, soit un verre d'eau. Camille désirant monter à la mezzanine, ses enfants le suivent dans l'escalier. Le père se rend d'abord à sa chambre pour enlever sa cravate et son veston. Il revient avec une coupe de cognac à la main. Marlène le regarde en souriant.

— T'as pas perdu tes vieilles habitudes?

— Bien non, vois-tu? Je suis trop vieux pour me départir de mes vices.

— Je te comprends, de reprendre Marlène. Même à mon âge, je me sens trop vieille pour me défaire des miens.

On cause durant une bonne heure et Marlène oublie qu'elle voulait partir tôt. Idola et les jumelles quittent, tour à tour, pour aller se coucher. Chacune n'a pas oublié de supplier leur grande soeur afin qu'elle passe la nuit à la maison paternelle, mais sans résultat.

Une lumière tamisée par un abat-jour Tiffany de couleur pêche jette ses ombres magiques dans la mezzanine. Plongés dans la pénombre, le père et son enfant prodigue sont assis ensemble, l'un en face de l'autre.

247

Prendre ses enfants comme ils sont

Après un certain temps, à brûle-pourpoint Marlène attaque un sujet délicat.

— P'pa, qu'est-ce qu'il advient d'Idola? J'ai appris qu'elle voulait entrer au couvent.

Une ombre passe dans le regard du père. Il aurait préféré ne pas aborder ce sujet aujourd'hui. Il le fait sentir à sa fille. Marlène tient à vider la question. Elle prend sa voix la plus douce afin de ne pas le vexer.

—Ça donne quoi de pas en parler? Au fond, où il est le problème? Ta fille veut faire une soeur. Après? Est-ce que ça t'embête tant que ça? Tu sais, tu réussiras pas à mettre tes enfants dans une cage. Si tu les prenais comme ils sont, tu ne serais pas plus heureux?

— Il me semble que je prends mes enfants tels qu'ils sont, Marlène. J'essaie de vous protéger, c'est tout.

C'en est trop pour Marlène.

— P'pa, écoute-moi bien. Jean veut s'en aller en appartement et tu ne veux pas, sous prétexte qu'il n'a pas terminé ses études. Résultat: il ira passer l'été en Ontario pour sortir de la maison. T'as pas voulu que Denise se marie avant vingt et un ans, tu espérais qu'elle change d'idée, ou de gars. Résultat: elle a marié le même. T'as voulu me faire enfermer quand ton ami t'a fait croire que j'étais folle. T'avais surtout peur que je découvre le secret de ma mère. Résultat: je l'ai découvert quand même. Voilà que c'est au tour d'Idola. Qu'est-ce qui se passera? Elle ne saura pas avant vingt et un ans si elle a la vocation ou pas. Tandis que si tu la laissais aller pensionnaire, peut-être que l'année prochaine elle serait sortie et n'y penserait plus. Tu fais que retarder les échéances. Je sens que le tour de Fanny s'en vient. T'arrêtes pas de la surveiller. Elle est comme moi. Puis après? Je vais sur mes dix-neuf ans et je suis pas morte. Y a pas que les jumelles qui sont "les poules" ici. Toi, t'en es le père-poule.

Camille prend une longue respiration, change de siège et vient s'asseoir près de sa fille dans le fauteuil à deux places. La porte qui donne sur le balcon est ouverte. Il reçoit une brise qui lui fait du bien. Il a besoin d'air.

— Commençons par le point qui m'a le plus frappé dans ce que tu m'as dit. Quel secret de Madeleine as-tu découvert?

Marlène était certaine qu'il commencerait par ce point.

— Ma mère avait sorti avec Sylvio Garneau!

Camille blêmit. Il a la gorge sèche. Essayant de se contenir, il s'efforce de montrer un air détendu.

— Qui t'a dit ça?

— Personne. Ça t'étonne, hein? Grand-maman m'a donné une bague qui appartenait à maman. Une améthyste qui est montée sur un coussin en vieil argent. Elle m'a dit que ma mère l'avait reçue en cadeau d'un ami qui la fréquentait quand elle était très jeune. Grand-maman ne savait pas que cette pierre violette était un loquet qui pouvait s'ouvrir. J'ai découvert le mécanisme en inspectant cette bague sous toutes ses formes. J'ai été très surprise d'y trouver, à l'intérieur l'inscription, "*S.G-M.D. 1922*". L'idée m'est venue immédiatement. Sylvio Garneau et Madeleine Desnoyers.

Marlène fait une pause. Camille est blanc comme un linge.

— P'pa! Dis-moi donc la vérité! Je suis plus une enfant. Maman sortait-elle avec Sylvio Garneau avant votre mariage?

Camille hésite. Il se prend la tête dans les mains. Il ne sait plus quoi faire.

— Écoute Marlène, comme tu le dis, tu n'es plus une

250

enfant. J'ai confiance en toi. Je vais te raconter ce qui est arrivé. Mais avant, je veux que tu me jures que tu n'en parleras à personne. Je veux que tu comprennes pourquoi j'ai faibli devant le chantage de Sylvio.

— Vas-y, je te jure que ça restera entre nous.

Camille se lève, retourne à sa chambre avec sa coupe vide. Marlène comprend qu'il a besoin d'une autre rasade de cognac. Elle le suit et pénètre dans la chambre derrière lui.

— Si tu voulais, papa, j'en prendrais un peu de cognac, moi aussi. Tiens, on va s'asseoir ici devant le foyer, même si tu l'allumes pas.

— Oui, je préfère, j'ai peur que les jeunes entendent. Surtout la Marylou, je te dis qu'il faut y faire attention.

Camille ferme la porte. Il revient s'asseoir dans le fauteuil voisin de celui de sa fille. Camille prend son temps. Avant de parler, il réfléchit. Le docteur Robin veut que ses paroles soient dites comme il faut. Il ne voudrait pas qu'elles soient mal comprises par sa fille. Et, il ne faut surtout pas que la mémoire de sa femme soit entachée.

— Ce n'est pas facile pour moi de te raconter cette histoire; j'aurais préféré ne jamais en parler à qui que ce soit. Mais je sens que je te dois bien cela. Je ne veux pas que tu me haïsses. Et surtout, je ne veux plus te perdre.

— Papa, si c'est trop pénible, laisse tomber! N'en parlons plus. Il y a six mois que je suis partie...

— Non. Je veux que tu saches. Vois-tu, quand Madeleine avait dix-huit ans, elle sortait avec Sylvio Garneau. Elle avait, à cette époque, Gilberte comme amie. Cette dernière était fréquentée par un autre garçon et Sylvio faisait la cour à ta mère. C'était le grand amour. Quand Madeleine eut vingt ans, elle est devenue enceinte. Ce fut la catastrophe. Sylvio était dans sa dernière année de médecine. Il voulut épouser Madeleine mais tes grands-parents n'ont pas accepté. Ils trouvaient leur fille trop jeune et ne voulaient plus de Sylvio pour gendre. Il avait déshonoré la famille Desnoyers. Ils ont expédié leur fille à Montréal chez la soeur de ta grand-mère qui n'avait pas d'enfant. Cette tante et son mari ont bien pris soin de Madeleine. Quand le temps d'accoucher fut venu pour ta mère, la tante l'envoya à la Miséricorde. Comme ta grand-mère l'avait demandé, on lui enleva son enfant. Tout ce que la pauvre Madeleine apprit, c'est qu'elle avait mis au monde un garçon. Elle n'était pas encore majeure. Elle ne put rien décider. Elle n'a jamais vu son bébé.

Marlène reste bouche bée. Elle ne pensait pas que l'histoire de sa mère fut aussi tragique. Elle ne sait plus quoi dire à son père qui semble si malheureux.

— C'est affreux, papa. Je n'aurais pas pensé que grand-maman puisse être aussi dure. Quant à grand-papa, ça me surprend pas.

— Ils ont fait pour bien faire, tu sais. Madeleine est revenue chez elle avec la défense formelle de revoir Sylvio. Il paraît que le pauvre garçon était au désespoir.

— Mais, bon Dieu! Maman n'avait pas de colonne vertébrale.

— Il faut regarder ça avec les yeux de l'époque... Les deux amoureux ont commencé à s'écrire. C'est Gilberte qui transportait le courrier. Cela se faisait clandestinement. Au bout d'une année, ta mère perdit le goût d'écrire et Sylvio aussi. Gilberte et Sylvio commencèrent à s'attacher mutuellement. Ta mère n'en eut aucune peine. Un an après, j'ai commencé à sortir avec elle.

— Mais toi, étais-tu au courant de leur histoire d'amour?

— Je savais qu'ils étaient sortis ensemble. Je pensais même qu'ils se marieraient. Avant que l'on se fiance, ta mère me raconta tout. Il n'y avait rien à dire. Ce n'était ni de sa faute, ni de celle de Sylvio. Personne de ma famille, sauf

252

Philippe et Ronald ne connaissait cette histoire.

— Pourquoi les deux curés ont été mis au courant?

— C'est Gérard, qui, par honnêteté leur a raconté ce qui était arrivé. Ronald et Philippe ont décidé de laisser cela mort. S'il avait fallu que ma mère sache ça. Tu vois le tableau?

— Ouf! Oui. Pauvre maman, elle en aurait vu de toutes les couleurs avec sa belle-mère.

— Nous sommes restés amis avec Gilberte et Sylvio. Il m'arrivait d'avoir peur que Madeleine pense à son ancien amant. Il m'est même arrivé de faire des scènes à ma femme. Mais aujourd'hui, je sais que je me trompais. Madeleine était fidèle. J'ai été l'ami de Sylvio jusqu'à ce fameux soir où il t'a fait des avances. Je pense qu'il n'a pas pu supporter ta ressemblance avec Madeleine. Après, il m'a fait chanter à l'hôpital. Il voulait que je te fasse interner ou bien il raconterait mes sorties avec Rita. Jusque-là, ça ne me dérangeait pas. Quand il m'a laissé entendre qu'il dirait que Madeleine avait été sa maîtresse, je me suis senti coincé.

— Comment t'en es-tu sorti?

— J'ai d'abord étiré le temps. J'ai fait semblant d'abonder en son sens. C'est pourquoi j'ai accepté de venir ici avec deux médecins choisis par lui. Mais jamais, Marlène, je ne t'aurais laissé enfermer. Je te le jure sur la tête de Madeleine.

Ceci fit du bien à Marlène d'entendre ces paroles. Elle éclata en sanglots. Son père pleurait autant qu'elle.

— Pardonne-moi, ma fille. Je sais que je t'ai fait du mal. J'ai été méchant dans mes paroles à cette époque, mais, je ne voulais pas te raconter ce que je viens de te dire.

— Comment as-tu fini par t'en sortir?

— Je suis allé voir Gilberte et lui ai raconté l'histoire. Elle a pris la situation en main. Elle a demandé à Sylvio

253

d'arrêter son chantage sinon elle le plantait là. Il a eu peur qu'elle ne le quitte et n'a plus rien dit. Il vient de prendre sa retraite à la fin avril. Je ne le vois plus et j'en suis bien aise.

— Est-ce que maman a déjà cherché à trouver son enfant?

— Je ne le sais pas. Nous n'en parlions jamais. Quand Jean est venu au monde, elle a tellement pleuré. Il remplaçait le garçon qu'on lui avait enlevé.

— A quelle date était né son premier bébé?

— Le 12 juillet 1923, à deux heures trente du matin. Et Jean est né le 14 juillet 1928 à la même heure. Je ne peux pas oublier ni la date ni l'heure. Elle se consolait en pensant que le premier était peut-être mort et qu'il naissait de nouveau en la personne de Jean. C'est le pauvre Sylvio qui a été le plus éprouvé dans ce malheur. Il n'a jamais eu d'enfant avec Gilberte.

— C'est vrai. Il me semble qu'il aurait pu faire des recherches pour retrouver son fils.

— Je ne sais pas s'il en a fait. Il ne m'en a jamais parlé. C'était délicat; j'étais le mari de son ancienne maîtresse.

Marlène regarde l'heure.

— Hein? Minuit et demi. Écoute, t'es pas pour venir me conduire, t'as trop pris de cognac. Je vais prendre un taxi.

Camille se lève en même temps que sa fille. Il lui met une main sur une épaule.

— Tu ne prendras pas de taxi. Ou je vais te conduire, ou tu restes à coucher ici. Ton lit est toujours là. Je n'ai jamais laissé personne prendre ta chambre. Je la gardais pour toi.

— Papa! Tourne la page, veux-tu?

Les larmes brouillent la vue du pauvre Camille. Il a de la difficulté à parler.

— On tournera la page, demain. Fais-moi plaisir! Couche ici ce soir. Les filles seraient si contentes. La maison est tellement vide.

La jeune fille n'ose pas partir. Elle s'approche et embrasse son père sur la joue gauche.

— O.K. pour ce soir. Mais demain, tu viendras me conduire, tu me le promets?

— Oui. Prends-toi un pyjama dans les vêtements de Denise, je sais qu'elle n'a pas tout emporté.

— J'ai des vêtements qui sont restés ici. Je vais me mettre à l'aise et je descends prendre une bouchée à la cuisine. Est-ce que ça te le dirait?

— Et comment que ça me le dirait, ma fille! Le temps de me mettre en pyjama, d'enfiler une robe de chambre et on se rejoint à la cuisine.

Dix minutes plus tard, le père et la fille fouillent le frigo. Il y a plein de bonnes choses que les traiteurs ont laissées.

— Oh! P'pa, regarde-moi ces belles petites bouchées. Avec du caviar mon cher. Hum! C'est délicieux.

Marlène prépare une petite assiette pour son père, d'abord. Camille est habitué de se faire servir. Il est déjà assis au bout de la grande table de la cuisine qui ressemble à un réfectoire. La jeune fille lui présente une assiette remplie d'amuse-gueule. Elle prépare du café et à son tour se sert une platée.

— Tu as fait repeindre la cuisine? Elle est belle, toute blanche comme ça!

— Elle n'avait pas été rafraîchie depuis une dizaine d'années. C'est maman qui l'avait fait peindre en jaune après la mort de ta mère.

— Je l'aime bien mieux blanche. Ça donne le goût de cuisiner.

— Ne te gêne pas, hein?

255

— C'était une farce! C'est vrai que ça donne le goût mais, ça veut pas dire qu'on doit passer à l'action.

— Marlène, tu n'aimerais pas ça revenir habiter ici?

La jeune fille réfléchit avant de répondre. Elle pèse bien ses mots.

— Papa, depuis six mois que je suis partie. Pour m'adapter à ma nouvelle vie, j'ai dû faire des sacrifices. Surtout dans les conditions où je suis sortie de la maison. J'ai mis deux mois à m'habituer aux changements: travail, chambre, nouvelle alimentation. Tu sais, ç'a pas été facile. Je pleurais tous les soirs pendant mon adaptation. Est-ce que j'aurais fait ces sacrifices pour rien? Je reviendrais ici pour repartir plus tard et recommencer? Je ne suis pas sûre que ça me plairait.

— Je te comprends! Mais que fais-tu pendant tes soirées?

— Je fais mon ménage. Je prépare mes vêtements pour le lendemain. Je couds. Parfois je sors.

— Avec tes amies de fille?

— Oui... Parfois avec elles, et je me suis fait d'autres amis.

— Amis? de filles ou de garçons?

— Les deux.

Marlène voit venir son père. Enfin la question sort.

— As-tu un "chum"?

Marlène a envie de rire. Soudain elle a le goût de le choquer.

— Pas un "chum"! Un amant.

— Quoi? Tu me fais marcher!

— Non, non. J'ai un amant.

Camille connaît sa fille. Ce peut être vrai comme ce peut aussi bien ne pas l'être.

— Si tu as un ami, pourquoi ne l'as-tu pas amené au mariage de ta soeur.

256

— Il ne pouvait pas. Il est marié.

Le pauvre Camille faillit s'étouffer avec son café. Il était déshabitué de la franchise de sa fille.

— Mais, es-tu folle? Tu joues les seconds violons.

— Puis? Si j'aime ça, moi, jouer les seconds violons...

— Mais vas-tu passer ta vie à sortir en cachette avec un homme? Où l'as-tu connu, est-ce qu'il pensionne avec toi?

Marlène ne répond pas immédiatement. Elle le fait languir.

— Non. Je travaille pour lui et je l'aime.

— Il t'a fait croire qu'il laisserait sa femme? je suppose. C'est classique.

— Absolument pas. S'il laissait sa femme, je voudrais plus de lui.

— Mais où allez-vous ensemble?

— Pauvre Camille, mais où allais-tu, toi avec la belle Rita? Hein? Moi, je vais à l'hôtel une fois par semaine. C'est suffisant.

— Eh bien! Tu te contentes de pas grand-chose, ma pauvre fille. Tu marches dans les traces de ta tante Lucille. Elle aussi sort avec un homme marié depuis une quinzaine d'années, je crois. Regarde ce que ça lui donne.

— Elle sortait, avec un homme marié. Elle ne sort plus avec. Elle l'a laissé. Alors, c'est moi qui l'ai pris.

— Quoi? C'est avec ce Bob Turner que tu sors? Mais... que dit Lucille?

— Elle a le feu au derrière.

— Je comprends. Marlène tu n'agis pas bien. Et si tu devenais enceinte?

— Je ne deviendrai pas enceinte. Il y a des moyens, tu sais? On n'est plus en 1923.

Camille s'est arrêté de manger. Ils entendent une auto rouler dans l'entrée. Une porte claque et l'auto repart. Dix

257

secondes plus tard, la grande Fanny rentre en coup de vent. Elle aperçoit de la lumière sous la porte de la cuisine. Sans faire de bruit, elle la pousse et aperçoit sa soeur avec son père. En les voyant, elle éclate de son rire qui lui est propre. Un rire s'égrenant comme des clochettes.

— Marlène! Tu couches ici? Que je suis contente!

Fanny saute au cou de sa soeur et la serre dans ses bras. Elles sont de la même grandeur. Une blonde et une noire aussi belles l'une que l'autre.

— Avec qui es-tu rentrée, Fanny? De s'informer son père.

— Avec Jean. Y est allé conduire son amie. Y m'a dit qu'y revenait tout de suite. Attendons-le avant d'aller nous coucher, O.K.? On dirait qu'on fête encore la noce. Je pensais justement, avant d'entrer, comme ce serait ennuyant dans la maison. Yahou! C'est formidable.

Même Camille a repris sa bonne humeur. Il oublie momentanément l'amant de sa fille.

— Oui ma belle Fanny, Marlène nous fait un beau cadeau ce soir. Elle reste à coucher ici. Moi aussi je trouve cela formidable. Tes soeurs ne le savent pas encore. Elles dormaient déjà quand Marlène s'est décidée.

Fanny se remplit une assiette à son tour et se verse un verre de lait. Joyeusement, elle vient trouver les deux autres à la table. En riant, elle raconte sa soirée. À l'entendre, elle n'a pas arrêté de danser. Pour la jeune Fanny, le jour du mariage de sa soeur restera gravé longtemps dans sa mémoire.

À peine quinze minutes plus tard, Jean revient à la maison. Heureux de retrouver une partie de sa famille autour de la table, il s'installe lui aussi.

— Si j'avais su, j'aurais amener ma blonde. Je suis bien content Marlène que tu sois ici. Tu nous amènes de la gaieté. On en avait besoin après le départ de Denise.

Il se penche et embrasse sa soeur sur la jouc.

— J't'adore, p'tite soeur.

Camille regarde l'heure.

— Aie, les jeunes, deux heures et demie. On va être beau pour la messe demain matin.

— Cré vieux père, va! Faut toujours qu'y se couche à l'heure des poulets. On ira à celle d'onze heures, y a pas de problème, de lancer Fanny.

Chacun se souhaite bonne nuit et regagne sa propre chambre. Marlène retrouve vite son ancienne habitude. Fermant la porte et éteignant la lumière du plafonnier, elle allume la petite lampe de sa table de chevet, à la droite de son lit. Cette petite merveille que son parrain lui offrit en cadeau lorsqu'elle eut les fièvres. Un pied de porcelaine blanche, munie d'un abat-jour en feuille de riz de couleur rose. Elle se rend à sa chambre de bain, retrouve son ancienne brosse à dent dans le verre, telle qu'elle l'avait laissée. Faisant couler l'eau chaude pour l'ébouillanter, histoire de la ramollir, elle se brosse les dents, se débarbouille tant bien que mal et «oups, dans le lit. Je prendrai mon bain, demain matin.»

*

La nuit est courte pour la famille Robin. C'est Idola qui se lève la première. À neuf heures et quart, sans faire de bruit, elle descend à la cuisine pour se préparer à déjeuner. Apercevant un sac à main blanc sur la table, la jeune fille reconnaît la bourse de Marlène. «Hein? Marlène aurait oublié sa bourse je suppose... Je lui téléphonerai plus tard. À moins qu'elle ait couché ici ... Il faut que j'aille voir.»

La future religieuse sortant de la cuisine, se dirige à la

course vers le grand escalier qu'elle monte en un rien de temps. Sans faire de bruit, elle ouvre la porte de chambre de sa soeur. Passant la tête à l'intérieur, elle étire le cou pour vérifier. Effectivement, elle aperçoit Marlène. Refermant aussi silencieusement qu'elle avait ouvert, elle retourne à la cuisine.

À peine vient-elle de commencer à manger que Marylou fait son entrée.

— La poule, devine qui a couché ici?

— Élisabeth, la blonde à Jean.

— Non... Devine encore!

— Hein? Marlène, je te gage!

— Ouiiiiiii!

— C'est vrai? Tu ne me racontes pas de blagues?

— Non, non. Je viens d'aller vérifier. Regarde, c'est sa bourse.

— Hein? J'ai envie de fouiller dedans.

— Marylou! Que je t'y prenne pas. Tu sais, ça se fait pas.

— C'est une farce, voyons!

— J'espère! Pauvre Marylou Robin, je te dis que t'es pas sortie du bois.

L'enfant de douze ans, éclate de rire. Idola s'adressant à sa jeune soeur s'informe.

— Marysol est pas réveillée?

— Oui. Elle est partie à la grand-messe, pour neuf heures et demie.

— Toi? Tu vas venir à onze heures avec nous?

— Ouais... On devrait être dispensé de la messe, on vient d'en entendre une, hier au mariage.

— Marylou! Mais c'est beau, la messe!

— Ben, Idola Robin, j'ai pas envie de faire une soeur moi, tu sauras. J'ai pas besoin d'être à l'église sept jours sur sept.

260

— Pourtant ça te ferait du bien.

La conversation s'arrête là. C'est au tour de Marlène, toute radieuse de se pointer dans la cuisine.

— Allô les filles. Comment ça va?

— Marlène! On est assez contentes que tu sois restée à coucher, de souligner Idola.

Marylou est déjà dans les bras de sa grande soeur. Elle la serre bien fort.

— Es-tu revenue pour de bon? Dis oui! Hein?

— Bien non, Marylou. J'ai un autre chez-nous. Tu le sais, tu peux venir tant que tu le veux.

L'enfant fait la moue et se recule. Jean rentre à son tour. Cinq minutes plus tard c'est Camille qui vient rejoindre ses enfants. Marlène lui fait son déjeuner. Le docteur Robin est heureux comme un roi lorsqu'il s'adresse à Marylou.

— Écoute ma poule, tu vas aller réveiller Fanny pour la messe de onze heures. Si elle rue trop dans les brancards, laisse-la dormir. Je ne veux personne de mauvaise humeur aujourd'hui.

Marylou quitte la cuisine et revient très vite.

— Elle est déjà levée. Elle veut aller à la messe, elle aussi, vu que Marlène y va.

— Bon. Tant mieux. Tu vois Marlène? Je te l'ai dit, nous avons besoin de toi, ici.

La jeune fille remue la tête et éclate de rire. Elle le voit venir. Depuis hier qu'il obtient tout ce qu'il veut. «Mon Dieu que je suis molle. Il est d'abord venu me chercher dans mon banc, à l'église, pour m'amener à l'avant. J'avais pourtant dit que j'irais pas avec la famille, mais... le plus à l'avant qu'on puisse aller, à part ça! Ensuite, je voulais pas venir à la maison, je suis venue. Je ne voulais pas me rendre au Château Frontenac, j'y suis allée. Je ne voulais pas parler à Ronald, j'y ai parlé. Je ne voulais pas me déplacer jusqu'à la "Tournée du Moulin", je voulais pas

261

venir ici, je voulais pas coucher ici... Bon Dieu!» Son père la regarde.

— Tu as l'air soucieuse?

— Il y a de quoi!

— Ah oui? Qu'est-ce qu'il y a?

— Je te le dirai pas.

— Regardez, de dire Camille, mais regardez donc comme il fait beau! Après la messe, nous devrions nous baigner à l'extérieur. On se ferait un gros pique-nique et on mangerait sur le bord de la piscine.

— Et quand, viendrais-tu me conduire chez moi? De s'informer Marlène.

Elle voit une ombre passer dans le regard de son père, elle se rend compte qu'elle n'aurait pas dû mentionner le "chez moi". Elle corrige en douceur.

— C'est que j'ai des vêtements à me préparer...

— Je comprends. Alors, quand veux-tu partir, princesse?

— O.K. Huit heures, ce soir, au plus tard!

Le bonheur illumine les yeux noirs de Camille. Il a la journée entière à passer avec ses enfants.

— Jean, vas-tu venir avec Élisabeth?

— Oui. C'est à ça que je pensais. Ce serait le fun, hein?

— Bravo, de triompher Camille. Lorsqu'on reviendra de l'église, toute la famille mettra la main à la pâte et on fera des sandwichs.

Les enfants éclatent de rire. Camille ne saurait probablement pas faire un sandwich.

— Quelles sortes de sandwichs tu vas faire, p'pa? Au beurre de "pinottes"? De s'informer Fanny.

— D'arachides, Fanny! d'arachides, de reprendre son père. Moi, je ne ferai que des "sandwichs" français.

— Dans ce cas-là, tu feras pas de sandwichs non plus,

de lui signaler Marylou, c'est un mot anglais.

— Oui, mais il est francisé, celui-ci.

La cuisine bourdonne de bonne humeur et de joie de vivre. Il y a longtemps que la maison des Robin n'a pas respiré le bonheur comme aujourd'hui. Camille ne voudrait pas que la magie s'arrête.

La journée passe en un clin d'oeil. Marlène avait invité son amie, Marie. Élisabeth est là avec son Jean. Quelques amies des jumelles et de Fanny se joignent à eux pour ce bel après-midi de pique-nique chez les Robin du Trait-Carré.

À sept heures, les étrangères sont parties. Jean est sorti avec sa blonde. Il ne reste que Camille et Marlène assis sur la terrasse, les jumelles jouant au tennis avec Idola et Fanny. Le père croit bon de revenir à la charge.

— Marlène? Pourquoi ne reviens-tu pas habiter avec nous? Tu seras libre. Tu continueras de travailler si tu le veux et tu garderas... hum... ton amant. Je ne dirai pas un mot, même si je trouve que tu perds ton temps.

— Papa! On en a déjà parlé. Je te l'ai dit que j'étais bien dans ma chambre.

— Tu ne peux pas être confinée à une chambre toute ta vie.

Le téléphone sonne et vient interrompre momentanément leur conversation. Camille est allé répondre et revient au bout de quelques secondes.

— Marlène, c'est pour toi. Ton frère veut te parler.

Marlène prend le combiné.

— Marlène, veux-tu m'attendre? De lui demander son frère au téléphone. Je vais aller te conduire. J'ai des choses à te causer. Je serai à la maison... disons... vers huit heures et demie, ça te va?

— Bien... Pas plus tard que ça, j'ai de l'ouvrage qui m'attend.

Pression sur les épaules

Détectant de l'inquiétude dans la voix de son frère, Marlène est soucieuse.

— Papa, t'auras pas à venir me conduire, Jean va le faire. Il sera ici vers huit heures et demie.

— Tant mieux. On t'aura avec nous un peu plus longtemps.

— Ouais! Si ça continue, je partirai plus.

— Tant mieux. Tant mieux. Où en étions-nous, déjà? Ah oui, j'étais à te faire des concessions...

— Des concessions! Ah, je te dis que toi, Camille Robin, t'es bon.

— Écoute, princesse. Ne me donne pas de réponse aujourd'hui. O.K.? Penses-y pendant cette semaine et samedi prochain, appelle-moi pour me dire si tu veux bien revenir habiter ici. Je pourrais te conduire à ton travail à chaque matin. Pense à ça.

Ne voulant pas décevoir son père, la blonde Marlène ne répond pas. Les jeunes ont terminé leur set de tennis et viennent les rejoindre. Jean arrive à neuf heures moins le quart.

— O.K. p'tite soeur. Je m'excuse, je suis un peu en retard, mais me voilà.

Les quatre jeunes demeurant à la maison semblent attristées du départ de leur grande soeur.

— Vas-tu revenir Marlène? De s'informer Marysol.

— Ben oui, voyons! Je ne pars pas en mauvais terme. Je vais revenir, c'est certain.

Camille et ses filles embrassent Marlène. Le père a les yeux pleins d'eau. Marlène ne se retournant pas, sort par le côté du jardin.

— Dépêche-toi à démarrer, Jean, ou j'éclate.

265

— On y va, on y va. Retiens-toi.

L'auto s'engage dans la rue. Ce n'est que dix minutes plus tard que Jean ouvre la bouche.

— Marlène, je ne t'avais pas dit, avant le mariage de Denise, que j'avais une nouvelle blonde.

— Mais, je m'en suis rendu compte, imagine-toi donc!

— Excuse-moi. Pierrette et moi, c'est fini. Mais ça n'a pas fini comme j'aurais voulu...

— Comment ça?

— Elle est enceinte.

— Quoi? Elle est enceinte et tu la flanques là?

— Ce n'est pas si facile que ça.

— Qu'est-ce qui n'est pas si facile?

— Je ne suis pas prêt à me marier. Je n'ai pas fini mes études. Je ne peux quand même pas gâcher ma vie.

— Écoute-moi bien, Jean Robin. T'es pas prêt à gâcher ta vie, d'accord. Mais comment oses-tu gâcher celle d'une fille et de son enfant?

— Ce sont de bien gros mots. Pierrette pourra refaire sa vie. Elle peut donner l'enfant en adoption et n'en parler à personne.

— Oui, mais elle, elle saura! Toi, tu sauras. Jean serais-tu sans-coeur? Tu me dis ça tout naturellement.

— Je n'aurais jamais dû t'en parler.

— En effet. Jamais je pourrai dormir tranquille sachant que l'enfant de mon frère est laissé à l'abandon. Papa est au courant?

— Hum... Je ne lui en ai pas parlé, mais je pense qu'il s'en doute.

— Pourquoi tu dis ça?

— Il s'informe souvent si j'ai des nouvelles de Pierrette. Un jour il m'a dit qu'il était content que j'aie changé de blonde. Il pense qu'Élisabeth a plus de classe que Pierrette.

266

— Ce n'est pas une preuve qu'y se doute de quelque chose. À ta place, j'y en parlerais.

— J'ai essayé, mais je ne suis pas capable. Voudrais-tu lui en parler, toi?

— Bon Dieu, Jean, prends tes responsabilités!

— Marlène, ne me chante pas de bêtises! J'en ai trop sur les épaules dans le moment. Je pars pour Guelph, dès demain.

— Je verrai ce que je peux faire. T'as tellement été bon pour moi, je te laisserai sûrement pas tomber. Je ne sais pas comment je vais lui annoncer ça, je verrai.

— Je te remercie, Marlène. Je n'avais pas dit à Denise que Pierrette était enceinte. Je ne trouvais pas comment aborder le sujet.

Ils sont rendus devant la maison où habite Marlène. Elle embrasse son frère, sort de l'auto et se dirige, la tête basse, vers son logis.

*

Se pointant au travail le lundi matin, Marlène n'a pas tellement la tête à ce qu'elle fait. Vers neuf heures, comme à son habitude, Bob se rend voir la jeune fille au lieu d'aller directement à son propre bureau.

— Allô la blonde, quelles sortes de noces as-tu passées?

— Superbes!

— Bon! Tu t'énervais pour rien, je te l'avais bien dit. Ton paternel? Comment s'est-il comporté?

— En paternel, justement. Je suis revenue à ma chambre qu'hier soir vers neuf heures.

La jeune fille raconte au beau Bob, le déroulement de sa

fin de semaine, sauf le problème de son frère. C'est un problème familial, il le restera.

— Mon père aimerait que je retourne habiter avec
eux.

— Qu'est-ce que tu vas faire?

— Je ne sais pas. J'hésite.

— Tu hésites? T'es folle, ou quoi? Tu es bien, il me
semble! Pourquoi retourner dans cette maison? Moi je
pense que ce serait bien que tu déménages, oui, mais pour
te prendre un appartement où tu seras libre de recevoir qui
tu veux.

— Avec le salaire que je gagne, voir si j'ai le moyen
de faire ça.

— Bien, je pourrais t'aider un peu. À la place de payer
une chambre d'hôtel, je te donnerais le montant pour t'aider
à payer ton appartement.

— Non merci, monsieur! Je ne serai jamais une fille
entretenue.

— Tu es orgueilleuse pour rien. Je serais heureux de
faire ça pour toi. Je commence à être fatigué de me cacher
dans une chambre d'hôtel.

— T'aimerais mieux te cacher dans mon appartement?

— Bien, ce serait comme un petit chez nous.

Marlène n'est pas heureuse de la tournure de la situation. Elle réfléchit. «S'il croit m'avoir comme ça, il ne me
connaît pas.»

— Veux-tu Bob, on reparlera de ça une autre fois? Je
n'ai vraiment pas le goût de continuer cette conversation.

— O.K. Comme tu voudras. Mets-toi la tête dans le
sable et continue de faire l'autruche.

Là, c'en est trop. Marlène prenant les papiers qu'elle
doit aller porter dans un autre Service, sort sans regarder
son ami. En chemin, elle raconte le mariage de Denise à
quelques personnes qu'elle croise. Quand elle revient à son

bureau, Bob a disparu. Elle en est bien heureuse.

À onze heures trente, elle reçoit un téléphone de son père. Il n'avait rien de spécial. Son père l'appelle seulement pour lui montrer qu'il existe. Camille répète son geste à chaque midi jusqu'au jeudi.

— Marlène, je ne t'appellerai plus avant samedi. À ce moment, c'est toi qui me téléphoneras pour me donner ta réponse.

La jeune fille ne répond pas. Elle sent une pression sur ses épaules. Que devrait-elle faire? Après avoir fermé le téléphone, elle regarde l'heure. «Il est midi moins quart». Se levant, elle se dirige vers les ascenseurs et descend d'un étage. Elle frappe à la porte du bureau au-dessous du sien.

— Lucille, t'as pas mangé?

Lucille est un peu surprise de voir poindre sa nièce.

— Non...

— Veux-tu qu'on aille prendre une bouchée ensemble? J'ai quelque chose à te raconter et surtout je veux avoir ton idée. On irait à notre restaurant de la Grande-Allée.

— Bon. Tu as besoin de moi? Bien ça me fait plaisir. Mais je te connais. Tu veux avoir l'idée des autres, mais tu fais toujours à ta tête.

— Lucille! Viens donc!

— Bon. J'arrive... J'arrive!

Sortant de l'édifice, les deux secrétaires semblent très heureuses de se retrouver. Au restaurant, elles repèrent une table dans un coin assez isolé.

— Comment se fait-il que tu ne sois pas allée dîner avec Bob?

— Je n'avais pas le goût.

— Ouais! Comment la journée a-t-elle fini, samedi?

— Oh, ça s'est terminé dimanche soir, seulement. C'est Jean qui est venu me conduire, en soirée.

— Ah ben, tant mieux! Ton père et les enfants de-

269

vaient être contents?

— Oui! Et moi aussi! Papa voudrait que je retourne à la maison.

Et Marlène de raconter la conversation qu'elle avait eu avec son paternel. Lucille l'écoute attentivement.

— Marlène, tu feras juste ce que tu voudras, je le sais. Mais, moi je trouve que ton père a payé bien cher son comportement maladroit de l'hiver dernier. C'est toi qui décides, hein? Qu'as-tu l'idée de faire, toi?

— Je ne sais trop. J'ai peur de le regretter.

— Fais donc ce que tu as le goût de faire. Ne fais pas languir ton père jusqu'à samedi. Appelle-le cet après-midi et donne-lui ta réponse: oui ou non. Pendant que tu es assise entre deux chaises, ce n'est pas bon, ni pour toi, ni pour lui. Il n'est plus à un âge pour souffrir de même.

— T'as raison. Il faut que j'y donne une réponse. Je vais réfléchir comme il faut et je vais l'appeler tantôt.

La jeune fille prend une pause.

— Lucille, c'est fini avec Bob. J'y ai pas dit, mais je vais y dire. De toute façon je sortirai plus avec lui, c'est sûr.

— Qu'est-ce qui t'a fait changer d'idée.

— Je ne sais pas. Quand je l'ai vu ce matin, j'ai su qu'il m'attirait plus. C'est vraiment fini.

— J'espère que tu ne fais pas ça à cause de ce que je t'ai dit au mariage.

— Absolument pas. Je ne sais pas ce qui s'est passé... Il voudrait que je loue un appartement pour recevoir Monsieur. C'est ça qui a fait tout basculer, je crois. Je veux plus rien savoir de lui. Si je loue un appartement, ce sera pour moi, pas pour lui.

Lucille ne sait plus quoi dire. D'une manière ou d'une autre, elle sait bien qu'elle non plus ne sortira plus avec lui.

En revenant au travail, Marlène regarde l'heure. «Une heure et quart.» La jeune fille tire le téléphone près d'elle et compose un numéro.

— Papa, es-tu occupé?

— Non, je prends mon dîner. Je me suis fait venir un sandwich. Y a-t-il quelque chose qui ne va pas?

— Non. Je voulais te donner ma réponse... Je retourne à la maison.

Encaisser des coups

Camille n'en croit pas ses oreilles. Il pense rêver.

— Je suis content, ma fille! Très, très content! Tu sais, j'espérais que tu reviennes. Du fond de mon coeur je l'espérais! Pour toi, pour moi, pour le reste de la famille, je crois que ce sera mieux ainsi. Veux-tu que je te prenne après le travail?

— Wow, wow, là! Pas si vite! D'abord, y faut que je donne une semaine d'avis à ma logeuse. Nous nous étions arrangées comme ça. Aussi, y faut que j'emballe mes affaires.

— Tu peux payer une semaine d'avis sans demeurer à ta chambre. C'est autant pour ta logeuse, la pièce sera libre plus vite. Les filles pourraient aller t'aider à empaqueter tes affaires, samedi. Qu'est-ce que tu en dis?

— Ben, je sais pas trop. Je trouve ça vite!

— Marlène!

— Bon. O.K. viens me prendre après le travail. On fera un saut jusqu'à ma chambre. J'irai me chercher des vêtements pour demain et je réglerai le reste en fin de semaine.

— Parfait. Là, tu jases. Je t'attends à la sortie à quatre heures trente?

— O.K. Salut.

Marlène se sent soulagée. Radieuse, la jeune secrétaire descend d'un étage pour aller claironner la bonne nouvelle à Lucille.

Ce même soir, Marlène Robin se réinstalle dans la maison de son père. Ses jeunes soeurs sont folles de joie. Le dimanche, en après-midi, quand Marlène fut bien placée, Camille lui demande son avis sur la décision qu'il entend

273

prendre.

— Princesse, j'ai une idée en tête. Tu me diras ce que tu en penses. Je veux faire un compromis avec Idola. En septembre 1953, si elle a encore l'idée d'entrer au couvent, eh bien! Elle ira pensionnaire. D'ici là, ça lui donnera un an pour y penser. Si elle change d'idée entre-temps, elle restera ici et on n'en parlera plus.

— Papa, je trouve que t'as une bonne idée. Tu devrais la lui annoncer au plus tôt; ça la rendra tellement heureuse.

Camille acquiesce. Il demande à Marlène de lui envoyer Idola dans la Mezzanine.

Se pointant en haut de l'escalier, la jeune fille le sort de sa rêverie. Elle s'assoit face à son père.

— Tu voulais me parler, papa?

— Oui, de dire son père en la regardant. J'ai repensé à ta vocation, comme tu appelles ça.

Et Camille de lui expliquer son point de vue.

Idola croit rêver; a-t-elle bien entendu? Les larmes lui viennent aux yeux.

— Oh, merci papa. Tu me fais tellement plaisir. J'avais peur d'être obligée d'attendre à vingt et un ans.

— Bon, bon, ça va. Ce n'est pas de gaieté de coeur que je le fais. Je préférerais que tu changes d'idée.

Se levant, Idola regarde son père avec une envie de l'embrasser. Trop timide, elle ne se sent pas capable de le faire. Elle descend et sort pour aller annoncer la nouvelle à sa marraine, leur voisine.

Marlène pense à son frère, Jean. «Il faudrait bien que j'en parle à papa. Ça ne sera pas facile. J'ai l'impression qu'il ne fait qu'encaisser des coups. Mais, j'ai pas le choix.»

*

274

Un après-midi, Marlène téléphone à son père pour l'avertir qu'elle ne rentrerait pas avant six heures et peut-être même un peu plus tard. "Je te raconterai." Qu'elle lui avait dit.

Cette même journée, Marlène fait son entrée au restaurant "Le Fil de l'eau" sur la rue du Roi, à Québec.

— Allô, comment ça va? De s'informer la jeune Robin.

N'attendant pas la réponse, elle s'assoit dans la même cabine en face de l'autre qui était déjà arrivée.

— Je te ferai pas languir longtemps, Pierrette. Si je voulais te rencontrer c'était pour te parler de deux choses. La première: tes amours avec mon frère. La deuxième: ton bébé.

Pierrette Lafrance rougit jusqu'aux oreilles. Gênée, elle ne sait plus quoi dire. Marlène attend qu'elle retombe sur ses pieds. Enfin, Pierrette ouvre la bouche.

— Eh ben, Marlène Robin, on peut pas dire que tu y vas par quatre chemins, toi. Ouf! c'est vrai que ça te ressemble.

La jeune fille embarrassée reprend son souffle.

— Je vais répondre à tes deux questions. Tu veux avoir des nouvelles au sujet de mes amours avec ton frère? Tu le sais bien, c'est fini! J'ai sorti avec un autre garçon. Je savais plus lequel choisir: ton frère ou l'autre. Jean m'a aidée à choisir, y est parti.

— Et le bébé, il est à qui?

— Je le sais pas et je l'ai dit à Jean. Voilà la vérité. J'ai plus de "chum", ni de père pour mon enfant. L'autre aussi est parti. Tu vois, j'ai voulu être franche, et c'est çe que ça m'a donné.

— Eh ben, ma vieille! T'as peut-être été franche, mais

tu as cherché un plat pour te mettre les pieds et tu l'as trouvé, hein? Quel garçon voudrait d'un bébé qui n'est pas encore arrivé et qui n'est peut-être pas le sien. À quoi as-tu pensé?

Pierrette, le cœur gros et les larmes aux yeux se retient pour ne pas éclater. Elle ne répond plus. Marlène sait ce qu'elle voulait savoir. «Quel problème! Et Jean qui ne m'a pas raconté ça de même. Qu'est-ce que je vais dire à papa? Ouf!»

Les deux jeunes filles se quittent sur le pas de la porte du restaurant. Leur entrevue n'a pas duré longtemps. Marlène regarde l'heure. «Cinq heures et quart, la conversation s'est terminée plus vite que je pensais. Je suis bonne pour prendre l'autobus de cinq heures et demie.»

*

En arrivant à la maison, Marlène se rend compte que tout le monde est déjà là, son père y compris. Idola et Fanny sont à la cuisine en train de préparer des assiettes pour le souper.

La nouvelle femme de ménage est très bonne cuisinière. Entrant le matin pour le ménage et le lavage, elle ne repart jamais sans avoir préparé un plat pour le souper.

Marlène entendant des voix venant de la cuisine, va y faire un saut. Idola et Fanny sont à mettre la table.

— Allô. Où est passé le reste de la famille?

— Les jumelles sont en haut. Papa lit son journal sur la terrasse.

— Avez-vous besoin d'aide?

— Non, de répondre Fanny, on a fini. Si tu sors, tu

diras à papa que le souper sera prêt dans quinze minutes.

— Hum... Que ça sent bon! remarque Marlène. Qu'est-ce qu'on mange?

— Du boeuf aux légumes que madame Bédard a laissé mijoter tout l'après-midi. On vient de mettre les patates au feu.

— Formidable. Je sors trouver le paternel. Vous me crierez si vous avez besoin

N'attendant pas la réponse, Marlène se rend auprès de son père. Sur la pointe des pieds, elle s'approche lentement par derrière et lui bande les yeux avec ses mains.

— Salut princesse, grosse journée?

— Pas si mal, p'pa. Et toi?

— Oh, comme d'habitude... Surchargée.

Marlène s'assoit dans la chaise près de lui. Camille s'aperçoit que sa fille est pensive.

— Toi, tu as quelque chose qui ne va pas. Dis, dis...

— Papa, je viens de rencontrer Pierrette, l'ancienne blonde de Jean.

— Que voulait-elle?

— C'est moi qui voulais savoir pourquoi ça n'allait plus.

Marlène hésite à raconter l'histoire de Pierrette à son père. Elle pense que de toute façon, il finira sûrement par savoir.

— Tu sais, c'est pas seulement la faute de Jean s'ils se sont laissés... Pierrette sortait avec un autre garçon durant les derniers temps qu'ils se fréquentaient.

— Ah?... Jean ne m'a pas dit ça. C'est elle qui t'a révélé cela?

— Oui... De plus... elle est enceinte.

Camille est stupéfié. Les idées se bousculent dans sa tête. Enfin, il se décide à poser la question qui lui brûle les lèvres.

— Qui est le père?

Marlène prend du temps pour répondre.

— Elle ne le sait pas.

— Ah... Ah... Ah! Dans quel fouillis elle s'est mise. Jean sait-il qu'elle est enceinte?

— Oui. Il ne m'a pas dit que Pierrette avait un autre "chum". Il m'a dit que sa blonde était enceinte, qu'il n'était pas prêt à prendre la responsabilité d'un bébé.

Camille réfléchit. Quoi faire en de pareilles circonstances? «Les tests du sang du bébé après la naissance, ce n'est pas si sûr que ça. Même si ça l'était, le fait qu'il y ait un doute, ça ne fera jamais un ménage qui marchera. La pauvre fille s'est mise dans un beau pétrin.»

— Ouais! C'est un cas compliqué. D'ajouter Camille. Un gros cas, comme on dit. Je comprends qu'il ait voulu partir pour l'Ontario, le fiston. Ce qui me tracasse, c'est qu'il ne t'ait pas dit que Pierrette avait un autre garçon dans sa vie. C'est sûrement qu'il ne voulait pas que tu le saches. Mais, pourquoi?

— On ne peut pas grand-chose dans ça. Je pense que ce n'est pas de nos affaires. Jean est majeur et Pierrette aussi. La pauvre fille est dans le pétrin, mais quoi faire pour l'aider? Dans les circonstances, je me range du côté de Jean. C'est mon frère et je ne sais pas ce que je ferais à sa place.

— Je pense comme toi. Je ne suis pas indifférent au problème de Pierrette, mais dans les circonstances...

Ils entendent un cri venant de la maison.

— Le souper est prêt.

— Pauvre Fanny! de dire Camille. Elle n'est pas capable de venir nous inviter à passer à table; il faut qu'elle beugle à tue-tête. Je te dis ça fait chic dans un salon.

Marlène pouffe de rire. Son père vieillit. Il a moins de patience et elle s'en rend compte.

278

*

Les nouveaux mariés, revenant de voyage de noces le samedi 3 juillet, s'installent immédiatement dans leur logis. Un quatre pièces qu'ils ont déniché au deuxième étage d'une maison située non loin de la résidence des Robin. Dans quelques années, ils se feront construire une maison. Camille a voulu leur prêter l'argent pour qu'ils le fassent plus tôt, mais Jean-Marc a refusé. Il veut amasser d'abord.

Jean téléphone à chaque dimanche soir, à l'heure du souper. Marlène lui ayant signifié qu'elle était au courant de son histoire, le jeune homme se sent soulagé. Sa soeur lui a bien laissé entendre qu'elle était de son bord. Son père lui a répété la même chose.

— Peu importe la décision que tu prendras, mon fils, nous serons avec toi.

Il laisse tomber son journal

Au début d'août, Marlène, songeuse depuis quelques jours, ne sait pas comment aborder son père.

— P'pa? J'aurais quelque chose à t'annoncer.

Camille ayant la tête dans son journal, soupire.

— Pas une mauvaise nouvelle?

— Non, non. C'est que... je voudrais faire mon cours d'École normale... J'aimerais enseigner.

Incrédule, le père laisse tomber son journal.

— Tu me fais marcher! Ou est-ce vrai?

— C'est vrai, vrai. J'aimerais m'inscrire à Mérici. Je me suis informée si on voulait m'accepter et y a pas de problème.

— Là, tu me fais plaisir, princesse. C'est la meilleure nouvelle que je n'ai pas entendue depuis longtemps.

Marlène est heureuse. Elle quitte son travail ce vendredi, 20 août, afin d'avoir une couple de semaines de repos avant de commencer ses cours. Adieu bureaucratie, Bob Turner et amis. Pour la belle Marlène Robin, sa carrière de fonctionnaire est terminée.

*

La famille au grand complet est présente à la maison pour accueillir le grand frère qui revient enfin de chez les Anglais. Les nouveaux mariés sont de la fête ainsi que Paulette et ses enfants.

— Jean, tu parles encore en français! De remarquer Marylou. T'as même pas d'accent! Moi, j'aurais au moins pensé que tu casserais le français! Je trouve que ça vaut pas la peine d'aller passer deux mois en Ontario! En deux mois, t'as même pas appris à casser. Combien ça te prendrait de temps pour parler l'anglais comme y faut?

— Écoute, la poule! Casser le français, ça ne fait pas partie des étapes pour apprendre l'anglais. Je me démêlais déjà assez bien dans cette langue avant de partir. J'ai continué de m'améliorer, c'est tout.

En septembre, la vie reprend son cours. Ce sera au tour d'Idola de graduer en versification, à la fin de cette année scolaire. Quant à Marlène, elle est emballée par ses cours à l'École normale de Mérici.

*

Octobre se pointe avec ses soirées plus fraîches. La venue de la télévision au Québec vient divertir les familles. Camille en a acheté une. Un soir, Denise et Jean-Marc s'amènent pour veiller.

— C'est excitant! De s'exclamer Denise. On n'aura plus besoin d'aller au cinéma. Est-ce qu'il y en a en couleur?

— Non, d'expliquer Camille. Dans quelques années, sûrement. C'est déjà formidable de l'avoir ainsi.

La vie est changée dans la maison du Trait-Carré depuis la venue de la télé. Camille l'a fait installer dans le solarium, près du foyer. Ainsi, en hiver, ils pourront profiter de la chaleur du foyer en même temps.

À chaque soir, les plus jeunes ont le privilège de regarder les émissions. Voulant être libérées pour la soirée, elles se dépêchent, en arrivant de l'école, de faire leurs travaux scolaires. Camille les avertit.

— Les filles, si je m'aperçois que les notes baissent à l'école, ce sera fini pour regarder la télévision sur semaine.

— Pas de danger, pas de danger! De répondre Marylou.

— Pas de danger pour toi, de reprendre Fanny, tu es au plus bas.

Camille se retient pour ne pas rire, sachant bien que Fanny n'a pas tort. Marylou ne s'applique pas bien fort. C'est sa seule enfant qui n'arrive pas parmi les premières de sa classe. Elle ne s'en fait pas pour autant, dixième ou quinzième, n'ayant pour elle, aucune importance. Elle s'amuse. C'est ce qui compte. Camille de fermer les yeux. C'est sa poule, son bébé.

C'est pendant cette soirée du début d'octobre que Denise, fait une déclaration à sa famille.

— Nous avons une grande nouvelle à vous annoncer.

— Un bébé, je gagerais! De s'écrier Marylou.

Denise rougit et fait un signe affirmatif de la tête.

— Déjà? De questionner Marlène, étonnée. T'auras pas eu tellement de bon temps!

Camille coupe court aux commentaires. Il se lève, et va embrasser Denise.

— Mes félicitations, ma grande. J'ai bien hâte d'être grand-papa.

— C'est vrai, de s'écrier Marysol qui sort enfin de sa torpeur. Je serai "ma tante"! J'irai le garder autant que tu le voudras.

Marysol, qui ne dit jamais un mot plus haut que l'autre, vient détendre la maisonnée avec cette remarque dite bien naïvement.

Après la soirée, quand les invités furent partis et que les jeunes eurent regagné leur chambre, Camille cause tranquillement avec Marlène.

— Il me semble que tu ne paraissais pas heureuse de

283

la belle nouvelle de Denise.

— Papa!

— Quoi? papa!... Marlène, ils se sont mariés pour avoir une famille, non?

— Ouais! Tu penses pas qu'ils auraient pu se donner un peu de bon temps. Quatre mois seulement qu'ils se sont mariés et oups, le bébé. Je trouve ça assez niaiseux.

— Tu es catégorique comme une maîtresse d'école. Il faudra que tu apprennes à respecter l'idée des autres!

Marlène pouffe de rire. Un petit rire méprisant.

— Toi, tu sais quelque chose et tu as envie de le dire.

— P'pa, je préfère garder ça pour moi.

— Vraiment, Marlène! Tu m'inquiètes. Ne me laisse pas supposer des choses. Parle.

Marlène hésite. Enfin, elle se décide.

—Ils n'ont pas eu le temps de s'habituer à vivre ensemble. Tu le sais comme moi, il y a des années qu'ils se fréquentent. Le Jean-Marc, il prend Denise pour acquise, et ce n'est pas récent.

— Voyons donc! C'est un jugement que tu portes!

— Quand je restais sur la Grande-Allée, parfois, le soir, j'allais prendre une marche avec une compagne de bureau. Nous allions dans la rue Saint-Jean. À quelques reprises, j'ai vu Jean-Marc dans son auto qui flirtait les filles.

Camille réfléchit.

— Il n'était pas marié, à cette époque.

— Non, mais il était fiancé par exemple. J'ai même vu une grande blonde embarquer dans l'auto de Jean-Marc.

— Est-ce que lui, il t'a vue?

— Je ne pense pas. Nous nous sommes arrêtées devant une vitrine et nous avons attendu qu'il reparte.

— As-tu parlé de ça à quelqu'un d'autre?

— Non, mais la fille avec qui j'étais, elle connaît

284

Denise.

— Laisse-ça mort. Tu aurais dû le dire lorsqu'ils n'é-
taient pas mariés. Il est trop tard. Je ne veux pas que tu en
parles. Ce serait faire du mal à ta soeur. Si ce Jean-Marc
pouvait se trouver un autre travail...

— P'pa! Assurance ou autre métier, c'est pas la job
qui en fera un homme fidèle.

— Tu as raison. Espérons que le mariage lui apportera
la sagesse. On n'y peut rien!

*

Un soir de la fin d'octobre, Denise se présente à la
maison pour regarder la télévision. Jean-Marc avait des
clients à rencontrer. Entre deux émissions, la jeune femme
demande à son père pour venir passer quelques jours à la
maison.

—Le frère de Jean-Marc lui a demandé son aide pour
fermer le chalet de leurs parents. Ils ne veulent pas attendre
trop tard. Tu sais que monter en auto au Lac-Sergent quand
il neige, c'est un contrat! Je pourrais passer la fin de
semaine ici...

Camille est songeur.

— Tu n'as pas envie d'y aller avec eux?

— Non. Ma belle-soeur n'y va pas, elle non plus.
Alors, Jean-Marc ne veut pas que j'aille prendre du froid
dans cette cambuse mal chauffée.

— Bien. Tu viendras passer la fin de semaine avec
nous. Nous serons contents de t'avoir.

Denise s'approche, prend son père par le cou et l'embrasse sur une joue.

285

*

Ce dernier samedi matin d'octobre, Denise s'amène avec des vêtements pour passer la fin de semaine chez son père. Jean-Marc ne sera de retour du chalet que le dimanche en soirée. Il viendra alors prendre sa jeune épouse.

Denise et Marlène occupent leur journée du samedi à faire à manger. Une grosse soupe aux légumes pour le souper et des pâtisserie qui attirent les jeunes.

En soirée, Denise étant fatiguée d'avoir autant travaillé, monte se coucher vers neuf heures, en même temps que les jumelles. Jean étant sorti avec sa blonde, il ne reste que Camille avec Idola, Fanny et Marlène dans le solarium. Ils regardent la télévision. À neuf heures trente, le téléphone sonne. Idola étant assise juste à côté, répond après la première sonnerie. On veut parler à son père.

— Qui est-ce?

Idola hausse les épaules et met la main sur le combiné.

— Une dame qui demande pour le docteur Robin.

Camille lui signifie qu'il prendra la communication dans son bureau. Dès qu'Idola entend son père ouvrir le téléphone du bureau, elle ferme.

Camille met du temps avant de revenir au solarium. Personne ne s'en rend trop compte, absorbées qu'elles sont par l'émission de télé. Marlène se retournant la première, aperçoit son père sur le pas de la porte du solarium. Il est planté là, blanc comme un linge, la lèvre inférieure tremblante.

— P'pa? Qu'est-ce que t'as?

Camille ne répond pas. Marlène se lève et se dirige vers lui. Idola et Fanny s'approchent à leur tour. Camille leur fait signe de baisser le son de la télévision, ce que Fanny s'empresse de faire. Marlène prend son père par le bras et l'amène s'asseoir dans son fauteuil.

— Qui vient de t'appeler, papa? Tu m'énerves! Qu'est-ce qu'il y a?

Un cercle serré

Camille sortant de sa torpeur, est enfin capable de s'expliquer. À voix basse il parle à ses filles.

— C'est la soeur de Jean-Marc qui vient d'appeler. Ses deux frères se sont noyés en fin d'après-midi, dans le Lac Sergent.

— Hein? de s'exclamer les trois jeunes filles. Jean-Marc?...

Idola se met à trembler. Fanny s'assoit et commence à se ronger les ongles. Marlène, les yeux brillants, prend son père par les deux épaules. Elle veut en savoir plus long.

— Comment c'est arrivé? Comment ça, noyés?

— Ils étaient en chaloupe sur le lac. Il a commencé à pleuvoir et le vent s'est élevé. Leur embarcation a chaviré. Une vieille dame, les apercevant de sa fenêtre a alerté la police provinciale. Mais, quand les policiers sont arrivés sur les lieux, la chaloupe était déjà vide.

— Peut-être se sont-ils sauvés à la nage? Jean-Marc est bon nageur.

Camille fait un signe négatif avec sa tête.

— Veux-tu que je rappelle chez les parents de Jean-Marc? De suggérer Marlène. Je veux savoir pourquoi ils étaient en chaloupe et si les corps ont été retrouvés.

— Appelle si tu veux! Va dans le bureau. Il ne faut pas que Denise entende.

Marlène va s'enfermer dans le bureau avec Fanny sur les talons. Après avoir composé le numéro, elle s'assoit dans le fauteuil de son père. Sa jeune soeur s'est installée en face d'elle. Après deux sonneries, c'est Doris, la soeur de Jean-Marc qui répond. Celle qui vient de parler à Camille.

— Doris? C'est Marlène Robin. Excuse-moi de te

déranger de nouveau, mais nous sommes tellement énervés, nous voulons plus de détails.

La jeune soeur, qui vient de perdre deux frères d'un seul coup, pleure au téléphone. Marlène essaie de lui donner espoir.

— Écoute, peut-être ont-ils pu se sauver à la nage? Est-ce qu'on a retrouvé les corps?

— Oui, ils se sont tous noyés.

— Qui, tous?

Marlène sent que la jeune fille hésite à lui dire quelque chose. Elle insiste.

— Mais parle! Qui, tous?

— Ils étaient quatre dans la chaloupe. Mes deux frères et deux filles.

Marlène reste bouche bée. Elle regarde Fanny, l'air effaré. Fanny lui fait un signe interrogatif de la tête. Marlène continue de parler à Doris.

— Bien ma vieille, je sais plus quoi te dire. Je te souhaite mes sympathies pour tes frères. On essaiera d'annoncer ça à Denise, du mieux qu'on pourra. Je ne sais pas si on va la réveiller ce soir pour lui dire la nouvelle. J'en parle avec mon père. Ton autre belle-soeur, est-elle au courant que son mari s'est aussi noyé?

— Oui, elle était ici avec son fils, quand on a eu la nouvelle. Elle le prend pas très bien, je t'assure.

— Je comprends ça! On se rappelle demain. À moins que Denise vous téléphone plus tard. Bonsoir.

Raccrochant, Marlène met Fanny au courant. Cette dernière en est restée la bouche ouverte et le souffle coupé.

— Comment on va dire à Denise que son mari s'est noyé avec une autre fille, pendant qu'elle, sa femme, enceinte en plus, l'attendait ici?

— Ça, ma vieille... je le sais pas! Allons retrouver papa et Idola.

290

Marlène et Fanny n'ont pas meilleure mine qu'avait leur père, quinze minutes plus tôt, en entrant dans le solarium.

Marlène va s'asseoir près de Camille. Fanny s'installe de l'autre côté et Idola se case une fesse sur le bras du même fauteuil. Ils forment un cercle serré.

— Je trouve ça épouvantable ce qui est arrivé, d'expliquer Marlène. Jean-Marc et son frère, Pierre, se sont noyés avec deux filles qui étaient avec eux dans la même chaloupe. On a repêché les quatre corps. La femme de Pierre est chez les parents de son mari. Selon Doris, elle le prend mal.

— Ouf! de s'exclamer Camille.

Idola se remet à pleurer. Fanny est blanche comme un drap. Il y a bien longtemps que son père ne l'a pas vue aussi sérieuse.

Comment annoncer la nouvelle à Denise? Comment réagira-t-elle?

On entend soudain claquer la porte du côté. C'est Jean qui se pointe au solarium. Il aperçoit Idola qui pleure et les autres qui ont un air d'enterrement.

— Mais qu'est-ce qui se passe ici? L'atmosphère n'a pas l'air trop gaie.

Marlène raconte à son frère ce qu'ils viennent d'apprendre. Jean reste appuyé au manteau de la cheminée. Lui aussi est décontenancé. Il ne sait plus quoi dire. Enfin, il ouvre la bouche.

— Quand va-t-on annoncer la nouvelle à Denise?

C'est Marlène qui prend la décision.

— Moi, je pense qu'elle doit savoir au plus tôt. Je sais qu'elle dort. Mais, elle nous en voudra demain matin, si on l'a pas réveillée pour la mettre au courant.

Son père acquiesce. Il se lève péniblement. Ses enfants le regardent avancer de quelques pas. Le pauvre homme semble écrasé. Marlène a le coeur chaviré.

— Papa? Viens t'asseoir! C'est moi qui vais monter pour lui dire. Je ne veux pas que tu viennes.

Camille s'approche de sa fille. Il se sent tellement mal qu'il a envie d'accepter mais, il se ravise.

— C'est mon devoir de lui annoncer cela, moi-même.

— Laisse faire ton devoir! Ton devoir c'est de te ménager pour tous tes enfants. On veut te garder long-temps. Assieds-toi et dis plus un mot. C'est moi qui y vais.

Camille ne s'obstine pas. L'heure n'est pas à la discussion. S'assoyant auprès de ses deux autres filles, il les sent proches de lui. Jean regarde son père avec tristesse. Avant que Marlène ne sorte de la pièce, son frère lui offre ses services.

— Crie-nous, si tu as besoin.

— Oui, oui. Inquiétez-vous pas, ça va aller.

Marlène montant lentement l'escalier, s'oriente vers la chambre d'invités où Denise est couchée. Fanny avait pris la sienne après qu'elle fut mariée. Sur la pointe des pieds, elle tourne la poignée et doucement, pousse la porte. Il y a de la lumière. Sa soeur ne dort pas.

— Denise? T'es réveillée?

— J'ai fait un mauvais rêve. Je cherchais Jean-Marc et je le trouvais pas. Soudain, il m'est arrivé devant la face, souriant. Je ne sais pas pourquoi, mais j'étais mal en me réveillant.

La jeune femme se lève en prononçant cette dernière phrase. Endossant sa robe de chambre, elle s'assoit sur le bord du lit.

— Les autres sont couchés?

— Non. Ils sont en bas... Denise, j'ai quelque chose à te dire.

Denise regarde sa soeur et attend.

— On a eu un téléphone de Doris, tantôt. Jean-Marc et Pierre ont eu un accident... Ils étaient en chaloupe sur le

292

lac. La tempête s'est élevé et la chaloupe a chaviré.

Denise est blanche. Marlène a peur qu'elle perde connaissance.

— Comment ils ont fait pour s'en sortir?

Marlène ne sait plus quoi dire. Elle regarde sa soeur et, les larmes lui coulant sur les joues, elle prend les deux mains de Denise en lui faisant un signe négatif avec sa tête. Denise ne veut pas comprendre.

— Qui les a rescapés? Parle!

— Denise... Ils se sont noyés! On a retrouvé les corps. Ils se sont bel et bien noyés!

— Bien, voyons donc! Je rêve! Mais, dis-moi que je rêve. Maudite folle, Marlène Robin, pourquoi me dire des choses comme ça? T'as toujours été méchante. Sors d'ici!

Comment ça s'est passé?

C'est en criant, qu'elle prononce ces dernières paroles. Jean surgit à ce moment. Denise, tremblante, regarde son frère avec des yeux hagards.

— Tu sais pas ce que c'te maudite sans-coeur vient de me dire? Non, mais elle est malade. On aurait dû la faire soigner l'année passée.

Marlène se tenant debout près de la commode, pleure. Elle a le coeur en morceaux de s'entendre dire ces paroles monstrueuses. Jean s'en rend compte et en est mal à l'aise. Doucement, il prend Denise par les deux épaules en la secouant.

— Arrête d'injurier ta soeur. C'est la seule qui a eu le courage de venir t'annoncer la mauvaise nouvelle. Je comprends que tu aies de la peine, mais ne sois pas méchante.

Denise éclate en sanglots. Jean et Marlène la laissent pleurer pendant cinq minutes. Enfin, Denise se levant, vient trouver sa soeur qui est encore debout au même endroit, à côté de la commode de chêne.

— Pardon, Marlène! Je savais plus ce que je disais. Pardon, mais j'ai tellement de peine. Comment ça s'est passé?

Marlène ne sait plus si elle doit lui dire la suite. Elle a peur que sa soeur se remette à la détester. Jean s'en charge.

— Jean-Marc et Pierre étaient en chaloupe sur le lac. Il y avait deux filles avec eux. Le vent s'est élevé et leur embarcation a chaviré. Les quatre corps ont été repêchés.

Denise ne réagit pas au fait qu'il y ait eu deux filles dans l'embarcation. C'est la mort de son mari qui l'anéantit.

— Qui étaient ces deux filles dans la chaloupe?

— On ne le sait pas. De répondre son frère.

— Y avait deux filles qui demeuraient de l'autre côté

du lac, et souvent elles venaient nous rendre visite. Peut-être qu'elles sont venues, nous pensant au chalet, ma belle-soeur et moi? Pierre et Jean-Marc sont peut-être allés les conduire chez elles.

— C'est très plausible, de répondre son frère.

Ils entendent des pas dans le corridor. Jean ouvre la porte et aperçoit son père avec Idola et Fanny. Les deux jeunes filles sont en pleurs. Denise rencontrant le regard de son père se remet à pleurer de plus belle. Camille s'approche de sa fille, la prend dans ses bras et pleure avec elle.

— Essaie d'être forte, ma grande. Tu vas en avoir besoin. Tu n'es pas seule. Ton bébé va avoir besoin de toi.

Denise ne répond pas. Ils restent ainsi réunis, père, frère, soeurs durant une bonne heure. Soudain, Denise manifeste le désir de téléphoner chez ses beaux-parents.

Péniblement, se levant du lit où elle était assise et s'essuyant les yeux, la jeune veuve se dirige vers le téléphone de la mezzanine. Faisant tourner le cadran en pleurant, elle n'attend pas longtemps.

— Doris? C'est Denise...

La conversation s'arrête là. La jeune femme ne faisant que pleurer, Jean lui enlève le récepteur des mains. S'adressant à Doris, de sa voix la plus sympathique, il essaie de la consoler.

— Doris, je pense bien que Denise ne pourra pas te parler ce soir. Elle le voudrait bien, mais elle n'en est pas capable. Nous sympathisons avec toi et ta famille. Je sais que c'est une catastrophe. Ni toi ni moi n'y pouvons rien. Je ne sais vraiment pas quoi te dire.

— Dis-en pas plus, Jean. T'es gentil. Je sais que tu sympathises. On se verra bientôt. Dis à Denise qu'on se parlera demain. Y faudra bien qu'elle vienne avec nous pour les arrangements funéraires, tu comprends? Tu sais, Jean, les filles dans l'embarcation, ce sont peut-être que des voisines.

— Je sais, Doris. Denise nous a dit la même chose.

Jean ferme le téléphone et retourne trouver son père et ses soeurs dans la chambre où Denise s'est allongée. Camille a mis une serviette d'eau fraîche sur les yeux de Denise. Fanny cherche un moyen d'aider sa grande soeur.

— Papa, tu pourrais pas y donner une pilule qui la calmerait et la ferait dormir?

— Non, Fanny. Pas dans son état. Le moins de médicaments possible.

Marlène est restée assommée dans son coin, près de la commode. Son père n'ayant pas entendu les paroles de Denise à l'endroit de sa soeur se demande bien ce qui est arrivé à Marlène pour qu'elle soit ainsi atterrée. Enfin, cette dernière se décide à parler.

— Denise, veux-tu que je couche ici, avec toi? J'aimerais pas te savoir seule.

— Non!

Dans ce refus, si catégorique, Marlène comprend que sa soeur lui en veut toujours de lui avoir appris la nouvelle. Fanny lui fait la même suggestion. Denise hausse les épaules. Marlène a le coeur gros. Sa soeur accepte Fanny, mais pas elle. Lentement, sortant de la chambre sur la pointe des pieds, elle se dirige vers l'escalier. La jeune fille se rend à la cuisine. En pleurant, elle met de l'eau à bouillir afin de se préparer un chocolat chaud. Cinq minutes plus tard, elle boit son breuvage, recroquevillée dans la grande berceuse de bois, pleurant sans s'arrêter. C'est ainsi que son père et son frère la retrouvent.

Avant d'entrer dans la cuisine, Jean avait raconté à Camille ce qui s'était passé. Le père a mal lorsqu'il voit souffrir ses enfants. S'approchant doucement de sa fille, il lui enlève la tasse vide des mains.

— Marlène, Denise n'a pas conscience de ce qu'elle

297

dit ce soir. Je ne veux pas que tu te fasses du mal avec ça. Tu m'entends?

Marlène suffoque. Les yeux remplis de larmes, elle regarde son père. Elle voulait tellement ménager sa soeur. Elle lui avait annoncé la nouvelle le plus gentiment possible, mais elle avait raté son coup.

— J'ai lu de la haine dans ses yeux. Jamais j'oublierai ça. Papa, c'est comme si elle m'avait dit: «enlève-toi de devant moi, je t'ai toujours haïe!» T'as entendu le "non" qu'elle m'a répondu quand je lui ai offert de passer la nuit à côté d'elle? J'ai mal, papa. J'ai tellement mal!

Camille voudrait expliquer à sa fille qu'elle se fait du mauvais sang. Il voudrait lui dire de ne pas s'en faire. Se sentant tellement fatigué il ne le peut pas. S'approchant une chaise de la berceuse où est assise Marlène, lourdement il s'assoit près d'elle. Il appuie sa tête contre celle de sa fille et ne dit pas un mot. Le temps passe sans qu'ils s'en rendent compte. Jean s'est préparé un café, l'a bu et est reparti se coucher. Minuit sonne à la vieille horloge de la cuisine. Camille se lève lentement.

— Va te coucher princesse, et ne pense plus à rien. Moi, c'est ce que je vais faire. Je n'ai vraiment plus la force de penser. Bonne nuit, ma fille.

— Bonne nuit, p'pa!

Marlène reste assise dans la grosse berceuse en bois. Sans se l'avouer, elle a peur de monter se coucher. Elle ne veut pas rencontrer sa soeur. Le regard de haine que son aînée a porté sur elle avant qu'elle ne sorte de sa chambre, Marlène ne veut plus le subir. Un regard lourd d'accusation, de reproches, comme si elle, Marlène Robin, était responsable, même coupable de la noyade de Jean-Marc. «Pourquoi m'en veut-elle? Au fond, Denise m'a toujours détestée. Je dirais même qu'elle ne peut pas me sentir. C'est pour ça que, dès qu'elle a de la peine, elle veut pas me voir

298

dans ses parages. On dirait que j'ai le coeur qui va éclater!»
Marlène s'endort dans sa chaise en ruminant l'attitude et le
comportement de sa soeur.

*

Six heures trente du matin, Marylou pénétrant dans la
cuisine, aperçoit sa grande soeur, endormie dans la chaise.
Doucement, elle s'approche et lui touche l'épaule.

— Aie? As-tu passé la nuit sur la corde à linge?
Comment ça, que t'es pas dans ton lit?

Marlène est abasourdie. Cela lui prend quelques
secondes avant de rassembler ses idées.

— Ah mon Dieu, oui! Comme tu dis, j'ai bien passé la
nuit sur la corde à linge. Marylou, t'es pas au courant du
malheur qui nous tombe dessus?

La fillette de douze ans ouvre grand les yeux.

— Marylou! Hier, Jean-Marc s'est noyé avec son
frère.

— Hein? Ben, voyons donc! Denise, elle est où?

— Elle est couchée en haut, dans la chambre de Georges. Pauvre elle, je te dis qu'elle le prend pas!

Une autre fois, Marlène éclate en sanglots et raconte le
déroulement de la tragédie à sa jeune soeur.

— C'est moi qui lui ai annoncé la nouvelle. Je ne
voulais pas laisser ce problème à papa. Il avait tellement
l'air épuisé. J'avais peur qu'il fasse une crise de coeur.
Denise m'en veut, comme si j'étais coupable de sa mort. J'ai
assez de peine!

Marylou prend sa grande soeur par le cou et pleure.

—T'en fais pas. C'est pas de ta faute, Marlène. Je vas

t'arranger ça. Compte sur moi!

Malgré ses larmes, Marlène éclate de rire.

— T'es gentille ma belle Marylou, mais j'aimerais mieux que tu t'en mêles pas.

— C'est triste que Jean-Marc se soit noyé. Je trouve ça épouvantable. Mais, faut pas qu'elle te mette ça sur le dos.

Camille arrive à la cuisine, les yeux bouffis d'avoir pleuré.

— Bonjour mes filles. Vous vous êtes levées tôt?

C'est Marylou qui répond.

— Je! Oui, je ... me suis levée tôt. Marlène s'est pas couchée, elle. Je l'ai trouvée endormie dans sa chaise. Elle avait trop de peine pour monter se coucher. C'est à cause de Jean-Marc et aussi à cause de Denise.

— Écoute, Marylou, ce n'est pas si facile. Denise est en état de choc. Dans quelques jours, ça va se placer. Ce matin, Jean et moi allons l'accompagner chez les parents de Jean-Marc pour les arrangements funéraires.

Marylou ne dit pas un mot. Camille continue de parler à Marlène pendant que celle-ci lui prépare un café. Soudain, ils s'aperçoivent que la jumelle est partie. Sans le savoir, Marylou a aidé sa grande sœur qui reprend courage.

*

Marylou entre dans la chambre où est couchée Denise. À pas feutrés, elle s'approche du lit.

C'est à son tour, la Marylou, de verser des larmes sur le malheur qui s'abat sur sa famille. Denise entrouvre les yeux lorsque la jumelle fait le geste de s'en retourner. La jeune femme tend la main à sa jeune sœur afin qu'elle s'approche.

— Viens ici, Marylou, tu as su, pour Jean-Marc?

La fillette lui fait un signe affirmatif. Denise se tasse pour lui laisser une place, près d'elle. Marylou s'assoit et prend sa soeur par le cou.

— Denise, je trouve ça effrayant. Pourquoi c'est arrivé? En tout cas, t'as bien fait de ne pas y aller.

— Au contraire, j'aurais peut-être dû faire partie de l'expédition, dit-elle d'une voix à peine audible.

— Hein? Tu serais morte avec ton bébé?

Marylou se remet à pleurer. C'est à ce moment que Marysol fait son entrée pour venir embrasser sa soeur.

— Marlène m'a dit que Jean-Marc était mort.

Denise, subitement, change d'expression. Marylou s'en rend compte. Malgré ses douze ans, elle lit de la haine dans les yeux noirs de Denise. Et surtout dans ses paroles.

— Elle est bonne, elle, pour annoncer les mauvaises nouvelles, hein? Je suis certaine qu'elle le fait avec plaisir.

Marylou s'écrie.

— Denise! Marlène est pas méchante. Elle s'est même sacrifiée pour t'annoncer la nouvelle. Là, par exemple, c'est toi qui es pas correcte. Pourquoi t'aimes pas Marlène?

—C'est une emmerdeuse.

— Toi, tu penses que ton Jean-Marc y serait pas mort si Marlène te l'avait pas dit? Ça va pas dans la tête, hein?

Denise se ressaisit. Marylou reculant de quelques pas, en vitesse sort de la chambre.

Les Robin passent trois jours d'enfer. Les deux frères sont exposés dans le même salon funéraire, à Limoilou. Ils sont originaires d'une paroisse de ce quartier. Denise tient le coup, passant une grande partie des journées et des soirées debout, près de la tombe de son mari. Il n'y a plus de larmes qui coulent de ses yeux, sauf à quelques reprises. Lorsqu'elle aperçoit sa grand-mère Desnoyers, elle éclate en sanglots.

Se tenant loin de sa soeur, Marlène la surveille. Elle a peur qu'elle s'écroule. Denise ne la regarde plus. Marlène se dit: «p'pa a peut-être raison, ça peut durer le temps de sa grossesse. Il faut que je sois patiente.» La jeune fille, étant perdue dans ses rêveries, se sent tirer par un bras. Se retournant, elle aperçoit une compagne de travail.

— Bonsoir Marlène! Mes sympathies. Pauvre Denise, elle est pas chanceuse, hein? Penses-tu qu'elle va revenir travailler?

— Oh, je suis certaine qu'elle pense pas à ça pour le moment. Denise est enceinte, et n'a que trois mois de faits.

— Bien oui, je m'en suis aperçue...

Marlène sent que la jeune fille veut dire quelque chose. Elle tourne autour du pot. Marlène la laisse venir.

— As-tu vu, dans le journal, les photos des deux filles qui étaient avec les deux frères?

— Non. J'ai pas eu le temps de lire le journal.

La jeune fille s'approche pour parler très bas.

— Une des deux filles était celle que nous avions vue embarquer dans l'auto de Jean-Marc, tu te souviens?

— On n'est pas dans un endroit pour parler de ça. J'espère que tu vas te fermer la trappe!

— Ben voyons donc, je suis pas folle! C'est à toi que j'en parle.

— Je ne veux pas en parler. Jean-Marc est mort, tu comprends ça? C'est inutile de noircir son souvenir.

La jeune fille reste hébétée. Elle sort du salon sans rien ajouter. Marlène regarde Jean-Marc dans sa tombe. «Pourquoi as-tu fait ça à ma soeur, Jean-Marc? Tu lui as fait un bébé quand tu avais une autre blonde. Je trouve ça écoeurant.» Camille a eu connaissance que Marlène était en grande conversation avec une jeune fille. Il s'approche d'elle.

302

— Qui était cette personne qui te parlait?

— Une fille qui travaillait avec Denise et moi, au Gouvernement.

Par l'attitude de Marlène, Camille pense à ce qu'elle lui avait raconté un soir.

— Était-ce la jeune fille de la rue Saint-Jean?

— Oui.

— Que voulait-elle? Tu sembles ennuyée.

Marlène hésite avant de répondre. Camille insiste.

— Que voulait-elle?

— Elle a vu, dans le Soleil, les photos des filles noyées. Évidemment, elle a reconnu celle qui était montée dans l'auto de Jean-Marc.

— Ouais! La belle affaire. J'espère qu'elle n'ébruitera pas cette nouvelle. Denise à suffisamment de peine comme ça.

— J'espère! Je l'ai avertie.

Laissant Marlène, Camille se rend auprès de Denise, à côté du cercueil. Le père a peur que sa fille ne puisse aller jusqu'au bout. C'est leur dernière soirée. Le Service funèbre sera chanté demain matin en l'église de Saint-Charles de Limoilou. Philippe, Gérard-Marie et le Capucin, curé de cette paroisse officieront pour la cérémonie.

Les deux filles qui se sont noyées en même temps que les garçons étaient des amies d'enfance et demeuraient dans la paroisse Saint-Jean-Baptiste. C'est à cet endroit qu'aura lieu leur service funèbre.

Le père de Jean-Marc ne peut être présent au Service funèbre. Sa femme a dû demander au médecin de venir pour lui faire administrer un calmant. Le pauvre homme est anéanti. Il perd ses deux garçons. Il ne lui reste qu'une fille. Son épouse tient le coup, malgré sa peine immense. Elle a été constamment auprès de ses deux brus durant les jours d'exposition. La femme de Pierre n'a pas versé une larme.

Son petit garçon de quatre ans étant trop jeune pour comprendre se tient près de sa mère.

Après que tout fut terminé, la famille de Camille ramène la jeune veuve Robin à la maison et son père lui fait une offre.

— Si tu veux, Denise, tu peux revenir ici. Ce sera trop dur pour toi de retourner dans ce logement.

— Je vais y réfléchir. Je ne peux pas penser pour le moment. Tu sais, dans quelques mois le bébé sera là. Je crois que ce sera un peu embarrassant pour vous autres si je suis ici.

Marlène essaie de placer un mot.

— Pour ma part, Denise, ça me dérangera pas. Je te donnerai même un coup de main.

— Laisse faire tes coups de mains, toi. Je veux absolument recevoir aucun service de toi.

Denise regarde toujours sa soeur avec haine. Marlène baisse les bras. Elle ne sait vraiment plus quoi dire. Camille essaie de détourner la conversation. Marylou, qui a eu entendu la répartie de Denise, veut arranger le problème.

— Ben, si tu le prends comme ça, Denise Robin, tu peux ben aller rester dans ton logement. Ici, nous autres, on se parle et on s'aime. Si t'es pour venir mettre la pagaille, hein? Ben, tu seras mieux de rester chez vous. Marlène fait son possible et toi, tu fais la méchante. C'est vrai que t'es en deuil, mais pas besoin de nous emmerder, O.K.? On dirait que tu veux attirer l'attention.

Denise est abasourdie lorsqu'elle entend les paroles de sa jeune soeur. Camille ainsi que les autres membres de la famille restent muets. Personne n'ose en rajouter. Marylou, les deux points sur les hanches, est plantée devant sa grande soeur. Denise, enfin, devient plus malléable.

Aux alentours du souper, Marylou se rend à la cuisine où Marlène est seule à préparer quelque chose à manger. La jumelle, l'air espiègle vient près de sa sœur.

— M'as-tu entendue, hein? Boum! Dans la gueule! Je te l'avais dit que je t'arrangerais ça. Tu vas avoir la paix, là. Sinon, tu me le diras.

Marlène se met à rire en se tenant les côtes. Elle se dit: «pauvre Camille, t'avais rien vu avec moi! Le pire est à venir.»

Dernier coup de cochon

Deux jours plus tard, par un matin gris et plus froid que d'habitude, Denise se lève, surprise par un mal de ventre. Des contractions viennent régulièrement la harceler. La peur s'installe dans son esprit: «je ne veux pas perdre mon bébé, ah non!»

Camille et Jean sont partis tôt pour aller visiter Georges, à Montréal. Ce dernier a été opéré pour une hernie, la journée de l'enterrement de Jean-Marc. Le père et le fils n'entreront pas avant dimanche, en soirée.

Denise, sortant de sa chambre, se rend en vitesse à la cuisine. Marlène étant déjà levée, déjeune seule. Au premier abord, Denise a envie de tourner les talons lorsqu'elle aperçoit sa soeur. Marlène la regarde et ne dit pas un mot. Soudain, Denise se met à pleurer.

— Qu'est-ce que t'as, Denise?

Ne voulant pas lui démontrer qu'elle s'apitoie sur son sort, Marlène lui a posé la question, normalement, presque froidement.

— J'ai peur de perdre mon bébé, j'ai des contractions.

Marlène reste sans voix. Son père vient de manifester, avant son départ, qu'il serait préférable qu'elle ne rende pas ce bébé à terme.

— Je vais chercher ton manteau, ta bourse, je prends les clefs de l'auto de Jean et je te descends à l'hôpital.

Denise lui fait un signe affirmatif. Les larmes se remettent à couler.

— Je voudrais que papa soit ici. Toi, t'as pas de permis de conduire.

— Je sais, mais je suis capable de conduire quand même. Papa n'y est pas. Ben ma vieille... on se débrouille, hein?

En un rien de temps, les deux jeunes femmes sont prêtes à partir. Fanny venant juste de se lever, les croise dans le corridor. Denise la met au courant et Marlène lui dit d'appeler le médecin. Quinze minutes plus tard, les deux soeurs sont à l'hôpital. Le personnel affecté au département de la maternité s'occupe immédiatement de la nouvelle arrivée. Dès que sa chambre est prête, on l'y installe. Son médecin se pointe quelques minutes plus tard. Denise a commencé à saigner. Marlène reste auprès d'elle. Le médecin l'examine.

— Tu es en train de perdre ton bébé, Denise. On va t'amener à la salle d'accouchement.

La jeune femme se met à crier. Deux infirmières doivent la tenir. Marlène pleure avec sa soeur, mais n'ose s'approcher.

— Fais quelque chose, Marlène, je t'en prie. Téléphone à papa.

— Denise, tu sais, comme moi, que papa est sur la route. Je ne peux pas faire de miracle. Fie-toi à ton médecin, il sait ce qu'il fait. Arrête de t'énerver, veux-tu? Il n'arrivera que ce qui doit arriver. Même si tu te débats, ça va arriver quand même.

Denise arrête sa crise de nerf immédiatement. On l'amène dans la salle d'accouchement. Marlène cherche un téléphone pour appeler à la maison. Enfin elle en trouve un.

— Dola? C'est Marlène. Fanny t'a raconté?

— Oui. Comment ça va?

— Elle est dans la salle d'accouchement. Elle a perdu son bébé. Veux-tu téléphoner chez Georges? Marcel, son ami va te répondre. Raconte-lui ce que je viens de te dire. Lorsque papa et Jean seront rendus, il les mettra au courant. O.K.?

— Oui, oui, Marlène. Je téléphone immédiatement. Pauvre Denise, elle n'est vraiment pas chanceuse.

308

— Parfois, Idola, y a des événements qui nous semblent des malchances, mais qui sont des chances.

— Heureusement que Denise t'entend pas, elle t'arracherait les yeux.

— Je sais, mais je le pense quand même. Salut.

Enfin on ramène Denise encore endormie. On l'installe dans son lit. Le médecin vient dans la chambre au bout de quelques minutes. Denise dort toujours. Le docteur fait signe à Marlène de le suivre dans le corridor.

— Votre soeur a perdu son bébé. Un foetus de cinq mois et demi. C'était un garçon.

— Pas cinq mois et demi, docteur?

— Oui, oui. Cinq mois et demi bien comptés.

Marlène ne dit plus rien, trop abasourdie pour répondre quoi que ce soit. «Cinq mois et demi!» se répète-t-elle. «Elle est tombée enceinte un mois et demi avant de se marier. Je comprends pourquoi, elle ne voulait pas prendre un médecin de nos connaissances, elle ne voulait pas accoucher dans l'hôpital où travaille papa. Elle savait bien qu'elle mettrait son bébé au monde avant le temps. Pauvre Denise, elle qui avait tout calculé. Elle a fait ça, pour rien!» Marlène retourne auprès de sa soeur.

*

Une semaine plus tard, Denise sort de l'hôpital. Son père la ramène à la maison. La jeune femme est affaiblie et déprimée. Camille compte sur le temps pour arranger les choses. Marlène ne dit à personne que sa soeur a perdu un bébé de cinq mois et demi; elle en garde le secret. La famille ne sait pas ce que la jeune veuve fera de son loyer.

Trois mois après la mort de son mari, Denise se décide à faire vider son logement. Elle avise son propriétaire qu'elle ne renouvellera pas son bail. Incapable de remettre les pieds dans ce lieu, elle confie à sa famille le soin de disposer de ses meubles. Sa cousine, Hélène, qui se mariera en juin, les a tous achetés à bas prix. Au moment de la vente, Denise se dit: «enfin! Finis les mauvais souvenirs. Je ne te pleurerai plus jamais, Jean-Marc. Tu m'as fait ton dernier coup de cochon.»

De temps à autre, le sourire revient sur la figure de la jeune veuve. Fernand Lavoie, un copain de Jean-Marc, vient la voir régulièrement. Denise le considère comme un ami, mais sa famille pense le contraire. C'est un bon parti, comme dit son père, Fernand entreprend sa dernière année de droit.

Avec le support de Fernand et de sa famille, Noël et le jour de l'An n'ont pas semblé trop pénibles à la jeune veuve.

Un siècle sur ses épaules

Jean qui terminera sa médecine en juin prochain, annonce à son père qu'il se spécialisera en psychiatrie, mais pas dans sa ville. Il partira pour Boston. Camille se sent attristé par cette nouvelle.

Un soir de mars, Marlène cherchant son père et ne le trouvant nulle part, s'inquiète. «Mais où est-il passé?» Elle monte à l'étage et frappe à la porte de sa chambre.

— Papa?

La jeune fille n'obtient pas de réponse, mais entend un air d'opéra. Elle frappe de nouveau. Toujours rien. Prise de panique, elle tourne la poignée. La porte n'est pas fermée à clef. Ouvrant, elle aperçoit son père endormi dans son gros fauteuil à oreillettes, une coupe de cristal vide à la main. Le docteur Robin s'était fait un feu dans la cheminée.

S'approchant doucement, sa fille lui enlève le verre des mains. Elle arrête le tourne-disque et revient près de son père. S'agenouillant devant lui, elle lui prend les mains.

— P'pa?

Camille ouvre les yeux, regarde tristement sa fille un long moment avant de parler.

— Ma princesse, ton père se sent vieux. Très vieux. Si tu savais comme il est fatigué.

— Papa, vraiment! Tu n'as que cinquante-trois ans. Faut quand même pas exagérer!

— J'ai cent ans, ma fille. Aujourd'hui, j'ai un siècle sur mes épaules!

— Parce que Jean s'en va à Boston? Il va revenir!

Camille lui coupe la parole. Levant sa main droite il pointe l'index vers sa fille.

—J'ai commencé à remonter le temps. Comprends-tu?

311

Oui, parce que Jean part pour Boston. Parce que Denise perd un bébé de cinq mois et demi sans qu'on me le dise. Parce que toi, qui le savais, tu ne me l'as pas dit. J'ai parlé à son médecin...

Marlène reste bouche bée. Son père n'a pas terminé.

— Parce que Jean-Marc, ce courailleux qui met ma fille enceinte avant le mariage, la trompe après l'avoir mariée. Parce qu'Idola veut aussi nous quitter pour entrer au couvent. Parce que toi tu nous as flanqués là, l'hiver dernier et que personne ne m'a donné des nouvelles de toi.

Camille est effondré, les larmes lui coulent sur les joues. Sa fille a de la peine à le voir comme ça. Son père continue ses litanies.

— Parce que tu m'as fait honte bien des fois. Honte pour tes sorties avec André et honte pour ton comportement lors des soirées que nous donnions. Parce que Fanny est pire que toi.

Là, c'en est trop. Marlène en a assez entendu.

— C'est assez. Tu dis plus rien. Attends-moi...

Décidée, Marlène se lève, va se chercher une coupe de cristal sur la desserte. Elle verse du cognac dedans et en sert aussi à son père.

Se rendant à la salle de bain avec la carafe en verre taillé, elle l'emplit d'eau et revient. Réduisant avec minutie les deux coupes de cognac, elle s'assoit dans le fauteuil à côté de son père. Camille prend sa coupe, la tourne dans sa main en regardant pivoter le liquide. Sa fille avale une gorgée.

— Camille Robin! Aujourd'hui, tu vois tout en noir. Moi je vais te donner des réponses à tes "parce que". Tu déprimes "parce que" ton fils part de la maison. Si tu l'avais laissé aller en appartement, tu te serais habitué à son absence et ce serait moins dur pour toi aujourd'hui. Tu es contrarié "parce que" t'as pas été mis au courant que Denise

312

était enceinte avant son mariage. Je le savais pas, moi non plus. C'est son médecin qui me l'a appris. Et je ne te l'ai pas dit, "parce que" je ne voulais pas te faire de peine.

Camille prend l'allure d'un petit garçon qui se fait gronder par sa mère. Il n'a même plus le courage de vider sa coupe de cognac. Le ton autoritaire de sa fille l'écrase.

Le docteur Robin retombe soudain sur ses pieds.

— Laisse faire! Pendant quelques secondes, j'ai cru entendre ma mère.

— Ben voilà. Tu t'inventeras toujours une mère quelque part. C'est toi qui attires ce comportement. T'agis comme un enfant.

Marlène éclate de rire. Elle se lève, vient prendre son père par le cou et l'embrasse. Camille prend une grande respiration.

— Allez, princesse, ça va mieux! Par chance que tu es revenue. Ne t'avise plus de repartir.

— Non, je vais rester collée à tes basques pour la balance de tes jours.

Camille tente de se lever. Ses jambes ne le supportant plus, il tombe lourdement à terre, près de son fauteuil. Marlène lance un cri. En tremblant, elle s'approche de son père qui respire péniblement. Le pauvre Camille est étendu près du foyer, il a laissé tomber sa coupe de cognac qui s'est fracassée en mille miettes en heurtant les pierres du foyer.

La porte s'ouvre, Jean entre. Il était dans sa chambre quand il a entendu crier sa soeur. Le jeune médecin s'agenouillant près de Camille, lui enlève sa cravate, desserre sa ceinture et lui allonge les jambes.

— N'essaie pas de parler, papa. Ne dis rien.

Jean se retourne vers Marlène.

— Vite, téléphone pour faire venir une ambulance.

Marlène étant trop énervée ne sait pas où appeler. Jean, calmement se lève et prend le téléphone des mains de sa

313

soeur. Enfin, il compose lui-même le numéro.

Les autres enfants arrivent dans la chambre les uns derrière les autres.   Idola s'avance près de son père. La jeune fille tout à coup se sent coupable. Elle croit qu'il est malade parce qu'elle veut entrer au couvent. En pleurant, elle s'agenouille près du moribond. Elle voudrait lui demander pardon, elle en est incapable. Elle ne fait que pleurer.

Fanny, comme à son habitude se ronge les ongles en pensant que peut-être a-t-elle parlé ou crié trop fort? Elle aussi se sent coupable de l'avoir si souvent contrarié, obstiné, rabroué.

Marysol aussi pense que c'est sa faute. Elle qui évite toujours de se retrouver seule avec lui afin de ne pas avoir à jaser. Ne sachant jamais quoi lui dire, elle préfère passer un après-midi dans sa chambre plutôt que d'avoir à lui faire la conversation.

Et Marylou qui est restée près de la porte ayant peur de s'approcher. Elle se sent coupable aussi la Marylou, de lui avoir tant de fois menti; d'avoir signé ses bulletins à sa place; d'avoir intercepté les appels de Rita; de lui avoir piqué des sous sur sa table de chevet; d'avoir ouvert ses lettres.

Et Marlène, sa princesse, qui aimait tant ce père mais qui lui a fait tant de mal au cours des années. Il vient de le lui rappeler.

Jean, son fils unique qui veut le quitter pour aller étudier à Boston. Lui aussi a ses regrets. Il l'a si souvent repris sur son comportement. Comme s'il avait été un mauvais père.

Denise est venue en vitesse après avoir reçu un appel de Fanny. Elle fait aussi son examen de conscience. Son père qui ne voulait pas qu'elle marie Jean-Marc. Comme il avait raison. Il a dû souffrir de regarder sa fille s'embarquer ainsi sans pouvoir faire quoi que ce soit pour l'en empêcher.

Camille est là, allongé sur la moquette, entre le foyer et son fauteuil à oreillettes, entouré de débris de verre cassé. Ce fauteuil où il s'est assis tant de fois depuis treize ans, pour parler à sa Madeleine.

Le père regarde, l'un après l'autre, ses enfants en pleurs. Les larmes lui coulant sur les joues, il est incapable de prononcer un mot.

Le docteur Camille Robin, médecin généraliste durant trente ans à l'hôtel-Dieu de Québec, ne lutte plus. Il ferme les yeux pour ne pas lire la peine et la détresse sur les visages de ces sept orphelins qu'il a tant aimés et qu'il aimera toujours. S'il doit s'éteindre aujourd'hui, il veut emporter cet amour, avec lui, dans l'éternité.

Table

Achevé d'imprimé au Canada
par : **Copiegraphie Pro Inc.**
4645 ave. Fortier, Local 1,
St-Hubert, Québec
J3Y 7L3
Tél.: (514) 676-1524 Fax: (514) 676-6297